바이시클 걸스

우린 그냥 자전거를 타고 지나갈 거야

베르단디
VERDANDI

차례

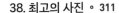

①
로맨스가 필요해

놀이터는 시 당국이 까먹어 버린 사업이다. 놀이터에는 달랑 그네 두 개가 달린 철 구조물 하나, 엉덩이에 가시가 박힐 법한 나무 미끄럼틀 하나, 수직으로 서 있는 널빤지에 불과한 정글짐 하나가 세워져 있을 뿐이다. 그것 외에는 아무것도 없다. 놀이터에 있는 것들은 죄다 모래 위에 있고, 그 모래는 해변까지 이어져 있다. 조금 더 가면 항구가 있다. 놀이터와 도로 사이에 나무가 좀 있어서 지나가는 사람은 이 안을 볼 수 없다. 올해는 여기 온 게 처음인데 아직 바람이 차가웠다. 말린은 그네에 앉아서 터틀넥 스웨터 소매를 장갑처럼 양손에 둘렀고 목 부분을 모자처럼 올려 뒤집어쓰고 있었다. 똑똑해 보이진 않았다. 하지만 청재킷은 멋있었다.

"만다, 올해는 부활절 모닥불 행사에 안 가야 할 것 같아." 그네가 가장 높이 올라갔을 때 말린이 말했다.

내가 탄 그네는 작아서 그냥 가만히 앉아 있었는데 그네의 사슬이 허벅지를 파고들었다.

부활절 모닥불 행사는 나랑 말린 말고 다른 사람들이 1년에 단한 번 놀이터를 쓰는 때다. 그땐 다들 여기에 모인다. 교회나 다른 단체에서 핫도그와 따뜻한 주스와 커피를 가지고 나와서 판다. 사람들은 다 먹고 마시면 커피잔과 핫도그 포장지를 모닥불에 던져버린다. 어른들 모두 모닥불 주변에 서서 좀비처럼 멍하니 바라보기만 한다. 아이들은 모닥불 주변을 뛰어다니는데, 불로 뛰어들기전에 좀비 어른이 정신을 차리고 아이들의 옷소매를 붙잡는다.

"그럼 우린 어디로 가야 하지?" 내가 물었다.

"뭔가 일이 있는 어딘가로." 말린이 말했다. "아마도 시내겠지."

"시내에선 아무 일도 없을 거야." 내가 말했다.

"아니야, 여기보단 많아. 이전엔 본 적 없는 남자를 볼 수도 있어. 아마도 그런 일 말이야… 난 알아! 네 언니가 같이 노는 사람들. 푸그와 그 패거리. 그 사람들은 정말 멋져."

"아니, 푸그라니! 너 미쳤어? 더구나 그 패거린 우리랑 말도 안섞잖아."

푸그는 시내에 사는 펑크족이지만 전국적으로 유명한데, '레이디킬러'라는 펑크 밴드의 보컬이라 그렇다. 푸그는 항상 술에 취해 있고 그렇지 않은 나머지 시간에는 약에 취해 있다.

나는 그네 아래 물구덩이에 낀 얇은 얼음판을 밟아서 으스러뜨렸다.

말린은 철 구조물이 온통 흔들릴 정도로 그네를 세게 탔다.

작년에 우리는 부활절 모닥불 행사에 옷을 어떻게 입고 갈지 일찌감치 계획했다. 부활절 모닥불 행사는 일종의 축제다. 나는 청바지와 운동화, 회색 후드 그리고 빨간 재킷을 입었는데 꽤 멋지게 보였다. 심지어 언니의 큼직한 링 귀걸이까지 하고 갔다. 하지만 그때 있었던 유일한 일이라고는 각자 서서 핫도그를 먹으면서 모닥불을 뚫어져라 본 것뿐이었다. 나머지 사람들과 똑같이. 다 아는 얼굴들이었다. 어른들과 아이들을 빼면 우리와 오스카르 패거리뿐이었는데, 걔들은 우리를 아는 체도 하지 않았다.

"아니면 아무 데도 안 가고 집에 있는 거지." 말린이 말했다.

"집에 있을까?" 내가 물었다.

"응, 하지만 우리가 뭘 할 건지 아무에게도 말하진 말자. 그럼 사람들은 우리한테 굉장히 훨씬 더 신나는 일이 있을 거라고 믿을 거야."

"그렇게 우린 신비한 사람들이 되는 거야?"

말린이 고개를 끄덕였다.

사람들이 우리에게 호기심을 갖고, 신비하게 여기는 것은 생각만 해도 멋진 일이다. "걔들은 어떤 애들이지?" 사람들은 물어볼 거고, 그런 다음에는 우리에 대한 소문이 퍼지기 시작할 거다. 우리가 많은 일을 했다는 소문이.

나와 말린은 이에 대해 여러 번 이야기했다. 그리고 우리는 정말로 학교에서 그렇게 비밀에 싸여 보려고 노력했다. 학교 게시판에 암호로 적은 노랫말들과 시들을 붙여 놓았다. 우리가 꾸며 낸 사람들에 대해 이야기했다. 한번은 서로에게 키스 마크를 만들어 줬다.

하지만 호기심을 갖는 사람들이 전혀 없었다. 언제 한번은 오스카르가 내가 붙여 뒀던 노랫말을 떼어 내서는 주머니 속에 쑤셔 넣었다. 그런 다음 오스카르와 그 패거리는 복도에서 둥글납작한 스뉴스(잇몸에 끼우는 무연 담배.) 케이스를 퍽 삼아 아이스하키를 계속했다. 걔들은 서로에게 달려들 때 "호모 새끼야!"라고 악을 썼다.

오스카르와 그 패거리가 가장 충격적인 점은, 호모라는 말을 욕으로 쓰는 자기들을 남들이 거북하게 생각한다는 사실을 깨닫지 못한다는 데 있다.

나와 말린은 퀴어의 상징과도 같은 무지개 로고가 그려진 배지를 각자 가지고 있다. 어느 강연에서 어떤 여자에게 받은 것인데, 여자의 이름은 로니아였고 멋진 머리 모양을 하고 학교에 왔다. 그리고 큼직한 검정 테 안경을 쓰고 있었다. 로니아는 뚜렷하게 신비롭고 비밀이 가득해 보였다. 딱 내가 되고 싶은 모습이었다.

"야."

말린이 내가 탄 그네를 흔들었다. 나는 잠시 말린의 말을 듣지 못했다.

"뭐?" 내가 되물었다.

"미끄럼틀로 가자. 추워 죽겠어. 아마 저긴 바람이 덜 불 거야."

미끄럼틀 아래는 의자가 두 개 놓인 작은 집 같다. 거기 앉아 있으면 아무에게도 보이지 않는다. 의자는 젖어 있었고 모래투성이였지만, 그래도 우리는 앉았다. 말린은 나뭇가지로 모래밭에 뭔가를 그렸다.

"무슨 일이 생기면 좋을 텐데." 말린이 말했다.

"무슨 일?" 나는 말린이 모래밭에 쓴 것을 발로 문질러 지우며 말했다.

만다+토르비엔=사실

토르비엔은 우리 담임 선생님이다. 선생님 이름은 사실 투르비엔이지만, 세계 역사상 가장 메마른(스웨덴어로 토르(torr)는 '건조하다'라는 뜻.) 사람이라 다들 토르비엔이라고 부른다. 오스카르와 그 패거리는 가끔 선생님을 포르비엔이라고 부른다. 선생님은 포르노가 뭔지도 모르는 사람 같은데.

"로맨스를 만들고 싶어." 말린이 말했다.

"로맨스? 누구하고?"

"낯선 사람! 어쩌면 외국에서 온 사람."

"엘리안이랑 만들어 봐. 걔는 코소보에서 왔잖아."

"아니, 정신 나간 거야? 그럼 넌 이 나뭇가지랑 로맨스를 만들어 보든지." 말린이 나뭇가지를 나에게 던지며 말했다.

나는 웃음이 나왔다.

"하지만 멍청한 생각은 아니야." 내가 말했다. "나도 로맨스를 꿈꿀 수 있을 거야. 그럼 어쨌든 우리는 할 일이 생길 거고."

"맞아!"

"하지만 어디서 로맨스를 찾아야 하지?"

여전히 차가운 바람이 불었고, 코에서는 콧물이 흐르기 시작했다. 말린은 대답 없이 미끄럼틀 아래에서 뛰어나와 바닷가로 향했다.

"내 이름은 마아아아알린이야." 말린이 외쳤다.

나는 뒤따라 뛰어가며 말린에게 조용히 하라고 소리쳤다. 물론 앙수에는 누군가가 있을지도 모른다.

"그리고 얘는 만다아아아아!" 말린은 계속 외쳤다.

"제발 조용히 해!" 나는 말린에게 소리를 질렀지만, 웃음이 새어 나오기 시작했다.

다른 바람을 다 합친 것보다 더 차가운 바람이 불어 왔다. 저 멀리 부두에 사람 형체가 보였다.

"마아아아알린은." 말린이 다시 외쳤다, 바람을 향해 곧장.

"만다아아아는…." 말린만큼 큰 소리로 외칠 엄두가 나지 않아서 말하는 편에 더 가깝긴 했지만, 나도 외쳤다.

"…너랑 로맨스를 만들고 싶어!" 말린은 이렇게 소리치고는 깔깔 웃었다.

나는 바닷가를 따라 말린을 뒤쫓기 시작했다. 말린이 계속 웃으며 뛰어갔기 때문에 바로 붙잡을 수 있었다. 나는 말린의 터틀넥 스웨터와 청재킷이 온통 모래로 뒤덮이도록 말린을 땅바닥에 쓰러뜨렸다. 말린이 축축한 모래 한 줌을 내 얼굴에 집어던져서 눈에 모래가 들어가는 바람에 이 난리를 멈췄다.

"젠장, 이건 아니야. 얼어 죽겠어." 말린은 일어나서 모래를 털어내며 말했다. "대신 편의점에 자전거를 타고 가자. 아빠가 어제 돈을 보냈어. 또 여행을 가나 봐. 또."

② 스트리트 댄스

말린은 5학년 때 이리로 이사 왔다. 이미 4학년 말에 페닐라 선생님은 우리 반에 여자애가 새로 올 거라고 이야기했다. 나는 이미 그때 뭔가 변화가 있을 것임을, 그게 내 삶을 바꿀 것임을 직감했다. 새 친구가 반에 전학을 오는 내용이 담긴 책과 영화에서는 예외 없이 멋진 일이 일어났고, 이제 내 차례였다.

그때까지 나는 베카와 레일라와 어울려 다녔는데, 걔들은 나름 괜찮았지만 언제나 그 둘이 중심이 되었고 나의 역할은 무척 작았다. 그리고 훨씬 전에는 나와 오스카르가 스파이 클럽을 만들었는데, 자연스러운 이유로 클럽을 없앴다. 그 자연스러운 이유란 오스카르가 바보가 되었다는 사실이었다.

하지만 우리는 정말 재미있게 놀았다. 우리 집 사우나의 긴 의자 아래에 앉아서 쪽지에 비밀 암호를 써서는 사방에 붙여 놓았다. 가령 편의점이나 다른 집 우편함 옆에. 누군가가 암호 쪽지들을 찾아내면 무슨 일이 일어나리라 생각했던 걸까, 돌아보면 정말 모르겠지만 어쨌든 그때는 흥미진진했다. 가끔 금요일 사우나를 할 때 그 생각을 한다. 나는 예전 스파이 클럽 놀이 장소였던 곳에 앉아 있다고. 오스카르도 그런 생각을 하는지, 우리 비밀 암호를 떠올리는지 궁금하다.

하지만 지금 오스카르는 아무 생각이 없는 것 같다. 아이스하키와 모터 자전거 빼고는.

페닐라 선생님의 말을 들은 후 맞이한 여름 방학 내내, 나는 말린이 우리 반에 오면 어떻게 될지를 상상했다. 내 상상은 이랬다. 말린은 교실로 들어올 거고 우리는 스웨터나 가방, 아니면 다른 무언가가 똑같을 거라서 말린 역시 바로 이 모든 걸 이해할 거라고. 우리는 눈길이 마주칠 것이고 미소를 지을 거라고. 그런 다음 말린은 나를 만나기 전에는 자기를 이해하는 사람이 전혀 없었다고 말할 거라고. 그리고 우리는 아마도 사람들이 하는 것처럼 피를 섞을 거라고. 하지만 사실 상처는 내고 싶지 않았다. 무서우니까.

그게 왜 중요한지 정말 모르겠다. 물론 나는 반 친구들을 싫어하지 않지만, 가끔 마치 다른 아이들 모두 내가 끼어서는 안 되는 모종의 클럽에 가입한 듯한 느낌을 받았다. 마치 내가 사우나에서 스파이 클럽에 혼자 남아 있었던 것처럼.

개학 한 주 전 나는 옷을 고르기 시작했다. 결국 천사들이 그려진 스웨터, 그리고 엄마와 같이 산 새 멜빵바지를 입기로 했다. 내 옷차림을 본 오스카르는 목공 일을 할 건지 묻고는 큰 소리로 웃었다. 오스카르는 초급 과정 때부터 지금까지 쭉 아디다스 바지를 입었다. 오스카르는 모든 학급 단체 사진에서 아디다스 바지를 입고 있다. 물론 그게 멋있을 수 있지만, 그게 뭐 얼마나 개성적이겠어? 한 번은 바꿀 수 있지 않을까.

말린이 교실로 들어왔을 때 우리는 옷차림이 전혀 똑같지 않았다. 말린은 드레스를 입고 있었는데 줄무늬가 그려져 있어서 약간 잠옷같이 보였다.

"잠옷 입은 거야?" 오스카르가 말하고는 다시 웃었다

그러니까 우리는 이미 공통점이 있었다. 오스카르가 우리 옷을 비웃었다는 점. 물론 그때 말린은 몰랐다. 하지만 나중에 말린에게 오스카르에 대해 이야기해 줬다.

"오스카르, 조용히 해야지." 페닐라 선생님은 오스카르에게 한소리를 한 다음 말린을 반 전체에 소개했다. "안나말린 벤크비스트, 네 이름이구나."

"다들 그냥 말린이라고 불러요." 말린이 말했다.

말린은 1퍼센트도 긴장한 모습이 아니었다. 나는 어린이집에 다닐 때부터 지금까지 똑같은 아이들과 같은 반인데도 무언가를 설명하는 건 여전히 긴장된다. 하지만 나중에 말린은 토하고 싶을 정도로 초조했다고 이야기했다.

"아, 말린. 그렇구나. 우리가 명심해야겠네. 전에는 어디에서 학교에 다녔니?"

"코슈그룬뎃이요."

"코슈그룬뎃, 그렇구나."

페닐라 선생님은 주위를 둘러보았다.

"말린이 어디에 앉으면 좋을까? 그래, 저기 프레드리카 옆자리에 앉도록 하렴."

프레드리카는 언제나 그렇듯 겁먹은 모습이었다. 걔는 특히 말할 때 울음을 터뜨릴 것처럼 목소리가 떨린다. 말린은 프레드리카에게 활짝 미소를 짓고는 성큼성큼 제 자리를 향해 걸어갔다.

쉬는 시간에 다들 말린과 이야기를 나누고 싶어 했다. 우리 여학생들은 말린 주위에 서 있었고, 오스카르와 남학생들은 우리 주위에서 축구를 했다. 우리가 걔들을 보는 걸 피할 수 없을 정도로 가까이에서, 하지만 동시에 관심이 없다는 듯 충분히 멀리 떨어져서.

"드레스 예쁘다." 누군가가 말했다.

"오스카르 말은 신경 쓰지 마." 다른 누군가가 말했다. "걔는 머리가 이상해. 그저 자기가 재밌다고 생각할 뿐이야."

"전혀 **그렇지 않으면서** 말이야." 레일라가 오스카르 쪽을 향해 외쳤다.

오스카르는 우리가 모여 있는 쪽으로 축구공을 찼고 레일라와 베카는 킥킥거렸다.

"어디 살아?"

"언제 이사 왔어?"

"코슈그룬뎃 학교 체육 선생님이 탈의실에 들어간다는 거 사실이야?"

"내가 여는 파티에 올래? 한 달 후야."

"승마하니?"

다들 질문을 쏟아 놓았고 말린은 공주님처럼 서서 모든 질문에 답했다. 말린은 자기 목걸이를 만지작거렸다. 목걸이에는 강아지 사진이 붙어 있었다.

"강아지 진짜 귀엽다!" 베카가 말했다.

베카와 레일라는 말린을 손에 넣으려고 할 게 뻔했다. 이전에는 아무도 우리 반에 전학을 오지 않았고, 걔들은 분명 특별해지고 싶을 테니까.

"우리 외가 강아지야. 외할머니랑 외할아버지도 여기 사셔, 그래서 이리로 이사 온 거야. 걔는 비숑 프리제야."

"우리 집에도 비숑 있어." 프레드리카가 아랫입술을 떨며 말했다.

나는 비숑 프리제가 아닌 아빠의 멍청한 사냥개를 생각하자 화가 났다. 이제 말린과 프레드리카가 친구가 되면 어쩌지. 물론 그래서는 안 된다. 프레드리카 역시 친구가 그리 많지 않았지만, 어쨌든 프레드리카에게는 사촌인 릴헤이디가 한 학년 아래에 있다. 릴헤이디도 어딘가 좀 이상하다.

"코슈그룬뎃에는 학생이 얼마나 많았니?"

"꽤 많았어. 여기보다 더."

"여긴 고작 130명이야." 내가 말했다.

"거기가 아마 두 배는 많았을 거야. 저기 엘브시단에 사는 애들도 다니거든."

"여기보다 나을 게 분명해." 내가 말했다.

이제 기회를 잡을 때였다!

"아마도." 말린은 미소를 지으며 말했다.

그게 우리가 처음으로 나눈 대화다. 나머지 쉬는 시간 동안 말린은 베카와 레일라하고 이야기를 나누었다. 나를 포함한 나머지는 걔들이 하는 이야기를 들으며 서 있었고, 그날은 종일 쉬는 시간마다 같은 모습이 계속되었다.

하지만 다음 날 베카와 레일라를 포함해 말린을 둘러쌌던 무리는 흩어졌다. 아무도 그 자리에 남아 있지 않았다. 말린 옆에는 나뿐이었다.

"춤 좀 추니?" 첫 번째 쉬는 시간에 내가 물었다.

"디스코장에서만." 말린이 말했다.

"나는 월요일마다 스트리트 댄스 그룹에 껴." 나는 말했다. "거기에 가는 건 학교에선 나뿐이야. 꽤 좋아. 시내에서 해."

다음 쉬는 시간에 말린이 물었다.

"그럼 무슨 춤을 춰?"

"어, 그냥 보통 춤이야." 그렇게 말하고 나는 몇 가지 스텝을 보여 줬다. 조심스럽게, 오스카르가 못 보게. 말린은 따라 했는데 꽤 잘했다.

"아직 새 시즌을 시작하지 않았어. 일주일 뒤에 시작이야." 내가 말했다.

"그렇구나." 말린은 강아지 사진이 붙어 있는 목걸이를 만지작거리며 말했다.

나는 빠르게, 바로 다음에 해야 할 말을 했다.

"물론 같이 갈 수 있어. 나는 자전거를 타고 갈 거야."

"자전거를 타고 시내에 갈 거야?"

"응, 요새는 그럴 수 있을 것 같아. 보통은 엄마하고 같이 자전거를 타고 시내에 가지만, 만일 네가 같이 간다면 엄마 없이 우리끼리만 자전거를 타고 갈 수 있을 거야."

"물어볼게! 나는 한 번도 댄스 그룹에 나가 본 적이 없거든."

다음 월요일에 우리는 자전거를 타고 시내로 나갔다. 이 길을 엄마와 자전거로 1,000번은 가 봐서 길 찾기는 어렵지 않았다. 더구나 길은 그냥 직선 경로다. 만일 직선 경로를 선택한다면 말이다. 그리고 우리는 그렇게 했다.

댄스 그룹의 리더인 프라세는 말린이 신청하진 않았어도 와서 해 봐도 된다고 했는데, 내 옆에서 춤을 추던 파트마가 그만뒀기 때문이다. 운이 좋았다.

말린은 춤을 잘 췄다. 아마 다들 나보다 낫다고 생각했을 것이다. 그리고 우리는 똑같은 댄스 타이츠를 입었다.

집에 가는 길에 우리는 캠핑장과 현수교를 경유하는 더 재미있는 경로를 택했다. 나는 말린에게 차는 못 들어오고 자전거만 갈 수 있는 작은 길들을 전부 알려 줬다. 우리가 현수교에 서서 물에 침을 뱉을 때 말린이 나에게 물었다.

"베카는 오스카르한테 반했어, 그렇지?"

"살짝." 내가 말했다. "어떻게 그럴 수 있는지 모르겠어. 오스카르는 똥멍청이인데."

"베카도 똥멍청이라면?" 말린이 말했다.

말린은 아무 뜻도 없다는 듯, 농담처럼 그 말을 아주 가볍게 말했다. 하지만 그건 모든 것을 뜻했다. 그건 열린 문처럼 느껴졌고, 만일 지금 통과하지 않으면 아마도 영원히 닫힐지도 모른다고 나는 생각했다. 나는 숨을 크게 한 번 들이쉰 다음 말린에게 스파이 클럽과 베카와 레일라에 대한 모든 걸 말했고, 걔들은 모두 아무것도 이해하지 못하는 멍청한 바보들이며 춤이 유일하게 재미있는 거라고 말했다.

말린은 이해한 것 같았다.

어둡고 추워져서야 우리는 집에 도착했다. 엄마가 여러 번 전화했었다. 내가 집에 들어가자마자 엄마는 만일 우리가 계속 이럴 거라면 이번이 자전거를 엄마 없이 혼자 타는 처음이자 마지막이라고 경고했다.

③
자연을 망치는 히틀러

말린과 나는 거의 매일 편의점으로 가는 계단에 앉아 있다. 아니, 매일은 아니겠지만 적어도 한 주에 여러 번. 거긴 우유, 사탕, 복권, 휘발유 같은 걸 파는 평범하기 짝이 없는 편의점이다. 우유는 보통 오래된 거라서 유통기한을 확인해야 한다는 외할머니 말씀을 들은 적이 있다. 그램 단위로 파는 사탕들도 오래되어 큼직한 먼지투성이 덩어리로 통 안에 들어 있지만, 적어도 대포알 사탕은 오래된 게 아니다. 아니면 대포알 사탕은 유통기한이 없는 건가, 모르겠다. 어쨌든 나와 말린이 보통 사는 게 대포알 사탕이다.

편의점은 사실 피자집이기도 하지만 나는 그 사실을 까먹곤 한다. 몇 년 전 편의점에서 피자를 팔기 시작하면서 가게는 리모델링을 했고 바깥문도 새로 달았다. 우리가 앉아 있는 계단은 예전 문으로 가는 곳이라서 여유롭게 앉아 있을 수 있다. 그 점에 더해, 거기는 좋은 관찰 장소다. 오가는 사람들이 다 보이지만, 오가는 사람들에게는 여기 앉아 있는 사람이 잘 보이지 않는다. 계단에 누가 앉아 있는지를 보려면 몸을 오른쪽으로 길게 빼야 하는데, 나와 말린은 정말 그렇게 하면 보이는지 시험해 본 적이 있다.

편의점 계산대에서는 왕가슴 언니가 우리를 언제나 변함없이 즐겁게 맞아 준다. 맹세하건대 왕가슴 언니는 온 동네에서 가슴이 가장 크다. 그래서 왕가슴 언니로 불리지만, 사실 진짜 이름은 헬레다. 헬레 언니는 착하다. 사람들이 언니를 좀 멍청하다고 생각할 정도로 착하다. 아니면 가슴 때문에 그렇게 생각하는지도 모르겠지만. 내가 알기론 우리 언니는 헬레 언니의 친구지만, 헬레 언니가 우리 집에 온 적은 한 번도 없다. 우리는 대포알 사탕을 각자 두 개씩 샀다. 나는 검정과 빨강으로, 말린은 둘 다 빨강으로만 골랐다.

"재킷 멋있네." 말린이 계산할 때 왕가슴 언니가 말했다. 말린의 얼굴이 환해졌다.

나에게는 언니에게 안부 전해 달라고만 말했다. 나는 고개를 끄덕이고 내 초라한 겨울 재킷 차림을 의식하며 편의점을 나왔다.

"나는 정말 검은 거랑 빨간 거 중에 뭐가 더 맛있는지 모르겠어." 계단에 앉으면서 내가 말했다. 말린은 계단 꼭대기에 앉았고 나는 두 칸 아래에 자리를 잡았다.

대포알 사탕은 가운데에 동굴처럼 파인 데에 가루가 들어 있는 크고 둥근 사탕이다. 빨간 사탕에 들어 있는 가루는 아주 시어서 사탕을 깨물어 가운데 맛을 보면 등골을 따라 전율이 일어날 정도다. 그게 대포알 사탕을 먹는 방법이다. 처음에는 오랫동안 사탕을 빨아 먹고, 그다음에는 단번에 깨물어 가운데 동굴 입구로 들어가 가루를 몽땅 빨아 먹는다. 그런 다음에는 자기 마음대로 먹는데, 나는 대개 씹어 먹는다.

"나는 빨간 게 더 좋아, 까만 건 먹으면 이가 아주 노래져." 말린이 사탕을 와드득 깨물며 말을 이었다. "그런데 왕가슴 언니 젖 봤어? 훨씬 더 커졌지?"

나는 젖이라는 말을 안 좋아한다. 가슴을 가리키는 말을 안 좋아하는데, 가슴이라는 말도 그렇다. 세상에 있는 말들 가운데 아무것도 내 브래지어 안에 있는 것과는 어울리지 않는 것 같다. 말린은 늘 젖이라고 말한다.

"내 생각엔 여느 때와 같은 모습이었어." 내가 계단에 엎드리며 말했다. 계단 틈새에 돈이 떨어져 있기를 바라면서.

"네가 찾아내는 건 다 반씩 나누는 거야." 말린이 재빨리 말했다. "하지만 왕가슴 언니의 젖 덕분에 얼마나 많은 남자가 꼬일지 상상이 가? 분명히 엄청나게 많을 거야."

"분명해." 내가 말했다.

계단 아래에는 어둠과 먼지, 오래된 사탕 포장지 외에는 아무것도 없었다. 나는 내 대포알 사탕 포장지를 접어 틈새에 찔러 넣고 포장지가 땅에 떨어지는 광경을 봤다.

"아니 뭐 하는 거야? 자연을 훼손하고 있잖아!" 말린이 외쳤다.

"에이, 그냥 계단 아래일 뿐이잖아. 거기엔 자연이 없을 거야." 나는 먼지를 털고 일어나면서 말했다.

"다들 그렇게 말한다면 어떡해! 그러면 자연이 어떤 모습이겠어?"

말린은 나에게 몸을 날리고는 한 팔로 내 양어깨를 감싸더니 나를 빤히 보며 말했다.

"너, 네가 버린 거 주워 와야 해."

말린의 갈색 눈이 안경 뒤에서 걷잡을 수 없이 휘둥그레졌다. 말린의 안경만큼 도수가 높은 안경을 쓰는 사람들은 대개 공붓벌레처럼 보이지만, 말린은 그저 귀여운 만화 주인공처럼 보일 뿐이다. 물론 말린이 공붓벌레인 건 맞지만. 말린은 회원이 자기뿐인 단체들을 많이도 만들었다. 그리고 가끔은 내가 가입하는데, 그건 내가 힘이 닿을 때 얘기다. 얼마 지나지 않아 말린은 자기가 만든 단체들을 까먹는다. 최근에는 환경 단체를 만들었고 나는 그 사실을 거의 잊어버리고 있었지만 이제 기억이 났다.

"안 주울 거야." 말린의 팔을 치우며 말했다.

내가 자연에 신경을 안 쓰는 건 아니지만, 말린은 그런 일에 엄청 신경을 쓴다. 가끔 정신이 좀 나간 것처럼 굴기도 한다.

"너는 자연에 히틀러 같은 존재야." 말린이 말했다.

"뭐? 그렇게 말하면 안 돼." 내가 말했다.

"넌 자연이 몽땅 죽기를 원하잖아!"

"그렇지 않아."

"자연을 망치는 히틀러야." 말린은 내 말을 가로막고 일어서더니 계단 앞뒤로 행진하기 시작했다.

"야, 그만해." 내가 소리쳤다. "너 정말 부끄럽다."

"아인스(하나를 가리키는 독일어.), 츠바이(둘을 가리키는 독일어.)…." 말린이 외치며 행진을 계속했다. 말린이 웃음을 터뜨리기 시작하는 게 보였다. 말린이 양팔을 휘두르는 걸 그치게 해 보려고 나도 일어섰다.

"누가 보면 어쩌려고 이래. 사람들이 네가 진짜 그렇다고 믿으면 어쩔 거야?"

작년에 남학생 패거리 중 하나가 학교 내 '모두의 화장실' 벽에 나치 문양을 큼직하게 그려 놓은 일이 있었다. 학교는 온통 난리가 났고, 그 후 말린은 자기가 만든 것 중 가장 성공적이었던 단체였던 반나치 단체를 만들었다. 결국 아무도 첫 번째 회의에 오지 않았지만 그래도 말린은 가입자 목록에 분명히 100명을 채웠다. 그래서 나는 말린이 나치가 아님을 알지만, 그래도 나치에 관련된 농담은 소름이 끼쳤다.

"아인스, 츠바이." 말린은 훨씬 더 큰소리로 외치더니 웃었다.

"뭐 하는 거야?"

우리가 서서 웃으며 그 어느 때보다도 더 팔을 흔들고 있었을 때 등 뒤에서 목소리가 들려왔다.

말린은 바로 행동을 멈췄고 나는 고개를 돌려 목소리가 들리는 쪽을 바라봤다.

거기에는 내 평생 보았던 가장 멋있는 남자가 서 있었다. 남자는 피부가 가무잡잡했다. 키가 꽤 작았지만 코가 귀여웠고 짧은 더벅머리를 하고 있었다. 초록색 재킷과 짙은 검정 청바지를 입고 있었다. 재킷 가슴께 주머니에는 내가 모르는 밴드 로고 같은 게 달려 있었다. 한 손에는 모터 자전거 헬멧을 들고 있었다. 전에는 본 적 없는 남자였다.

"아무것도 아니야." 내가 말했다. "우린 아무것도 안 해."

"너희 혹시 나치 경례했어?" 남자는 미간을 찌푸리며 말했다.

눈썹이 완벽해 보인다. 눈썹을 다듬는 모양이다. 심지어 미간을 찌푸릴 때조차도 정말 멋있었다.

"에이, 우린 그냥 놀았을 뿐이야." 말린이 말했다.

"재밌게 노네." 남자는 조금 누그러진 말투로 말했다.

"그러니까 우린 나치가 아니야." 나는 말했다. "심지어 학교에서 반나치 단체까지 만들었어."

말린은 내 옆구리를 쿡 찔렀다.

"그리고 환경 단체도." 나는 주절거렸다. 내가 왜 이런 말을 하는지 모르는 채로.

"그렇군." 남자가 자리를 떠나려 했다.

"넌 여기서 뭐 해?" 말린이 물었다.

"난 여기서 일해." 남자가 대답했다.

"엥? 정말? 그렇다면 우리가 알았을 텐데? 우린 자주 여기 오거든." 말린이 말했다.

"누군가는 피자를 만들어야 하잖아." 남자는 편의점으로 들어가며 말했다.

"뭐 저런 게 다 있어." 말린이 말했다. "여기에서 일하는 게 맞을까? 어쩌면 왕가슴 언니의 새 남자 친구일지도 몰라. 되게 어려 보이긴 하지만 말이야. 저 남자, 큰 젖을 좋아할 것 같아? 야, 만다?"

나는 아무 대꾸도 할 수 없었다.

심장이 미친 듯이 두근거렸고 내가 생각할 수 있는 거라곤 대포알 사탕이 내 이를 형광 노랑으로 물들였는지 뿐이었다.

④
경찰은 다 나쁜 놈들

나는 가끔 내가 스톡홀름이나 런던 혹은 뉴욕에서 태어났다면 어땠을지 생각한다. 아니, 사실 꽤 자주 생각한다. 대개는 뉴욕을 생각한다.

그렇다면 아마도 내 이름은 만다 대신 맨디였으리라. 학생 수가 수천 명인 학교에 다니며, 방과 후에는 친구들과 카페에 있었을 것이다. 미국 영화에서 다들 그러는 것처럼 교과서를 품에 안고 다녔을 것이다. 영화에선 아무도 낡아 빠진 수학 교과서를 기울어진 자전거 바구니에 던져 넣지 않는다.

만일 내가 뉴욕에 살았다면 분명히 많은 남자애들과 데이트했을 것이다. 내가 데이트하러 갈 때 아빠는 이렇게 경고했으리라. "열두 시 전까진 집에 와야 해." 그러면 나는 눈을 크게 뜨고 "네네."라고 말했을 것이다. 나는 데이트를 할 때 사람들이 뭘 하는지 정확히 알진 못하지만, 영화관에 가는 게 좋을 것 같다. 뉴욕에는 볼 영화가 100만 편은 있을 테니까.

나와 남자는 팝콘을 사서 자리에 앉을 것이고, 팝콘으로 조금 투닥거릴 것 같다. 짜증이 난 아주머니가 우리에게 조용히 하라고 쉿 소리를 낼 정도로 서로에게 팝콘을 던질 것이다. 열두 시 직전에 우리 집 앞에서 서로의 눈을 뚫어지게 보며 안녕이라고 말하고는 스킨십을 할 것이다. 극적인 효과를 내기 위해 가로등 아래에서.

이런 생각은 주로 밤에 자려고 누울 때 한다. 그건 나에게 일종의 잘 때 듣는 동화처럼 되어 버렸다. 나는 내 삶의 새로운 장면들을 생각하는데, 가장 좋아하는 장면은 영화관에서 팝콘을 던지며 장난치는 부분이다.

만일 우리가 뉴욕에 살았다면 엄마 아빠는 뭔가 더 멋진 일을 할 필요가 있을 거다. 광고회사에 다닌다거나, 유명인의 변호사, 아니면 디자이너 같은. 하지만 나는 아빠가 디자이너가 된 모습을 상상할 수 없었다. 아빠는 매일 똑같은 바지를 입는데, 주머니가 1,000개는 달린 작업용 바지다. 아빠는 언제나 그 바지를 입고 그 안에 티셔츠를 넣는다. 티셔츠들은 조금 다양하지만, 대부분 동료들에게서 받은 판촉용 티셔츠다. 옷을 차려입어야 할 때는 평범하기 짝이 없는 청바지를 입는데 그마저도 1년에 한 번이나 입을까 말까다.

아마도 엄마는 변호사가 어울릴 거다. 엄마는 자신의 그런 면을 보여줄 때 꽤 무서울 수 있다. 엄마가 선생님이나 물리 치료사 또는 언니와 관계를 맺는 다른 누군가를 나무라는 걸 여러 번 봤다.

하지만 엄마는 유명인의 변호사가 아니라 평범한 간호사고, 오늘은 저녁에 일하는데, 그건 저녁 메뉴가 초밥이라는 뜻이다. 엄마가 저녁에 일할 때 우리는 초밥을 꽤 자주 먹는데, 엄마가 초밥을 싫어한다는 게 이유다. 아빠, 나 그리고 언니는 초밥을 좋아하니까. 나는 초밥을 먹을 때 언제나 아주 어른이 된 느낌이 든다. 약간 뉴욕 스타일 어른이 된 나.

"우리 언제 피자 먹을까요?" 나는 간장에 고추냉이를 풀며 물었다.

"주말에 피자 먹을 거잖니." 아빠가 말했다.

아빠가 입은 티셔츠에는 '롤란드 수렵·낚시 용구 전문점'이라고 쓰여 있었다.

"집에서 만든 피자 말고요. 진짜 피자요. 편의점에서 파는." 내가 말했다.

"두고 보자꾸나." 아빠의 이 말은 긍정의 의미도 있지만 부정의 의미도 담고 있는데, 사람들은 그걸 잘 모른다.

"거기 피자 만드는 직원이 새로 들어왔어요." 내가 말했다.

"욘." 언니가 말했다. "걔 이름은 욘이야."

젓가락으로 집은 초밥을 놓칠 뻔했다.

"그 사람 이름을 어떻게 알아?"

"그냥 알아." 언니는 어깨를 으쓱거리며 말했다.

"어디 출신이야?" 내가 얼마나 그 남자에 대한 모든 걸 알고 싶어 하는지가 감지되지 않도록 물잔을 보며 물었다.

"욘은 콜롬비아에서 입양됐어, 만일 네 말뜻이 그런 거라면 말이지. 하지만 그렇게 묻는 건 좀 인종차별적이라고 생각될 수 있어."

"내 말뜻은 그게 아니잖아!" 나는 얼굴을 붉힌 채 이미 오늘 우리가 나치가 아니라는 사실을 설명해야 했던 일을 생각하며 말했다.

"만다, 진정하렴." 아빠가 중간에 끼어들었다. "걔는 벤니 아저씨의 외조카야, 그렇지?"

"네. 벤니 아저씨는 걔한테 외삼촌인가 친척 관계인가 그럴 거예요." 언니가 대답했다.

벤니 아저씨는 편의점 주인인데, 세상에서 가장 부루퉁한 아저씨다. 어떻게 그 아저씨가 세상에서 가장 멋있는 남자의 친척일 수 있는 걸까? 비록 뭐랄까, 물론 입양되었더라도. 그러니까 욘 말이다, 벤니 아저씨 말고.

"시내에 살아?" 나는 내가 관심 없다는 투로 말을 하려고 노력했다.

"왜 이리 관심이 많아? 너 걔한테 반한 거야?" 언니가 비아냥거렸다.

나는 손가락으로 언니의 배를 힘껏 찔렀고 언니는 온몸을 씰룩거렸다.

"야, 이 장애인아!" 언니가 소리를 질렀다.

"라우라, 아빠가 그거에 대해서 뭐라고 했니." 아빠가 물었다.

"제가 장애인이면 장애인이라고 말할 수 있지 않아요? 그게 공평하죠." 언니가 말한다.

"그렇다고 그게 그런 식으로 되진 않아." 아빠가 말했다.

"그럼 만다한테도 말하셔야죠. 쟤가 먼저 시작했는데!"

언니가 나를 째려봤다.

"그래, 만다. 너도 언니한테 그러면 안 돼." 아빠가 말했다.

"하지만 언니가 약 올려요!" 내가 말했다.

"이제 둘 다 그만하렴." 아빠는 이렇게 말하고는 계속 초밥을 먹었다.

나도 초밥 한 알을 더 먹고 언니를 째려봤다. 오늘은 언니에게서 징보글 너 낳이 벋어낼 수 없을 것 같았다. 하지만 그래도 그 남자 이름이 뭔진 알게 됐다.

초밥을 다 먹자마자 나는 내 방으로 달려가서 언니가 팔로우하는 계정에서 욘을 검색했다. 처음에는 아무것도 나오지 않았지만, 갑자기 욘의 계정이 난데없이 떴다. 프로필 사진은 없었고 계정 이름은 jjxman이었지만 그래도 그 계정이 욘이라는 걸 알아챘다.

욘, 욘, 욘.

다음 날 자전거를 타고 학교에 가면서 나는 말린에게 내가 알게 된 것들을 이야기했다. 욘의 성이 홀름스텐이며 전기공학을 배우고 있다는 사실까지. 욘에게는 스티나라는 누나가 있는데 예수님이 들어간 해시태그를 정말 많이 붙이는 걸 봐서는 기독교인인 것 같기도 했다. 하지만 욘의 계정에서는 종교와 연관된 정보는 아무것도 찾지 못했다.

욘은 계정에 사진 두 장만 달랑 올려놓았다. 하나는 모터 자전거 헬멧 바이저를 통해 욘의 완벽한 얼굴 윤곽이 보이는 셀카였고 또 하나는 욘이 다른 사람들과 탁자에 앉아 있는 모습을 찍은 사진이었다.

"내 생각엔 욘은 꽤 재미없을 것 같아." 말린이 말했다.

"아니야, 욘은 좀 신비스러운 것 같아." 내가 말했다. "분명히 책을 엄청 많이 읽고 SNS에는 그리 많은 시간을 쓰지 않는 타입인 거지."

"한 번은 욘이 모터 자전거를 타고 경찰을 따돌렸어." 말린은 그렇게만 말할 뿐이었다.

"그걸 어떻게 알아?" 내가 고함치다시피 물었다.

나는 말린의 표정을 보려고 말린을 앞서가야 했다.

"킴이 말해 줬어." 말린은 그렇게만 말할 뿐이었다.

킴은 말린의 코슈그룬넷 친구다. 아니면 친구의 친구, 어쨌든 둘은 여전히 가끔 연락하고 지낸다. 둘이 연락하는 건 좋은 일이다. 킴은 시내 학교에 다니는 아이들에 대한 일종의 우리 소식통이니까.

나는 킴을 자주 만나지는 않지만 괜찮은 애 같다. 킴과 말린이 친한 사이라는 게 좀 이상한데, 둘은 꽤 다르기 때문이다. 킴은 멋지긴 하지만 약간 레일라와 베카처럼 특별한 것 없는 평범한 애 같은 느낌이 더 든다. 아, 물론 킴은 시내 학교에 다닌다는 것도 차이점이다.

"욘에 대해서 킴이랑 얘기했어?" 내가 말했다.

"응, 어제 나는 네가 사랑에 빠진 걸 알아챘잖아. 넌 집에 가는 길 내내 욘 이야기만 했어, 좀 짜증이 날 정도로. 그래서 뒷조사를 좀 해야겠다고 생각했지. 암튼 그래서 어제 킴이랑 욘 이야기를 한 거야."

"맙소사." 나는 신음을 흘렸다. "나에 대해선 아무 말도 안 했겠지? 다들 내가 지금 욘에게 반해 있다고 알고 있어?"

"반했다고 인정하는 거야?" 말린이 물었다.

"아니, 하지만 넌 내 말뜻을 알고 있잖아!"

정작 나는 내 말뜻을 전혀 모른다.

"나도 되게 조심스럽게 물었다고. 그러니 이제 잔소리 좀 그만해 줘."

"킴이 말한 거 몽땅 말해 줘!" 자전거를 학교 안 자전거 거치대에 세우며 내가 말했다. 나는 우리가 학교에 도착했다는 걸 의식하지도 못하고 욘 이야기에 정신이 팔려 있었다.

"아니, 그리 많지 않았어. 킴은 욘이 언제인가 자기 모터 자전거로 경찰을 따돌린 일로 유명하다고만 말했을 뿐이야. 그리고 그게 자기 재킷에 그 마크를 달고 있는 이유라고 했어. 에이시에이비(ACAB)."

"에이시에이비? 그게 뭔데?"

나는 아무것도 이해할 수 없었다.

"경찰은 다 나쁜 놈들(All cops are bastards)'이란 뜻이야. 멋진 말이지. 펑크족들이 그 마크를 자주 달아. 내 생각에는 말이지."

경찰은 다 나쁜 놈들, 나는 그 말을 기억해야 했다.

"만일 경찰이 욘을 쫓는 게 맞다면, 욘이 그 마크를 달고 다닐 엄두를 내다니 진짜 대단한 일인 것 같아." 내가 말했다.

말린은 어깨를 으쓱거렸다.

"그건 그냥 보통 일인 것 같아." 말린은 자전거 자물쇠를 잠그며 한숨을 내쉬었다.

"혹시 기분이 안 좋아?"

말린의 감정 기복은 세상에서 최악이다. 가끔은 영문을 모르겠다. 어떤 날에는 아무 일도 아닌 걸로 기분이 안 좋아지는데, 저 한숨은 명확히 기분이 안 좋을 때 내쉬는 한숨이다.

"모두가 욘에게 반할 순 없잖아." 말린은 엄지손톱을 물어뜯으며 대답했다. 손톱 뿌리 살갗은 발갛게 닳아 있는데, 쓰릴 것 같았다.

"그런데 왜 한숨을 쉬는 거야?"

"맙소사, 이제 숨도 내맘대로 못 쉬니." 말린은 말하고 또 한숨을 쉬었다.

나는 어깨를 으쓱거렸다. 뭐, 이런 일은 그냥 지나가곤 하니까.

잠시 후 말린이 말을 이었다.

"그건 그냥… 다들 멍청해. 엄마랑 아빠랑 톰미 아저씨도. 여기서 멀리 독립할 때까지 기다릴 수가 없어." 말린은 "기다릴 수가 없어!" 라고 외치면서 뭔가를 던져 버리듯 두 팔을 앞으로 흔들었다.

학교 건물 입구를 향해 걸어가는데 오스카르 패거리와 마주쳤다.

"아니 자전거쟁이들이 자전거로 안 오네?" 이게가 조롱하며 말했다.

다른 애들도 웃었다.

말린과 내가 자전거를 타지 않을 땐 눈이 많이 왔을 때뿐이다. 언제 한번 토르비엔 선생님은 우리가 자전거를 자주 탄다며 우리를 칭찬했다. 이날 이후 오스카르 패거리는 우리를 자전거쟁이들이라고 불렀다. 이제 조금 잦아들긴 했지만 아직도 가끔 저런다. 하지만 우리는 개의치 않았다.

"하하, 되게 재밌네." 내가 말했다.

"좀 참신한 걸로 갖고 와 봐." 말린이 패거리 뒤에 대고 소리쳤다. 오스카르 패거리는 뒤돌아보지 않고 학교로 들어갔다.

"나 어때 보여?" 내가 문을 열어 줄 때 말린이 물었다. "쿨해 보여?"

"당연하지." 내가 대답했다.

레일라와 베카는 언제나처럼 구석에 서서 이야기를 하고 있었다. 우리가 교실로 들어가자 둘은 눈인사만 살짝 했다. 오스카르 패거리는 이미 스뉴스 케이스로 아이스하키를 시작했다. 한숨이 절로 나왔다. 욘은 저러지 않겠지.

만일 내가 뉴욕에 살았다면 레일라와 베카를 보고 모르는 체했을 것이다. 내 뉴요커 남자 친구는 레일라와 베카가 거리 맞은편에 서서 우리에게 손짓하는 걸 보고 물을 것이다. "저 루저들은 누구지?" 그러면 나는 이렇게 대답하겠지. "글쎄, 모르겠는데." 욘은 내 뉴요커 남자 친구가 될 수 있다.

맨디와 존(만다와 욘의 영어식 이름이다.).

꽤 괜찮은걸.

5
백 년의 고독

편의점에서 놀지 않을 땐 우리는 대개 도서관에 간다. 도서관은 학교 바로 옆에 있어서 방과 후에 가기도 쉽다. 사서 아저씨의 이름은 웡베고, 거기서 영원히 일한다. 무슨 소리냐고? 엄마가 그렇게 말했다. 엄마도 우리 학교에 다녔는데 그때 이미 웡베 아저씨가 도서관에서 일하고 있었다고 했다. 아저씨는 친절하고 키가 작고 재빠르며, 삑삑거리는 목소리로 말을 한다. 나는 아저씨가 좋다. 좀 다람쥐 같기도 하다. 허리 위까지 치켜올린 청바지와 피케 셔츠를 입은 다람쥐.

"헬로 걸스." 우리가 도서관에 들어서면 아저씨는 늘 이렇게 인사한다.

실은 오늘 말린은 갖고 있는 바지 중 가장 불편한 청바지를 입고 왔기 때문에 바지를 갈아입으려고 집에 바로 가고 싶어 했지만, 나는 말린의 등을 떠밀어 같이 왔다.

"헬로 윙베." 말린이 미국식 억양으로 윙베 아저씨에게 인사했다.

둘은 도서관에서 만날 때마다 그렇게 인사를 했고, 그때마다 윙베 아저씨는 킥킥 웃는 바람에 자그마한 콧수염이 움찔거렸다. 딱 다람쥐처럼.

"콜롬비아 작가들의 책이 있나요?" 내가 물었다.

"콜롬비아 작가들이라. 여행 갈 거니?"

"아니요, 쟤는 한 남자에게 깊은 인상을 심어 줘야 해서요." 말린이 말했다.

"아니, 그래서만은 아니에요." 내가 재빨리 말했다. "저는 언제나 다른 문화에 관심이 많아요."

그건 전혀 틀린 말이 아니다. 나는 거의 날마다 뉴욕으로 이사하는 생각을 하니까.

"너는 운이 좋구나." 윙베 아저씨가 말했다. "콜롬비아 그리고 실은 남아메리카 전체엔 문학 전통이 엄청나게 풍부하단다. 《백 년의 고독》(콜롬비아 출신 노벨문학상 수상 작가 가브리엘 가르시아 마르케스의 소설.)!"

"영원한 외로움!" 말린이 말하며 엉덩이까지 내려가 버린 청바지 허리띠 고리를 잡아 올렸다. "만다, 너한테 딱이네."

"딱이지. 게다가 노벨문학상 수상 작가야." 윙베 아저씨가 말했다.

"하하, 재밌네요." 나는 말린에게 가운뎃손가락을 날리며 말했다.

"그리고 물론 이사벨 아옌데의 책도 있지만, 아옌데는 사실 칠레 출신이야." 윙베 아저씨가 말했다.

"노벨상이 좋겠어요. 그 책은 어디에 있어요?" 나는 말린의 바지를 내려 버리려고 시도하다 말린이 가하는 일격을 피한 후 말했다.

"따라오렴." 윙베 아저씨는 우리가 뭘 하고 있는지 알아채지 못한 채 말했다.

우리는 책장들 사이로 아저씨를 따라갔다. 말린은 나를 F-G 서가로 밀쳐 버리려고 시도했지만 나는 굳건하게 갔다. M 서가에서 윙베 아저씨는 걸음을 멈추고 꽂힌 책들의 책등을 따라 작고 여윈 손가락을 움직였다. 그러는 동안 말린은 맞은편 책장에서 책을 한 권 빼서는 넘겨봤다.

"여기 있다!" 마침내 윙베 아저씨는 내 두 손에 책을 한 권 놓으며 말했다.

"이 책은 나의 어린 시절 굉장한 독서 체험이었단다."

그런 다음 아저씨는 잽싼 발걸음으로 대출대 뒤의 아저씨 자리로 사라졌다.

나는 내 손에 얹힌 책을 봤다. 책은 멋졌고, 표지는 진청색에 꽃들이 그려져 있었다. 하지만 꽤 두꺼웠다. 말린이 책을 힐끗 보더니 말했다.

"오직 그 피자 담당 직원을 위해서 이 책을 다 읽겠다고?"

"그 사람을 위해서만은 아니야. 이 책은 고전이라고!"

내가 대꾸했다. 나는 책을 꽤 많이 읽고 어른들 책도 종종 읽는지라 말린이 이렇게 놀랄 필요가 없다.

"욘은 어쩌면 콜롬비아에 대한 기억이 전혀 없을지도 몰라. 그런 생각은 안 해 봤어?"

"나는 어쩌면 그냥 교양을 쌓고 싶을 뿐일지도 모르는데?"

"아니면 욘은 책을 전혀 읽지 않거나." 말린이 우리가 평소에 앉는 안락의자로 가면서 말을 덧붙였다. 안락의자는 주황색이고 흉측한데 놀라울 정도로 편하다. 하지만 너무 흉측하게 생겨서 사람들은 여간해선 앉지 않는다. 우리 빼고.

"그 사람 얼굴에서 책을 읽는다는 게 보인다고."

정말 그렇다. 욘은 똑똑하게 생겼다. 교양이 넘쳐 보인다.

"아니면 그 사람은 어쩌면 형편없는 밈(meme)만 볼지도 몰라." 말린이 말했다.

"그렇지 않아." 내가 말했다. "너도 그런 건 안 봐. 더구나 그건 내가 이 책…"

책 제목이 뭐였더라. 표지를 흘긋 봤다.

"…《백 년의 고독》을 읽는 목적이 아니야."

"그 자체로 좋은 제목이야." 말린이 말했다. "'영원한 외로움'처럼, 19세기스럽긴 하지만."

"내 자서전 제목은 '영원한 외로움'이 될 거야." 내가 말했다.

"내 자서전도 마찬가지야. 지금 나는 정말로 로맨스를 원해." 말린이 한숨을 내쉬었다.

"음." 나는 첫 쪽을 읽으면서 말했다.

"아니면 적어도 이런 개똥 같은 일에서 벗어날 수 있는 일이 일어나면 좋겠어."

"어떤 개똥 같은 일?"

"만일 우리가 어떤 식으로든 편의점 피자 담당 직원과 친구가 된다면 아마도 그 사람은 우리에게 다른 사람들을 소개해 줄 수 있을 거야. 시내에 사는 사람들!"

말린은 말하며 앉아 있던 안락의자에서 더 똑바로 앉았다.

"그 사람 누나는 기독교인이야." 내가 말했다.

"우리가 그 사람 누나와 어울릴 필요는 없잖아." 말린이 말했다. "만일 그 사람이 네 언니와 알고 지낸다면 어쩌면 그 사람은 다른 멋진 사람들과 알고 지낼지도 몰라. 다른 사람이란 건…."

말린은 말하다가 말고 조용해지더니 생각에 잠겨 자기 운동화를 봤다.

"그 책을 읽어 봐. 그러면 그 남자하고 말할 게 있을 거야. 나는 탐구를 좀 할게."

말린은 그렇게 말하고 책장들 사이로 사라졌다. 나는 다시 책을 폈다. 온 생각 때문에 집중하기 어려웠다. 하지만 이 책을 읽는 것만으로도 욘에게 더 가까이 갈 수 있을 것 같은 느낌이 들었다. 이 책이 욘이 가장 좋아하는 책이면 어쩌지? 아마 욘은 이렇게 말할 것이다. "와, 그 책을 읽었어? 그 책은 아는 사람도 드문데." 그러면 나는 이렇게 대답하겠지. "그 책은 나에게 굉장한 독서 체험이었어."

욘이 나를 학교 앞에서 기다린다면 우린 함께 도서관에 갈 수 있을 것이다. 욘은 나에게 자기가 좋아하는 책들을 보여 줄 것이고, 나도 욘에게 내가 좋아하는 책을 보여 줄 것이다. 그런 다음엔 우린 아마도 책장 사이로 들어가 스킨십을 할 것이다. 윙베 아저씨가 볼 수 없는 곳에서.

만일 욘이 학교 앞에서 나를 기다렸다가 데리고 가면 레일라와 베카가 뭐라고 할지 궁금하다. 둘은 질투심이 들까? 그리고 어쩌면 욘의 마음을 빼앗아 보려 할지도 모른다. 하지만 욘은 걔네들에게 넘어가지 않을 것이다. 욘의 얼굴만 봐도 안다. 더구나 레일라는 책이라고는 읽어본 적이… 아니다, 나는 사실 레일라가 책을 읽는지 어떤지 잘 모른다. 베카와는 서로의 책을 빌리곤 한 적이 있지만, 그게 언제 적 일인데.

어쩌면 욘은 졸업 파티에 나랑 같이 갈 수 있다. 우리는 아마도 몸을 딱 맞대고 춤을 출 것이다. 댄스 플로어는 없더라도. 다들 우리를 보고 숙덕거리겠지. 나는 말린의 댄스 파트너도 찾아 줘야 하는데, 남자친구가 생겨도 친구들을 버리지 않는 게 중요하기 때문이다.

나는 그런 사람이 되지 않을 작정이다! 하지만 말린도 이해를 좀 해 줘야 한다, 우린 이제 막 사랑에 빠졌으니까. 적어도 연애 초기에는 말이지.

"여기 있어, 이 책도 빌려." 말린이 내 품에 두꺼운 책을 한 권 던지며 말했다.

"이건 무슨 책인데?" 내가 물었다.

"펑크의 역사에 관한 책이야."

말린은 다시 바지를 추켜올리면서 바지가 잘 올라가도록 제자리에서 살짝 뛰었다. 그런 다음 다시 안락의자에 앉았다.

"《Please kill me》." 말린이 말했다. "내 두 번째 자서전 제목이야."

말린이 가져다 준 책 제목은 진짜 《Please kill me》였지만 영어기 아닌 스웨덴어 책이나.

"내가 이걸 왜 읽어야 해?" 내가 물었다.

"그 피자 담당 직원이 펑크족이니까." 말린이 대답했다.

"엥, 욘은 평범하기 짝이 없게 보이는데." 내가 말했다.

"야, 내가 그거에 대해 뭐라고 했어?" 말린이 말했다. "경찰은 다 나쁜 놈들."

"그래, 좋아." 내가 말했다. "하지만 두 권 다 읽을 시간은 없을 거야. 네가 한 권을 맡아 줘야 해."

"사랑에 빠진 건 내가 아니야." 말린이 말했다.

"나도 아니야." 내가 말했다.

"그래, 하지만 어쨌든 나보다는 네가 더 많이 사랑에 빠져 있잖아!"

"하지만 늘 펑크족에 대해서 이야기를 늘어놓고, 이 개똥 같은 일에서 벗어나고 싶다고 말하는 건 너잖아." 나는 다시 책을 말린에게 던지면서 말했다.

"그래, 그럼 너를 위해서."

말린은 책을 마구잡이로 펼치고 사진들을 몇 장 보더니 말했다.

"그래도 꽤 멋지네."

"음." 나는 다시 《백 년의 고독》 첫 페이지를 읽기 시작했다.

"펑크 피자." 말린이 말했다. "지금부터 욘을 그렇게 부르기로 하자."

펑크 피자는 사실 좀 재미있지만, 욘을 그렇게 부를 수는 없다. 상상을 해 보라. "여긴 내 남자 친구인 펑크 피자야…." 됐거든.

"이제 그만 자전거 타고 집에 갈까? 당장 이 바지를 벗을 수 없다면 죽어 버릴 거야." 말린이 말했다.

나는 책을 큰 소리 나게 덮었다. 어차피 처음부터 다시 시작해야 한다. 지금 첫 쪽만 네 번 읽었다. 집에 가면 분명히 더 잘 읽히겠지.

⑥
일 대 영

"똑 또독 똑똑, 똑똑."

언니가 자기 방에서 신호를 보내듯 벽을 두드리며 주절거렸다. 나는 그저 응답으로 벽을 걷어찰 뿐이었다.

"야, 뭐 하는 거야?"

그래도 언니는 내 방으로 온다. 언제나처럼.

열두 살 때부터 나는 내 방문에 자물쇠를 달기 원했지만, 엄마 아빠는 내게 그런 게 필요하다고 생각하지 않는다. 대신 엄마 아빠는 언제나 노크하겠다고 약속했다. 하지만 언니는 아무 약속도 하지 않았다.

"나 바쁘다고 한 거 못 들었어?"

"하지만 심심해." 언니는 내 소파에 몸을 던지며 말했다.

나는 책을 숨겼다.

"뭘 읽는 거야?"

언니는 블러드하운드(수색견으로 활동하는 사냥개 품종.) 같아서, 내가 이야기하고 싶지 않은 것이 있다는 정황의 냄새를 맡는 데 언제나 성공한다.

"아무것도 아냐." 내가 말했다. "학교에서 하라는 거야."

"봐도 돼?" 언니가 말했다.

나는 책장 한 귀퉁이를 접고 책을 덮은 후 언니에게 던졌다. 책이 언니의 배를 정확히 맞췄다.

"야, 조심해!" 언니가 소리를 질렀다. 그리고 책을 들고 이리저리 살펴보며 말했다. "학교에서 이런 걸 읽어?"

"응, 우리가 친숙해질 노벨문학상 수상 작가를 골라야 했는데 나는 저 책을 골랐어. 재미있겠더라고. 윙베 아저씨가 좋은 책이라며 추천해 줬어." 내가 말했다.

내가 이런 생각을 해내다니, 몹시 흡족했다. 학교에서 시켰다면 할 수밖에 없으니까. "노벨문학상 수상 작가와 친숙해지세요." 구닐라 선생님의 목소리가 들릴 지경이었다.

"너희 스웨덴어 선생님, 구닐라 선생님 아냐?"

"맞아, 그런데?"

나는 손톱 밑을 살짝 파냈다. 이 블러드하운드 같으니.

"우린 그런 과제가 전혀 없었는데?" 언니가 책을 넘기며 말했다.

"구닐라 선생님도 좀 변할 수 있잖아?" 나는 고개도 들지 않고 대답했다.

"구닐라 선생님이?" 언니가 책 뒤표지를 살피며 말했다. "1999년부터 시험 문제가 똑같기로 유명한 선생님? 난 그렇게 생각 안해."

나는 아무 말도 하지 않았다. 블러드하운드에게 무슨 말을 하겠는가?

"알았다! **알았어!**"

언니는 똑바로 앉더니 장애가 있는 손으로 나를 가리켰다. 언니가 진짜 화가 나거나 기뻐할 때만 이런다. 지금은 어떤 쪽인지 모르겠고 뭔가 반반 같다.

"뭘 알았다는 거야?" 언니가 이제 다 안다는 걸 알았지만 나는 물었다.

"정말 너답다! '가브리엘 가르시아 마르케스는 콜롬비아의 가장 강력한 문학적 목소리 중 하나이며….'" 언니는 책 뒤표지를 읽었다. "콜-롬-비-아아아아!"

"응, 그런데?" 나는 힘없이 말했다.

"내가 말했잖아." 언니는 소파에 불필요하게 천천히 기대며 말했다.

"뭐라고 했는데?" 나는 함정인 줄 알면서도 물었다. 더는 이길 수 없을 것 같았다.

"응, 어제 내가 뭐어-라고-오- 했어? **뭐라고** 했지?"

언니가 웃었다. 가끔 아주 거슬린다. 오늘도 승리의 담배를 피우는 척하며 책에 담뱃재를 터는 흉내를 냈다.

"그렇구나! 뭘 알고 싶은 거야?" 언니가 말했다. "욘이랑 나, 아는 사이잖아."

"언니가 어떻게 그 사람을 알아?"

질문하고 싶지 않았지만, 그럴 수가 없었다. 나는 욘에 대한 모든 걸 알아야 했다. 더구나 언니와 욘이 정말로 서로 아는 사이인지, 그리고 그렇다면 사이가 어떤지, 그러니까 둘이 원수인지 아니면 친구인지 알아 두면 좋다. 만일 둘이 친구라면 그건 괜찮다. 그렇다면 아마도 우리는 함께 어울려서 보드게임을 같이 하며 다투는 척하는 장난을 칠 수 있을 테니까. 욘과 언니는 나를 상대로 같이 뭉치고 나는 삐친 척할 수 있겠지. 그래도 사실 나는 우리 가족과 욘이 아주 잘 어울려 지낸다는 사실에 물론 기뻐할 것이다. 어쩌면 엄마 아빠도 합세해서 보드게임을 할 수 있을지도? 그런데 우리한테 할 만한 보드게임이 있나? 내 방 책장을 보니, 맨 밑 칸 종이 더미 아래 〈아프리카의 별: 사라진 다이아몬드〉라는 보드게임과, 언젠가 말린이 나에게 크리스마스 선물로 준 멋진 배우들 사진이 인쇄된 메모리 게임용 카드 한 벌이 정말로 있다. 이런 보드게임을 할 수는 없다.

만일 욘이 내 방을 둘러보는 일이 있다면 아마도 저것들은 쓰레기통 행일 수밖에 없을 것이다. 잠깐, 내 방은 어떻게 보일까? 욘을 초대하기 전에 말끔하게 정리해야 한다. 적어도 청소는 해야 한다. 침대 옆 구석에는 내가 빨래 바구니에 넣지 않고 내팽개쳐 둔 더러운 속옷과 양말이 분명히 열다섯 벌은 있다. 욘이 내 방에 와서 월경혈이 묻은 팬티를 보면 어쩌지? 참으로 깨끗해 보이겠다. 나는 엄마에게 내 방에 전용 빨래 바구니가 있어야 한다고 말했는데, 만일 욘이….

"지구가 부른다!"

나는 소파에 앉아서 양팔을 휘두르는 언니를 쳐다봤다. 언니가 무슨 이야기를 했는데 내가 못 들은 모양이다.

"내가 뭐라고 말했는지 들었어?"

"뭐, 언니가 똥멍청이라는 말?"

나는 될 수 있는 한 불만족스럽게 보이려고 했다.

일 대 영.

"오호라, 똑똑한 대답이네."

언니가 눈을 희번덕거렸다.

"내가 뭐라고 했냐면, 욘은 아마 부활절에 타티가 여는 파티에 갈 거라고."

"타티가 누군데?"

"그냥 그런 애가 있어." 언니가 갑자기 아기 목소리를 내며 말했다. "야, 욘이 네 남자 친구가 되고 싶어 하는지 내가 물어봐 줄까?"

"하하, 재밌네." 나는 책에 손을 뻗으며 말했다.

사실 누군가가 욘에게 나와 데이트를 하고 싶어 하는지 물어봐 준다면 일은 훨씬 더 쉬울 것이다. 하지만 나는 사람들이 그런 식으로 로맨스를 시작하지 않는다고 강하게 확신한다. 어렸던 6학년 때, 나는 오스카르에게 나랑 데이트하고 싶은지 물었다. 걔는 그렇다고 대답했고 우리는 사귀었다. 우리는 한 번도 따로 만난 적이 없고 아무것도 함께하지 않았지만, 사귀었다. 이론적으로 보자면 우리는 헤어지지 않았으니 원칙적으로 여전히 커플이다. 베카가 그걸 알았다면 어쩌나.

"솔직히 말하자면, 욘은 분명히 네 이상형이 아니야." 언니가 말했다. "아니면 네가 걔 이상형이 아니거나."

"언니가 그거에 대해 뭘 아는데?" 내가 물었다.

"너는 똥멍청이고 걔는 아니니까."

"오호라, 똑똑한 대답이네." 나는 언니 흉내를 냈다.

언니는 어깨를 으쓱거리더니 뒷주머니에서 휴대전화를 꺼내 뭔가를 쓰기 시작했다. 나는 책을 내려다봤다. 45쪽. 노벨문학상 수상 작가의 책을 읽기란 쉽지 않았다. 정말 욘이 이 책을 읽었는지 궁금해졌다. 어쩌면 영화로 만들어졌을지도 모른다는 생각에 나는 책을 옆으로 치우고 휴대전화를 꺼내 구글 검색을 시작했다.

"아니 얘들아, 휴대전화를 보는 거 말고는 다른 할 일이 없니?"

엄마가 방문 앞에 서서 우리를 보며 말했다.

"우리 둘이 휴대전화를 막 집어 든 타이밍에 딱 엄마가 와서 보고는 우리가 휴대전화만 붙잡고 있다고 믿는 거예요. 엄만 언제나 우리에 대해 최악만 생각하잖아요." 언니가 말했다.

"엄마가 우연히 딱 이 모습을 봐 오긴 했지." 엄마가 우리를 향해 손짓했다. "5년 동안 거의 매일."

"하지만 그게 무슨 상관이에요? 친구들과 연락하는 게 위험한 일도 아니고." 언니가 대꾸했다.

"그리고 사실 저는 학교 숙제를 하고 있었어요." 내가 말을 얹었다.

"맞아요, 만다는 노벨문학상 수상 작가와 친숙해져야 하거든요." 언니는 말하고는 쪽, 하고 뽀뽀하는 소리를 냈다.

"닥쳐, 똥멍청이야." 나는 언니에게 베개를 던지며 소리를 질렀다.

"퓨, 너나 다쳐."

언니는 베개를 되받아 던지지 않고 자기가 베고 누웠다. 젠장, 가장 편한 베갠데.

"어쨌든 엄마랑 아빠는 장 보러 갈 거야. 우리가 돌아왔을 때 식기세척기 안에 있는 그릇은 정리가 되어 있어야 하고, 부엌 바닥도 청소기로 청소되어 있어야 해."

"**전 못 해요.**" 나와 언니가 동시에 외쳤다.

"엄마는 너희 중에 누가 뭘 할지는 신경 안 써. 되어 있는지 결과만 볼 거니까." 엄마가 말했다.

"엄마, 오늘 팔이 이상하게 뻣뻣해요." 언니는 장애가 있는 팔을 마사지하며 말했다. 언니를 모르는 사람에겐 잘 먹혀드는 수법이지만 안타깝게도 엄마는 언니를 너무 잘 안다.

"그렇다면 너한테 왼팔이 있는 게 참 천운이겠구나." 엄마는 돌아서며 말을 이었다. "그리고 만다는… 빨랫감 좀 내놓고!"

"네네." 내가 말했다.

딱 그때 말린에게 메시지가 왔다.

새 소식이 많아!!! 15분에 놀이터에서?

청소해야 해. 30분에?

"제가 식기세척기 맡을게요!" 나는 부엌으로 달려가며 말했다. 둘 중 하나를 선택해야 한다면 식기세척기 정리가 청소기 돌리는 것보다 더 빨리 끝난다.

내 뒤에서 언니가 끙끙거리는 소리가 들렸다. 결정적인 한 방을 제대로 먹었다.

일 대 영.

⑦
레이디킬러

놀이터로 길을 꺾어 들어갔는데 말린은 이미 그네를 타고 있었
다. 자갈이 자전거 바퀴 아래에서 바스락거리는 소리를 내자 말린
이 고개를 들었다.

"뒷바퀴에 바람 넣어야겠다." 말린이 말했다.

"나도 알아, 근데 자전거를 가지고 나왔을 때부터 이랬어."

나는 저 작은 그네를 타고 놀 마음이 나지 않아서 말린 뒤에 서서
등을 밀어 줬다. 내 양 손바닥으로 느껴지는 말린의 등이 따뜻했다.
말린은 아빠에게 선물로 받은 크고 비싼 다운재킷을 입고 있었다.
이런 비싼 재킷은 나에게 그림의 떡인데, 만일 내가 물어만 봐도 엄
마는 내 얼굴에 대고 웃을 것이다.

다시 추워졌다. 아마도 부활절 모닥불 행사 때 눈이 올 것이다.

"새로운 소식이란 게 뭐야?" 말린은 우리가 만나는 게 왜 중요한지 잊은 것 같아서 내가 물었다.

"뭐 별 건 아닌데, 내 로맨스를 찾아낸 것 같아."

말린은 움직이는 그네에서 뛰어내려 나를 향해 돌아섰는데 그 모습이 몹시도 신비스러웠다.

"너 말이야, 신비스럽게 보이고 싶을 때 정확히 지금처럼 해야 해!" 내가 말했다.

"어떻게?"

말린의 눈이 커지면서 신비로움이 사라졌다. 그저 여느 때와 같은, 유쾌하고 안절부절못하는 말린으로 돌아왔다. 말린은 휴대전화를 꺼내서 카메라로 자기 얼굴을 찍어 보려 하지만 이내 싫증을 냈다. 나는 말린이 비운 그네에 앉았다.

"네가 다시 신비로운 모습일 때 알려 줄게." 나는 말하고는 두 발로 땅을 찼다.

"적어도 그건 나에게 희망을 줘, 가장 뜻밖의 순간에 어쩌면 나는 신비로운 모습으로 돌아다닐 거라는 희망 말이야." 말린은 안경을 벗고 휴대전화 카메라를 실눈 뜨고 쨰려보며 말했다.

"그럼 지금 얘기해 봐! 벌써 로맨스를 만드는 데 성공한 거야?" 내가 물었다.

"나는 유능하니까." 말린이 말했다. "그리고 상대는 아직 그거에 관해 모르거든."

"뭐야, 아직 시작도 안 된 거잖아." 내가 말했다.

"하지만 이건 운명이야. 내가 빌렸던 펑크에 관한 책 기억나?"

말린이 짜증이 날 정도로 느리게 얘기하는 경우가 있는데, 자기 말에 내가 호기심을 가졌다는 것을 말린이 알고 있을 때 그렇다.

"그러니까 그 책에서 로맨스 상대를 찾아냈다고?"

"아니, 하지만 책을 넘겼을 때 내가 될 건 펑크족이라는 걸 깨달았어. 물론 나는 원리적으로는 이미 펑크족이긴 한데, 내 말뜻은 말이지… 이거 보여?"

말린은 자기 머리를 가리켰다. 큼직하고 형클어진, 두 가닥으로 땋은 머리. 여느 때와 똑같았다.

"네가 펑크를 듣는다고?" 나는 의심스러워하며 물었다. 말린의 음악 취향은 꽤 개성이 있는 편으로, 새롭게 발견한 좋은 밴드들에 대해 귀띔해 주는 건 언제나 말린이지만, 그 밴드들은 그리 펑크스럽진 않고 정통 록 혹은 감성적인 쪽에 가깝다.

"요새 듣는다고."

"좋아, 그래서 너는 펑크족이구나." 내가 말했다. "그럼 로맨스는?"

"알아맞혀 봐!"

말린이 제자리에서 높이 뛰며 말했다.

"모르겠어…. 이 동네엔 펑크족이 아무도 없을 거야." 푸그가 있다는 생각이 떠오르기도 전에 말이 나와 버렸다.

말린은 내가 자기 말을 이해했다고 판단하고 천천히 고개를 끄덕였다. 하는 행동이 모두 과장 그 자체다. 좋은 배우는 못 되겠지.

"말도 안 돼." 내가 말했다.

"나 지금 절대적으로 진지해." 말린은 말하고는 미끄럼틀 아래로 뛰어 들어가 앉았다. 뒤따라가고 싶지 않지만 어쩔 수 없었다. 말린은 킥킥거리며 앉아서는 양발로 땅을 굴렀다.

"하지만 그 사람은 약쟁이잖아." 나는 옆에 있는 작은 의자에 앉으며 말했다.

"그건 그저 소문일 뿐이야. 남들이랑 좀 다르다는 이유만으로 네가 사람들에게 편견을 가졌을 거라곤 생각하지 못했어." 말린이 말했다.

'좀 다르다.' 그러니까 말린은 푸그 에크홀름을 그렇게 보는 거다. 약쟁이 푸그를, 밴드 레이디킬러의 푸그를. 그 밴드의 공연을 담은 동영상이 인터넷에 있는데, 거기서 푸그는 병맥주를 마시고는 관객들에게 맥주를 뱉어 버린다. 나는 언니가 푸그와 알고 지낸다는 걸 알고 있었는데, 언젠가 한번은 가게에서 언니가 푸그에게 인사했기 때문이다. 그 자리에 같이 있던 아빠는 푸그가 허수아비같이 생겼다고 말했다. 나는 아빠가 그런 난처한 아저씨 모습일 때 하는 말에 절대 동의하지 않지만, 사실 아빠의 말에는 일리가 있었다. 푸그의 모습이 꽤 엉망진창이라는 점에서.

"하지만 푸그는 아주… 지저분하잖아." 내가 말했다.

나는 푸그에게서 꽤 고약한 냄새가 난다는 상상을 했다. 펑크족 같은 모습 때문일까? 그래도 욘은 깨끗해 보이던데. 푸그는 등까지 내려오는 드레드록 머리를 하고 다녔다. 바지는 갈기갈기 찢어져서 금속 징이 잔뜩 박힌 벨트와 큼직한 장화로 간신히 모양을 유지하는 천 쪼가리 같았다.

"푸그는 지저분하지 않아, 그저 그 사람 스타일이 그럴 뿐이야! 푸그는 자기만의 스타일이 있고 네가 함부로 말하는 그 이상의 사람이야." 말린이 말했다.

여느 때보다 짙은 말린의 눈화장이 이제야 보였다.

"하지만 푸그는 물론….".

나는 더 말할 게 생각나지 않는다. 나는 푸그에 대해 그리 많이 알지 못하고, 그저 푸그가 몇 년 지나 누군가를 살해했다는, 아니면 그런 비슷한 그 뭔가를 우리가 들을지도 모른다고만 생각했다.

"푸그는 완벽해." 말린이 말했다. "봐봐!"

말린이 푸그의 사진을 보여 줬다. 나는 드레드록과 사슬과 옷 뒤에 감춰진 무언가를 들여다보려고 노력했지만, 그것들을 따로 떼어 놓고 모든 게 어디에서 왔고 뭐가 뭐에 속하는지 이해하기 어려웠다. 푸그는 그저 더러운 빨래 더미처럼 보였다. 그래도 어쩌면, 빨래 더미 뒤에 멋진 눈을 감추고 있을 수도 있지. 말린에게 그렇게 말해 주자 말린은 기뻐했다.

"물론 그렇지! 푸그는 사실 엄청 착한 사람이라는 게 눈에서 보여. 누군가가 엄청 착하지만 동시에 사악하게 보일 때 얼마나 멋진데. 그리고 밴드에는 기타를 연주하는 우크라이나 출신 여자 멤버가 있어. 좋은 여성관을 갖고 있다는 뜻이야."

"밴드 이름이 레이디킬러 아냐?"

"맞아, 하지만 그건 중의적이야." 말린은 한숨을 쉬더니 말을 이었다. "네 언니는 푸그랑 친구일 거야. 그럼 푸그는 엄청 끔찍한 사람이 아니라는 뜻 아냐? 너희 언니는 물론 멋져. 우린 아마도 언니랑 더 많이 어울려야 할 거야."

"언니는 날 미워해. 그런데 있잖아, 푸그랑 어떻게 로맨스를 시작할 거야? 푸그를 부모님께 소개할 거야? 네가 푸그 에크홀름을 데리고 집에 간다고? 너희 엄마는 기절하실걸?"

"아니, 너 정말 바보야? 나는 로맨스를 시작한다고 했지, 새 남자친구를 부모님한테 소개한다고 하지 않았어."

"차이가 뭔데?"

"로맨스는 말이지, 좀 금지된 일들이야. 흥미진진하고… 뜨거울 거라고! 반면에 남자 친구는 아이스하키를 취미로 하고, 정리가 잘된 침대에서 여자 친구와 스킨십을 조금 하는 정도의 사람이야."

나는 욘과 뭘 하고 싶은지 모르겠다는 생각이 들었다. 어쩌면 좀 둘 다일지도. 그냥 모든 걸 하고 싶었다.

"푸그는 내 여름 로맨스 상대야. 우리가 스무 살이 되어 뉴욕에 살게 된다면, 어려서 도시의 유일한 펑크족과 로맨스를 만들었던 여름날을 이야기할 수 있겠지. 나는 어쩌면 푸그에 대한 책을 쓸지도 몰라. 아니면, 더 나아가서 영화를 만들지도 몰라!"

"하지만 푸그하고 이야기해 본 적은 있어?"

"있어, 한 번! 우리가 시립공원에 갔을 때 기억나? 푸그가 와서 우리랑 이야기했던 그때?"

"참나, 푸그가 우리한테 라이터가 있는지 물어본 다음에 네 새 신발에 맥주를 반 병이나 부어 버렸던 그때?"

"맞아! 기억하네!"

"글쎄, 그걸 푸그가 기억할까? 그날 푸그는 서 있을 수 없을 정도로 취해 있었어! 그리고 내 기억이 맞다면 너는 되게 겁을 먹어서는 내 등을 떠밀어 함께 자리를 피했고."

말린은 그저 고개를 저을 뿐이다.

"하지만 푸그는 나한테 묻기도 했던 거야! 푸그는 나를 보고 나를 선택했다고!"

"아니 그러니까 말린, 네가 푸그 에크홀름하고 로맨스를 시작하려 하는 게 좋은 생각이라고 판단할 수 있는 근거 한 가지만 대 봐."

"그 사람, 네 피자 담당 직원하고 친구야." 말린이 말했다. "둘이 같은 밴드에서 활동해."

"욘하고?"

"왜 그렇게 놀라? 사실 생각해 보면 그건 꽤 자연스러운 일 아냐?" 말린은 내가 아무것도 이해하지 못한다는 것처럼 한숨을 쉬며 말했다.

　말린은 자기 휴대전화에서 검색하더니 짧은 동영상을 보여 줬다. 웬 파티를 찍은 영상인데, 두 사람이 서로 팔을 걸고 엄청나게 큰 병에 들어 있는 무언가를 마시는 장면이었다. 한 사람은 지저분한 드레드록 머리에 눈에는 진한 아이라이너를 그렸고, 다른 사람은 욘이었다.

8

텔레비전 어린이 프로그램 같은

이어지는 주에 나와 말린은 욘과 푸그에 대한 정보를 모아 보려고 했다. 어디서 누구와 어울리는지, 뭘 좋아하는지를. 나는 말린이 이야기했던 밴드에 대해 알아봤는데 말린의 말대로 욘과 푸그는 가까운 친구 사이인 것 같았다. 그건 그리 이상하지 않은 것이, 언니도 그 둘 모두와 알고 지내는 것 같았기 때문이다.

아쉽게도 욘과 푸그는 둘 다 별로 활동적이지 않아서, 평소에 뭘 하는지 알아내기가 쉽지 않았다. 하지만 이미 욘이 편의점의 피자 코너에서 일하고, 둘 다 레이디킬러에서 활동한다는 사실을 알고 있다. 우리가 찾아낸 레이디킬러의 공연 동영상으로 추정한다면 푸그는 연주보다는 주로 고함을 지르는 편이다. 말린은 내게 억지로 밴드 동영상을 10억 번쯤 보게 했다. 보이는 건 푸그뿐이었는데. 전에는 레이디킬러에서 푸그 뒤에 서 있는 사람이 누구인지 생각한 적이 없었는데 그 사람은 드럼을 치는 욘이다. 욘이 거기에 있다는 사실을 알고 나니, 왜 내가 전에는 욘을 알아보지 못했는지 이해하기 힘들었다.

어느 날 저녁 말린이 포토샵으로 편집한 사진을 하나 보냈는데, 푸그가 말린의 목을 핥고 있는 것처럼 보이는 사진이었다. 나는 그게 공연 동영상 중 하나에서 따온 사진이라는 걸 바로 알았다.

말린은 스타일도 바꿨다. 평소에도 남들과는 다르게 옷을 입었는데 지금은 더 그렇다. 청바지 한 벌을 난도질했고, 땋은 머리가 더 헝클어지도록 거꾸로 빗었다. 화장도 더욱 진해졌다. 아이라인을 길고 까맣게 그렸다. 보기에는 멋있어도 말린이 푸그에게 잘 보이려고 저런다는 사실을 아는 나에게는 좀 우스꽝스럽게 느껴졌다. 말린은 다음번에 푸그와 마주쳤을 때 자기를 알아보기를 바란다고, 그래서 자기는 더 뚜렷하게 펑크 스타일로 꾸며야 한다고 말했다.

우리는 보통 때보다 더 자주 편의점 계단에 앉았지만 욘을 보진 못했다. 그건 오히려 운이 좋다고 할 수 있는데, 만일 말린이 푸그에 대해 하는 말을 욘이 듣는다면 욘은 아마도 온 힘을 다해 줄행랑쳤을 것이기 때문이다. 우리가 그 주에 세 번째로 편의점 계단에 앉아 있을 때 말린은 눈을 희번덕거리며 말했다.

"내가 이렇게 꾸미고 노력하는 이유는 우리가 마음이 통하는 친구라는 걸 푸그가 이해하길 바라기 때문이야. 하지만 단지 푸그를 위해서만은 아니야. 마침내 내 스타일을 찾았다는 느낌이 들어. 아마 너도 그렇게 해야 할 거야. 네 스타일을 찾으라고."

"음, 나는 펑크족은 아닌 거 같아." 나는 내 청바지를 내려다보며 말했다. 바지는 평범하기 짝이 없다.

"그래, 하지만 펑크족이 아니더라도 너는 특별한 무언가겠지?"

"나는 그냥 내가 좀 멋진 사람이 되면 좋을 것 같아." 나는 뒤로 기대며 말했다. 계단 턱이 등을 파고들어서 다시 똑바로 앉았다.

"넌 뭐든지 될 수 있어." 청재킷 한쪽 소매에 옷핀 무더기를 줄 맞춰 꽂으며 말린이 말했다.

"욘의 생각을 알고 싶어. 뭐가 멋진 거라고 생각하는지 말이야." 내가 말했다.

"오, 그렇다면 네가 욘을 위해서 널 바꾸는 거네." 말린은 옷핀에 찔려 욕을 하면서 나에게 말했다.

"나를 바꿀 거라고 말하진 않았어. 나는 딱 여느 때처럼 하고 다닐 거야. 하지만 욘이 어떤 스타일을 좋아하는지 아는 건 재미있겠지."

나는 욘이 어떻게 생겼는지 거의 잊어버릴 지경이었다. 욘은 어디에서도 볼 수 없었고, SNS에 새로운 사진도 올라오지 않았다.

나는 계속 책을 읽을 힘이 없었다. 대신 말린이 보내 준 펑크 노래를 몇 곡 들어 보려 했다. 노래들은 나쁘진 않았지만, 그리 좋지도 않았다. 나는 말린이 그 노래들을 왜 좋아하는지 이해하지 못했다.

더구나 우리는 욘이 펑크를 좋아하는지 여부도 전혀 모른다.

나는 욘에 대해서 부스러기만 한 거라도 알고 싶었다, 내가 몰랐던 새로운 것을.

"우린 욘이 어디 사는지 알아낸다면 자전거를 타고 그 앞을 지나갈 수 있어." 말린이 말했다. "동시에 그건 푸그를 만날 최고의 기회이기도 하겠지. 만일 네가 욘이랑 사귀게 된다면….."

"만일 우리가 자전거를 타고 욘의 집 앞을 지나가는데 욘이 우리를 본다면 욘은 내가 최악의 스토커라고 생각하겠지."

"이미 그런 거 아니야?" 말린은 청재킷에 옷핀을 꽂으며 말했다. 한 팔에 옷핀이란 옷핀은 죄다 꽂은 기사 같은 모습이다.

"욘이 그걸 알 필요는 없잖아." 나는 어깨를 으쓱거리며 말했다.

"우린 욘과 푸그랑 친구가 될 방법부터 찾아야 해. 그런 다음엔 둘이 우리에게 반하는 건 시간 문제야."

나는 그 말을 믿기 어려웠다. 지금까지 아무도 나에게 반하지 않았으니까. 하지만 언젠가 욘과 이야기를 나눌 수 있게만 되더라도 나는 기쁠 것 같았다.

"만일 그 파티에 갈 수 있다면 어떨까." 내가 말했다.

"어떤 파티?" 말린이 말했다.

"타티라는 사람이 부활절에 파티를 열 거야." 내가 말했다. "언니는 거기 갈 건데 욘도 올 거라고 했어."

"타티!" 말린이 내 팔을 꼬집으며 말했다. "레이디킬러 멤버잖아.

우크라이나 출신 여자 멤버! 왜 아무 말도 안 했어?"

"몰랐어."

"그럼 분명히 푸그도 거기에 올 거야. 우린 꼭 가야 해!"

"언니는 절대 내가 거기 가도록 내버려 두지 않을 거야. 더구나 우린 초대도 안 받았는데."

"그런 파티는 초대받아서 가는 게 아니야. 그냥 알아서 가는 거지." 말린이 말했다. "완벽해! 우린 부활절 모닥불 행사 말고 다른 할 일이 있기를 원했잖아."

"하지만 언니를 따라 파티에 갈 가망이 나한테 있겠냐고." 내가 말했다.

동시에 나는 내가 그 파티에 갔을 때 일어날 일에 대해 상상할 수밖에 없다. 욘이 이렇게 말할 것이다. "아니, 여기서 만나네?" 아니면 "안녕, 나 너 본 적 있어." 그리고 내가 가방에 넣고 잊어버린 책을 욘이 우연히 볼 것이다. 어쩌면 욘은 나에게 맥주를 한 병 줄지도 모른다. 우리는 서로 우연히 부딪힐 때 웃을 것이다. 그러다 욘이 이렇게 말하겠지. "여기서 나갈래?" 나는 고개를 끄덕일 것이다. 우리는 밖으로 나가 함께 산책하거나, 정원의 그네 아니면 그냥 계단에 앉을 것이다.

우리가 이야기를 나누며 서로의 공통점을 발견하는 동안 파티는 계속될 것이다. 어쩌면 누군가가 와서 욘을 끌어당겨 데려가려고 할 수도 있지만, 욘은 안 된다고 말하며 조심스럽게 나를 가리킬 것이고 나는 저 둘의 대화를 모른척하겠지.

"그냥 파티가 어떤지 좀 볼 수 있잖아." 말린이 말했다. "제발. 나는 푸그를 만날 수 있어야 해!"

"응, 아마도. 하지만 그냥 서서 누군가가 주최한 파티를 보기만 하는 거에 불과하긴 해도, 그것도 좀 스토킹 아니야?"

"우린 그냥 자전거를 타고 지나갈 뿐이야! 밖에서 자전거를 탈 수 있지? 혹시 불법이니? 그것도 지금 금지된 거야?"

"만일 언니가 나를 보면 나를 죽여 버릴 거야. 진짜로."

"언니는 널 보지 못할 거야, 분명히 너무 취해서 아무것도 볼 수 없을 거야. 혹시 네가 언니 눈에 띄면 환각이나 헛것인 척이라도 하면 되잖아. 제발, 제발, 제발, 이건 내가 평생 원하는 유일한 것이고 그렇지 않으면 나는 더 이상 살아갈 이유가 없어!"

바로 그때 모터 자전거 소리가 들렸다. 헬멧과 재킷이 보이기도 전에 이미 나는 저 사람이 욘이라는 걸 알았다. 심장이 목구멍으로 치솟아 삼킬 수 없고 숨을 쉴 수도 없었지만, 욘을 보는 것만으로도 살아가는 데 필요한 모든 걸 얻은 기분이다.

욘은 모터 자전거에서 내려 헬멧을 벗었다. 욘의 뒤통수는 완벽했고 돌아설 때 영화 한 장면처럼 주위에서 불꽃이 작렬하는 것 같았다. 욘은 우리를 못 보고 그냥 안으로 들어갈 뿐이었다.

"가자." 말린이 말했다. "욘을 따라가야 해. 지금이 기회야!"

말린이 내 팔을 잡아끌었고 나는 따라갔다. 계단을 내려가서, 모퉁이를 돌아서, 편의점 입구 계단을 올라, 문으로 들어가서는 왕가슴 언니가 눈을 깜박이며 앉아 있는 계산대로 향했다.

"안녕하세요." 말린이 말했다.

"안녕, 안녕." 왕가슴 언니가 말했다.

"저, 궁금한 게 있는데요…."

그때 욘이 부엌에서 나왔다. 욘은 피자 밀가루가 덕지덕지 묻은 검은 티셔츠 차림에, 편의점 로고가 박힌 야구 모자를 쓰고 있었다. 욘은 우리를 봤지만 신경 쓰진 않았다.

"앞치마가 다 어디 간 거야?" 욘이 왕가슴 언니에게 물었다.

욘의 목소리는 내 위로 흘러내리는 차가운 요구르트 같았다. 나는 바닷가에 깔린 모래처럼 부드러워졌다. 말린은 여전히 내 팔을 잡고 있었다.

"무르겠는데." 왕가슴 언니가 어깨늘 으쓱거리며 말하는데 가슴이 흔들렸다.

나는 욘의 시선 끝에 뭐가 있는지 봤다. 그때 나는 욘이 어쨌든 가슴을 좋아한다는 걸 알았다. 하지만 대부분 그렇겠지.

"뭐가 궁금하니?" 왕가슴 언니는 다시 말린에게 몸을 돌리며 말했다.

기분 탓일까, 왕가슴 언니는 욘에게 말할 때보다 말린을 향해 더 활짝 미소 지었다.

"네, 그러니까요…."

내 팔을 잡은 말린의 손에 힘이 더 들어갔다.

욘은 음료 기계에서 콜라를 종이컵에 한 잔 받으며 그 자리에 계속 서 있었다. 그때 욘이 우리를 봤다.

"여름 아르바이트 자리요." 내가 말했다. "여름 아르바이트 자리가 있는지 궁금해서요."

"그렇구나, 아쉽지만 없네, 여름 동안 필요한 직원은 다 있는 것 같아." 왕가슴 언니는 미소를 지으며 말했다. "지금은 물론 욘도 여기에 있고."

"네, 그렇죠." 내가 말했다.

"하지만 너희 이름과 전화번호를 남겨 준다면 누군가 그만뒀을 때 연락할 수 있어." 왕가슴 언니가 위로하며 말했다.

"네, 저는 만다예요." 내가 말했다.

"그리고 저는 말린이고요." 말린이 재빨리 말했다.

"만다와 말린이라." 욘이 말했다. "텔레비전 어린이 프로그램도 아니고."

욘이 그 말을 대놓고 못되게 한 건 아니지만, 그래도 좀 유치하다는 느낌이 들었다. 욘은 콜라를 한 모금 마시고는 커튼 뒤 부엌으로 사라졌다.

"욘이 하는 말은 신경 쓰지 마, 쟨 원래 저래. 여기에 너희 전화번호를 적어 줘." 왕가슴 언니는 작고 흰 메모지 뭉치를 건네며 말했다.

"아, 나중에 쓸게요." 말린이 나를 끌어당기며 말했다.

우리는 편의점을 나와 다시 우리 계단에 앉았다. 나는 정면을 뚫어지게 응시했지만 아무것도 눈에 들어오지 않았다. 오직 욘의 치아, 욘의 머리, 욘의 두 뺨 그리고 종이컵을 들고 있던 욘의 손가락만이 아른거릴 뿐이었다.

"좋아, 그럼 우린 자전거를 타고 파티장을 지나가는 거야." 결국 내가 말했다. "재빨리!"

"그래! 우린 파티에 갈 거야!" 말린이 외쳤다.

9

하나도 초대 받지 못한 두 파티

말린은 이미 그 타티가 어디 사는지 체크해 놓았다. 연립주택이긴 한데 말린의 아빠가 사는 넷그룬뎃의 멋진 새 연립주택이 아니고, 더 지저분한 구역에 있는 연립주택이다. 흰색 아니면 베이지색인데, 뭐라고 정해서 말하기가 조금 어렵다. 뒷마당 사이에는 작은 갈색 울타리가 쳐져 있다.

나와 말린은 자전거를 타고 자주 그곳을 지나갔는데, 더 재미있지만 조금 더 먼 길, 즉 시내에 가는 길에 있었기 때문이다. 거기가 특별한 장소라는 사실도 모르고 그토록 많이 스쳐 지나갔다니! 물론 지금까지는 그곳에서 특별한 일이 일어나지 않았지만, 이번 토요일에는 일어날지도 모른다. 불과 이틀 남았다. 나는 그 사실을 생각할 때마다 가슴이 두근거렸다. 토르비엔 선생님이 다양한 기후에 대해 설명하는 걸 보고 있자면 좀 가라앉는다. 그건 세상에서 가장 가슴이 안 두근거리는 일이니까.

말린도 토요일 생각만 했다. 주로 뭘 입어야 할지가 생각의 주제였다.

"내가 펑크족이란 걸 푸그가 알아차리도록 충분히 펑크스럽게 보여야 하지만, 동시에 나는 '아니, 쟤는 무슨 하룻밤 사이에 슈퍼 펑크족이 됐잖아.'라고 다들 수근거릴 걸 생각하니까 마음이 답답해."

토르비엔 선생님의 지리 수업 후 점심 급식 줄을 섰을 때 말린이 말했다.

"그런 거 아니었어?" 나는 자기 머리통만큼 큼직해진 말린의 땋은 머리 두 갈래를 보며 말했다.

여기에 더해 말린은 표빔 무늬 레깅스에, 선명한 분홍색을 띠었으며 옷핀들이 덕지덕지 꽂혀 있는 오버사이즈 티셔츠를 드레스처럼 입고 있었다. 지난주까지 레깅스는 말린의 운동복이었지만, 이제는 말린의 펑크 바지가 되었다.

"맞아, 푸그가 그걸 알아야 할 필요는 없지만."

"하지만 우리는 파티에 한 발짝도 들여놓지 않을 거야. 그냥 자전거를 타고 지나갈 뿐이야."

"맞아, 나는 푸그와 맞닥뜨리고 하룻밤 사이에 펑크족이 됐네 어쩌네 하는 얘기를 들을 자신이 없긴 해. 그러니까 우리가 그냥 자전거를 타고 지나갈 거라면, 내가 노력을 엄청 많이 기울인 것처럼 보여선 안 돼. 파티에 참석한 사람들이 우연히 지나가는 나를 슬쩍 봤는데 굉장히 멋져 보이더라, 이렇게 생각되고 싶어." 말린은 자기 접시에 채 썬 당근을 한 국자 퍼 올리며 말했다.

"음… 분명 아무도 우리를 못 볼 것 같은데." 나는 내 접시에 있는 생선튀김에 사워크림 소스를 흠뻑 들이부으며 말했다.

감자 중에선 내가 찾아낼 수 있는 것 중 가장 작은 걸 집었는데, 학교 급식에 나오는 고무 같은 감자를 싫어해서다. 나는 감자 한 알을 바닥에 던지고 다시 튀어 오르는지 보고 싶지만, 오스카르 같은 멍청이가 아니라서 참는다.

"누군가가 우리를 볼 수도 있지. 만일 우리가 엄청 멋지게 보인다면 파티에 초대하겠지." 말린이 말했다.

"우린 들어갈 수 없어! 만일 언니가 파티에서 나를 본다면 난 끝장이라고!"

"하지만 언니가 뭘 하겠어? 우릴 때리진 않을 거잖아."

말린이 우리 언니를 멋지다고 생각하는 걸 알지만, 동시에 언니가 항상 나를 성가시고 유치한 존재라고 생각한다는 것도 안다. 여하튼 언니가 자기 입으로 그렇게 말하니까. 그리고 만일 언니가 시내에서 열리는 멋진 파티에서 나를 본다면 분명히 복수하기 위해서 나를 창피하게 만들 거다. 내가 두 살 때 욕조에 응가를 했던 일에 대해 욘에게 이야기할 게 뻔하다.

나는 요란한 소리를 내며 우리가 자주 앉아 밥을 먹는 탁자에 식판을 내려놓았다. 맞은편 끝에 앉아 있던 레일라와 베카가 살짝 흠칫 놀랐다. 레일라는 짜증을 내며 나를 쳐다봤다.

　"그래서 만일 욘…." 말린이 말을 시작했다. 나는 누가 듣는지 보려고 주위를 둘러보며 말린을 조용히 시켰다. 말린은 눈을 희번덕거리며 말을 이었다.

　"그래서 만일 그 사람이 나와서 '만다 안녕! 너 되게 멋있다, 나랑 들어가서 스킨십할래?'라고 말한다면 너는 '됐거든, 나는 우리 언니가 무서워.'라고 대답할 거야?"

　"물론 그런 일이 일어날 거니까." 나는 눈을 굴리며 말했다. 크네케브뢰드(주로 호밀가루로 만드는 바삭한 북유럽식 납작빵.)에 버터를 바르는데 베카가 말을 걸어 왔다.

　"부활절 방학(성 금요일부터 부활절 월요일까지 나흘 동안의 짧은 방학.)에 너흰 뭘 할 거야?"

　말린은 코티지 치즈와 채 썬 당근을 꼼꼼히 씹어 삼키고 느리게 입을 열었다.

　"파티에나 가려고 했는데 아직 잘 모르겠네. 파티가 엉망진창일지도 몰라서."

　나는 아무 말도 하지 않았다.

　"어떤 파티?" 베카가 물었다.

　"그냥 시내에서 열리는 파티." 말린이 말했다.

"우리도 파티에 갈 거야." 레일라가 말했다. "오스카르 부모님이 집을 비우신대."

"재밌겠네." 내가 말했다.

내 말이 진심이 아니란 걸 알아차린 레일라는 조용해졌다. 레일라가 속상한 건지 짜증이 난 건지 판단하기가 어려웠다. 사실 나는 레일라를 좋아하지만, 베카와 어울릴 때는 골치가 아파지는 애다. 레일라의 엄마는 우리 엄마와 같이 일하는데 세상에서 가장 다정한 사람이다. 나를 보면 항상 꼭 안아 주고, 작년에 엄마가 허리가 아파 병가를 냈을 때는 2톤 분량의 음식을 들고 우리 집에 왔다. 분명히 아직도 냉동고에 파이가 몇 개 남아 있을 거다.

"왜 쟤들은 초대받고 우리는 못 받았는지 이해가 안 돼." 레일라와 베카가 다 먹고 나간 후에 내가 말했다.

"너 정말 오스카르 파티에 가고 싶은 거야?"

"아니, 하지만 초대는 받고 싶어. 우리도 쟤네만큼 멋있잖아?"

"우린 훨씬 더 멋진 파티에 갈 거야, 오스카르는 무시해." 말린이 말했다.

"우린 거기도 초대 못 받았어, 우린 그냥 자전거를 타고 지나갈 거야." 나는 말린에게 상기시켰다.

"훨씬 더 멋지지." 말린이 말했다. "그런데 내가 이 레깅스에다 너한테 받은 검정 드레스를 입으면 어떨 것 같아? 만일 드레스를 좀 군데군데 자른다면?"

부활절 방학의 시작, 성 금요일에 나는 하루 종일 만화만 봤다. 말린은 다양한 코디 사진들을 보내고 나에게 그것들을 1점에서 10점까지 점수를 매겨 달라고 부탁했다. 마침내 우리는 내가 말린에게 준 검은 드레스와 얼룩말 무늬 타이츠로 결론을 지었다. 나는 뭘 입어야 할지 모르겠어서 두근거리던 마음이 초조한 복통으로 바뀌었다.

저녁에 언니는 몇몇 친구들과 밖에 나가 드라이브를 할 것 같았다. 드라이브는 언니와 친구들이 요새 하는 유일한 일 같은데, 언니 친구인 라샤 언니가 최근에 운전면허를 땄다고 했다. 언니는 나와 말린도 언제 한번 같이 가자고 했지만, 이번에도 아닌 것 같았다.

"내일 뭐 입을 거야?" 나는 언니 침대에 누워서 언니가 화장하는 모습을 보며 물었다.

"왜?" 언니는 마스카라를 한 겹 더 칠하느라 자동으로 벌어진 입으로 말했다.

"그냥 궁금해서." 내가 말했다.

"청바지랑 스웨터? 잘 모르겠어. 너랑 말린은 내일 뭘 할 건데?"

"내가 말린이랑 같이 놀 걸 언니가 어떻게 알아?" 내가 말했다.

언니는 마스카라를 칠하다 말고 나를 봤다.

"안 그럼 네가 누구하고 놀겠어?"

언니 말이 맞다.

"오스카르가 파티를 열 거야." 내가 말했다.

"스파이 오스카르?"

"그만 좀 그렇게 불러! 맞는 말이긴 한데 그래도."

"그래서 거기 갈 거라고?"

"초대 못 받았어." 내가 대답했다.

언니는 베이지색 립스틱으로 입술을 칠하기 시작했다. 처음엔 입술 윤곽을 따라 그리다가 안쪽을 칠한다. 언니는 멋있지만, 베이지색 립스틱은 이상하다.

"그래도 스파이 오스카르 파티에는 안 가고 싶은 거네." 언니가 말했다.

"언니 입장에서는 그런 말하기 쉽겠지. 언니는 주말마다 파티에 가잖아." 내가 말했다.

"지금은 그렇지. 하지만 어릴 땐 아무도 나와 어울리고 싶어 하지 않았어."

언니는 화장지를 한 장 집어서 립스틱을 짧고 강하게 문질러 닦아 냈다.

"그렇지 않아. 언니는 10년 동안 주말마다 파티에 갔어."

"이제 엄마처럼 말하네." 언니가 말했다.

"사실이잖아." 내가 말했다.

"어렸을 때 나는 최악의 괴짜였어. 너랑 똑같이."

"그 말 참 고맙네." 나는 언니에게 쿠션을 던지며 말했다.

"야, 화장할 땐 그러지 마." 언니가 쿠션을 다시 던지며 말을 이었다. "하지만 넌 내 말뜻을 알지? 그리고 지금 보고 있잖아." 거울에 비친 자기 모습을 보며 언니가 말했다. "시내에서 가장 멋진 사람을 말이지."

"ㅋㅋ." 내가 말했다.

"ㅋㅋ라고 하지 마, 그보다 더 괴짜 같을 순 없어." 언니가 말했다.

"그럼 그렇게 ㅋㅋ스러운 걸 그만해." 내가 말했다.

"에휴, 난 시내에서 가장 멋지고 가장 한쪽으로 기울어지긴 했지." 언니는 한숨을 쉬며 장애가 있는 팔 쪽의 스웨터 소매를 바로 잡았다.

언니의 휴대전화가 울렸고 언니는 머리에 향수를 뿌렸다.

"내 방에서 나가, 나 이제 나갈 거야." 언니가 말했다.

나는 똑바로 앉아서 물었다.

"내일 언니가 가는 파티에 같이 가도 돼?"

언니가 허락할 거라고 믿어서가 아니라, 언니가 어떻게 반응하는지 알아보기 위해서였다.

언니는 웃기만 했다. 그런 다음 손으로 문을 가리켰다.

"나가."

욕조에 응가하는 걸 매력적이라고 욘이 생각하기를 나는 바랐다.

(10) 콧속이 간지러워

내가 자전거를 타고 약속 장소에 도착했을 때 말린은 길가에 서 있었다. 말린은 빛이 났다. 나도 빛났으면 좋겠지만, 배만 아플 뿐이었다.

"파티를 무시하는 건 어때?"

자전거를 멈추며 내가 말했지만 말린은 이미 자기 자전거로 뛰어올라 비틀거렸다.

"절대 안 돼!" 말린이 외치며 출발했다.

"하지만 누가 우릴 보면 어쩌지." 나는 자전거로 천천히 말린을 뒤따라가며 말했다.

배는 더 이상 안 아프지만, 배에 구멍이 커다랗게 뚫린 기분이었다. 텅 빈 느낌도 들고 차가운 돌멩이들이 꽉 들어찬 느낌도 들었다.

"그게 아마 우리가 바라는 거지. 이제 정신 차려!"

말린은 전혀 초조하지 않은 모습이지만, 사실은 스트레스를 받는 것 같았다. 말린을 제대로 알기는 어려운데, 동시에 모든 것일 수 있어서다. 말린의 손톱 뿌리 살갗이 쓰릴 정도로 발갛게 된 게 보였다. 아마도 지금 말린은 처음 우리 학교에 전학 왔을 때와 비슷한 기분일 거다. 말린은 사실 토하고 싶지만, 그 점이 단지 보이지 않을 뿐이다. 어떤 이유에서인지 나는 좀 더 차분해졌다.

"우린 그냥 자전거를 타고 지나갈 거라고 약속해 줘." 내가 말했다.

"약속할게." 말린이 말했다. "그런데 너 되게 멋있다!"

말린이 그렇게 말해 줘서 고맙지만, 나는 내가 그다지 멋있지 않다는 걸 알고 있다. 나는 평범하기 짝이 없는 모습이었다. 평소에 입고 다니는 청바지, 늘 신고 다니는 운동화, 아직은 너무 얇은 봄 재킷 차림. 자전거 바구니에는 보통 들고 다니는 천 가방이 들어 있었다. 작고 슬퍼 보인다. 처음엔 《백 년의 고독》을 가방에 넣을 생각이었지만 이내 마음을 고쳐먹었다. 만일 욘이 책을 보고 뭔가를 묻는다면 대답할 수 없을 테니까. 나는 며칠 동안 그 책을 안 읽었다. 그래서 가방에 내 휴대전화, 풍선껌 한 봉, 장갑 한 켤레만 챙겼다.

말린의 땋은 머리는 머리통을 따라 내려온 큼직한 두 갈래 지네 머리로 바뀌었다. 말린의 두 눈은 안경 뒤에서 까맣게 빛났다.

"엄마 맥주 두 캔 슬쩍했어." 시내로 가는 길에 있는, 예전에 다녔던 초급 과정 학교를 지날 때 말린이 말했다.

"뭐? 너 술 마실 거야?" 내가 놀라서 물었다.

우리 둘 다 학교를 향해 가운뎃손가락을 내밀었다. 우리가 자전거를 타고 지나갈 때 언제나 그러듯이.

"각자 고작 한 캔일 뿐이야." 말린은 대수롭지 않다는 듯 말했다.

"알아채시면 어쩌려고?"

"엄마랑 엄마 남자 친구는 또 독일에서 맥주를 배달시켰어. 지하실이 맥주로 꽉 찼다고. 몇 개 없어져도 절대 알아채지 못해. 그 둘은 방해받지 않고 술을 마실 수만 있다면 나한텐 신경 안 써."

나는 말린의 엄마가 말린에게 신경을 안 쓸 거라 믿진 않지만, 교도관처럼 구는 우리 엄마 아빠와는 달리 말린의 엄마와 그 남자 친구는 맥주 두어 캔이 사라졌는지 정도는 신경 쓰지 않는다는 점에서 특별하다. 말린은 작년 가을에 킴과 맥주를 마신 적이 있다고 했는데, 나는 아빠가 마시던 걸 한 모금 맛봤을 뿐이다.

"미쳤구나." 나는 그렇게 말했지만 살짝 흥분됐다.

"우리가 진짜 인생을 좀 살기 시작할 때가 된 거지." 말린은 판결하는 판사처럼 자전거 핸들을 두어 번 치며 말했다. 말린이 즐거워하는 건 거의 확실했다.

우리는 자전거를 타고 첫 번째 수문, 숲, 그리고 두 번째 수문을 지나갔다. 갈매기 떼가 악을 쓰듯이 울었다. 몸이 식지 않게 자전거의 속도를 높였다. 캠프장에서 멈추어 현수교에 앉았다. 말린은 배낭에서 맥주를 한 캔 꺼냈다. 캔은 스웨터로 감싸져 있었다.

"우선 하나를 나눠 마실까?" 말린이 캔맥주를 따며 말했다.

가슴이 두근거렸다. 캠프장 반대편, 우리가 막 꺾어 나왔던 큰 도로에서 차들이 지나가는 소리가 들렸다.

"좋아." 내가 말했다.

"하지만 취하려면 빨리 마셔야 해, 맥주가 얼마 없으니까."

말린은 크게 한 모금 마신 다음 나에게 캔을 내밀었다. 캔을 받아 들 때 손이 조금 떨렸다. 맥주에서 냄새가 났다. 풍선껌을 가져와서 천만다행이었다.

"마셔라, 마셔라, 마셔라." 말린은 허공에 주먹질하며 노래하듯 말했다.

나는 꽤 적게, 하지만 재빨리 세 모금을 마셨다. 별 특별한 맛은 나지 않는데, 주로 틴 맛이 강했나. 탄산이 차갑기 짝이 없는 콧속을 간지럽혔다. 말린은 크게 한 모금 더 마시고 트림을 했다. 우리는 서로를 보며 웃었다.

"술에 취한 느낌이 안 들어." 첫 번째 캔맥주가 바닥났을 때 내가 말했다.

"나는 좀 취한 것 같은데?" 말린이 말했다.

말린은 배낭에 스웨터를 구겨 넣고는 빈 캔을 내 자전거 바구니에 넣었다. 생각해 보니 나 역시 좀 취한 느낌이 들었다. 트림이 나오는 느낌.

"나머지는 아끼자." 말린이 말했다.

우리는 다시 자전거를 탔다. 아까보다 조금 더 천천히.

연립주택 단지까지 얼마 남지 않았다. 겨울이 지나간 비포장길에 움푹 패인 곳이 가득했다. 우리는 킥킥거리며 그 사이를 지그재그로 빠져나갔다.

"여기에 자전거를 세워 둘까?" 말린이 물었다.

우리가 도착한 어느 학교 운동장에서 타티가 사는 연립주택 단지가 희미하게 보였다.

"하지만 우린 자전거를 타고 지나가기로 했잖아." 나는 조금 킥킥거리며 말했다. 맥주 때문에 우리가 줄곧 킥킥거리는지 아니면 그냥 분위기 때문에 그러는 건지 알 수 없었다.

"걸어서 그 앞을 지나가는 게 더 낫겠다는 생각이 들었어." 이미 자전거에서 내린 말린이 말했다.

"왜?" 나도 자전거에서 내리며 말했다.

우리는 학교 운동장 울타리에 자전거를 세우고 자물쇠를 채웠다. 나는 자전거 바구니에서 천 가방과 빈 캔을 꺼냈다. 말린은 옷매무새를 가다듬고 코에서 나온 콧물을 살짝 훔쳤다. 정말 추웠다.

"우리가 자전거를 타고 왔다니 그건 너무나도 우연 같고, 차라리 우리가 걸어서 지나가는 편이 더 그럴싸하잖아. 그저 잠깐 산책 나온 것 같고 말이야."

"산책?" 내가 말했다.

"정확해." 말린이 말했다. "가자, 좀 뛰는 거야, 추워 죽겠어."

우리는 달리기 시작하지만, 그리 잘 달리진 못했다. 나는 걸치고 있는 게 죄다 떨어질 것 같은 느낌이 들었고, 결국 웃음이 터져 나왔다.

"말린, 기다려! 이건 좀 아닌 것 같아."

"응, 네 말이 맞아. 도착했을 때 땀투성이가 되면 곤란하지."

"아냐, 우린 파티장에 '도착' 안 해. 우린 그냥 지나갈 거야. 약속했잖아!"

"그래그래, 도착하든, 지나가든. 뭐든." 말린은 가방을 열며 말했다. 다른 스웨터로 감싼 맥주를 두 캔 더 풀었다.

"사실 세 캔 슬쩍했어." 말린이 말했다.

"집에서 분명히 알아챌 거야!"

"전혀 안 그래, 날 믿어. 엄마하고 임마 남자 친구가 집에 사람들을 초대했었는데 너는 그럴 때 어떻게 되는지 알지? 모두들 고약한 돼지들이 돼." 말린이 말했다.

나는 어깨를 으쓱거렸다. 말린의 엄마와 톰미 아저씨는 엄청나게 좋은 사람들이지만, 술에 취하면 사실 좀 고약해지긴 한다.

"우리도 그렇게 고약해지면 어쩌지." 나는 문득 그런 생각이 떠올랐다.

"에이, 마시기 싫으면 더 안 마셔도 돼." 말린은 자기 캔맥주를 따며 말했다. "우리는 빈 캔이라도 가져가야 해. 빈 캔을 들고 서 있기만 해도 맥주를 마시는 것처럼 보이겠지."

연립주택 단지에 거의 도착했다. 타티가 어떤 연립주택에 사는지 알아내기는 어렵지 않았는데, 뒷마당에 사람들이 서서 담배를 피우며 이야기를 나누고 있었기 때문이다. 거기에 어떤 사람들이 있는지 보기엔 너무 어두웠지만, 사람들이 파티 분위기에 빠져 있다는 건 뚜렷이 알 수 있었다.

"젠장." 내가 말했다.

우리는 자전거 도로에 서 있었다. 자전거 도로는 정확히 타티의 집 뒷마당 옆을 지난다. 우리가 걸어 지나갈 때 뒷마당에 있는 사람들은 우리를 알아챌 것이다.

"아래 도랑으로." 말린은 속삭이듯 말하더니 자전거 도로 반대편에 몸을 던져 엎드렸다.

나도 말린 옆에서 뛰어내렸다.

"계속 이러고 있을 수 없어." 내가 속삭였다.

"응, 나도 알아. 하지만 그럼 우린 어떻게 해야 하지?"

나는 대답을 하지 못했다.

"가자." 말린은 말하고는 살짝 기어가더니 도랑 바닥에 있는 작은 물을 뛰어넘었다. 나도 똑같이 기고 뛰어넘었다. 큰 도로와 자전거 도로 사이의 숲길에 들어선 우리는 큰 바위 뒤에 숨었다.

"이거 꽤 완벽하잖아." 말린이 말했다. "여기서 우리는 파티에서 무슨 일이 일어나는지 다 볼 수 있어."

"아무것도 안 보이는데?" 내가 말했다.

"자, 더 마셔."

우리가 뭘 할지 모른다는 이유만으로 나는 캔맥주를 거의 절반이나 더 마셨다.

"좋아, 이렇게 하는 거야."

바로 그때 우리 뒤에서 딱 소리가 났다.

여동생

"너희 여기서 뭐 하니?"

내가 아는 목소리였다. 술에 취한 사람도 아니고 어린애도 아니었다. 나는 조심스럽게 돌아섰다. 왕가슴 언니. 서서 바지 단추를 채우는 왕가슴 언니.

"언닌 뭐 하고 있어요?" 말린이 물었다.

만일 언니를 모른다면 아마도 언니 말이 거칠게 들리겠지만, 나는 언니를 잘 안다. 언니의 목소리가 떨리는 게 들렸다.

언니는 바지 단추를 채우기 어려워하는 것 같았다.

"화장실 줄이 너무 길었어." 언니는 말하고 나서 우리를 올려다봤다. "너희구나! 되게 반갑네!"

"네네." 나는 말린을 보며 말했다.

"어우, 미안해. 쉬를 하긴 했는데 너희가 서 있는 데선 아니고 저쪽이었어."

왕가슴 언니는 수풀 맞은편 큰길을 향해 팔을 흔들었다. 나는 언니가 길 한가운데에 앉아서 쉬를 하지 않았기를 바랐다. 물론 우리가 서 있는 데서 하는 것보단 낫겠지만.

"괜찮아요." 말린이 말했다.

그런 다음 우리는 그저 거기 서서 잠시 서로를 쳐다봤다. 왕가슴 언니는 살짝 건들거리면서 우리를 뜯어봤다. 마침내 언니가 말했다.

"젠장, 여기 겁나 춥네." 왕가슴 언니가 말했다. "가자, 얼어 죽기 전에 들어가자고."

언니는 우리도 파티에 가는 게 당연하다고 여기는 것 같았다.

하지만 나는 공포감이 들었다. 만일 왕가슴 언니가 우리와 같이 들어가면 타티는 뭐라고 말할까? 그리고 우리 언니를 맞닥뜨리면? 만일 우리 언니가 캔맥주를 들고 있는 나를 본다면 뭐라고 할까.

"가자, 여기에 서 있을 순 없어."

왕가슴 언니는 이미 도랑 맞은편으로 갔다.

"빨리 가자." 말린이 내 팔을 잡아끌며 말했다.

"말린, 하지만 우린 갈 수가 없…." 내가 말하자, 만다는 속삭이듯 나에게 읊조렸다.

"내가 얼마나 많이 널 도와줬니? 날 위해서 들어가자, 제발. 지금 우리에게 기회가 온 거잖아!"

말린이 '이 기회'에 대해 말하는 걸 얼마나 많이 들었던가. 하지만 나는 기회라는 게 뭔지, 뭐에 대한 기회가 온 건지 전혀 모르겠다. 내가 받아 마땅한 상 같은 건가? 그 상이 욘이라면 어쩌지.

끝내 우리가 자전거 도로 위로 기어서 올라왔을 때 왕가슴 언니가 우리에게 말했다.

"언제나 나는 여동생이 있었으면 했어. 너흰 여동생이 있니?"

나는 고개를 저었다.

"응, 맞아, 너희는 동생 같아 보이긴 해. 응, 그렇지."

언니가 웃었다.

"확신하는 건가요…." 나는 말을 꺼냈지만, 왕가슴 언니가 말을 가로막았다.

"너희 이름이 뭐였더라? 미케랑 몰레?"

"저는 말린, 얘는 만다요." 말린이 말했다.

"누가 누군지 어떻게 정리하면 좋을까?" 왕가슴 언니가 윙크하며 말했다.

"그리 어렵지 않아요." 내가 말했다.

"아마도 그렇겠지." 왕가슴 언니가 말했다. "너는 금발이고 너는… 금발이 아니네."

언니는 말린의 지네 머리 한쪽을 살짝 잡아당겼다. 아, 말린은 정말로 이 파티에 가고 싶어 하는 게 분명했다. 그렇지 않다면 왕가슴 언니가 말린의 머리를 건드릴 틈도 없이 피했을 거다.

"얘들아 있잖아." 왕가슴 언니의 말은 선생님처럼 들린다.

술에 취한 선생님.

"있잖아." 언니가 다시 말했다. "우리 여성들, 여자들이 뭉치는 건 아주 중요해. 내 양심은 너희를 저 숲속에 두고 가는 걸 허락하지 않아. 너희는 성폭행 아니면 무슨 일이든 당할 수 있어. 세상에서 가장 중요하고 심각한 문제야."

"그리 위험하지 않아요." 말린이 말했다.

"겁나 위험해, 사실은." 왕가슴 언니는 우리를 자신의 옆구리에 하나씩 끼고 계속 말했다. "그래서 지금 너희는 나와 같이 들어갔으면 좋겠어. 내가 너희들을 구할 수 있게."

언니는 파티장으로 우리를 끌고 갔지만, 본인 몸을 지탱하려고 우리를 잡고 있는 것처럼 느껴졌다. 언니의 맨 팔은 너무 차가워서 팔에 피가 돌고 있다고 믿기 어려울 정도였다. 언니가 흡혈귀고 이 파티가 흡혈귀 파티라면, 우리는 디저트가 되는 건가? 어쩌면 레이디킬러가 그런 의미일지도 모른다. 우리가 이제 살해당할 레이디다.

왕가슴 언니는 내가 버둥거리는 걸 알아채지 못했다. 그리고 돌연히, 우리는 타티 집 뒷마당, 파티 한복판에 서 있었다.

"얘들아, 여긴 내 동생들이야." 왕가슴 언니가 모두에게 말하지만, 아무도 대답하지 않았다. 우리를 보는 사람은 아무도 없었다.

"들어가자." 언니는 유리문을 지나 비닐 모기장을 뚫고 우리를 밀어 넣으며 말했다.

모기장 맞은편에는 갈색 소파 그리고 노란 나무로 된 의자 네 개가 놓인 탁자가 있었고, 벽에는 드라이플라워들이 걸려 있었다. 내가 상상했던 모습이 아니었다. 사실 내가 무슨 상상을 했는지 모르지만, 더 펑크스러운 뭔가를 기대했던 건 맞다. 드라이플라워 때문에 어떤 할머니가 사는 집 같은 느낌이 들었다.

탁자를 둘러싸고 여럿이 앉아서 맥주 캔으로 모종의 연주를 하고 있었다. 저 안쪽에서 음악이 들렸지만 펑크는 아닌 것 같았다. 나는 우리가 파티에 잘못 온 건 아닌지 궁금해졌다. 그때 그 광경이 눈에 들어왔다. 큰 소파 하나에 푸그와 다른 두 사람이 앉아 있었다. 그리고 작은 소파에, 거기에 욘이 누워 있었다. 욘은 빵 반죽처럼 늘어져 졸고 있었는데, 티셔츠가 살짝 올라가 있어서 욘의 갈색 배에 일자로 난 털이 다 보였다.

"애들은 내 동생들이야." 왕가슴 언니가 다시 말했다.

푸그는 올려다보더니 실눈을 뜨고 말린을 봤다. 내 쪽은 쳐다보지도 않았다.

"베이비 펑크족은 누구신가?"

"나도 그쪽을 한 번도 본 적이 없는 것 같은데." 말린이 재빠르게 말했다.

말린의 말은 거칠게 들리지만, 저 은밀한 떨림을 나는 느낄 수 있었다. 그래도 잘했다고 생각했다. 말린의 말이 대단한 대사는 아니었지만.

푸그가 웃기 시작했다. 푸그의 웃음은 예상치 못하게 유쾌했다. 진짜 웃음 같았다.

"재미있네." 푸그가 말했다.

말린이 살짝 뻣뻣하게 미소를 지었는데, 신비스럽게 보이려 하는 것 같았다.

푸그의 웃음에 욘이 정신을 차렸다. 욘은 고개를 돌려 나를 봤다. 뭔가를 말하려고 입을 열었다가 다시 닫았다. 아마도 앉으라고 하려던 것 같은데.

이 순간, 마치 영화같이, 파티에서 모두 사라지고, 욘과 나만 남고, 로맨틱한 진부함만이 가득했다고 말할 수 있다면 얼마나 좋을까. 하지만 현실은 그렇지 못했다. 내가 욘의 눈에 익사할 수도 있다고 생각하는 순간, 문간에서 무시할 수 없는 목소리가 들렸다.

"만다?"

망했다. 나는 이제 죽었다.

거실로 가는 문에 언니가 서 있었다.

"너 여기서 뭐 하는 거야?" 언니가 물었다.

언니가 화가 난 건지 놀란 건지 아니면 다른 어떤 감정인지 알 수가 없었다.

"얘는 내 동생이야." 왕가슴 언니가 내 어깨를 감싸며 말했다. 언니의 숨결에서 솜사탕과 술 냄새가 났다.

"아니야, 헬레. 얘는 내 동생이야." 언니가 내 손을 잡고 끌고 나갔다.

내 뒤에서 욘이 노래를 시작했다.

"오, 맨디, 당신은 왔고 당신은… 나나나… 받는 것 없이. 그리고 나는 오늘 밤 당신이 필요해요, 오 맨디!"(미국 싱어송라이터 배리 매닐로가 1974년에 발표한 노래 〈맨디(Mandy)〉.)

맨디와 존.

우리의 뉴욕을 암시하는 노래일까?

12

미안해 맨디

언니는 하늘색 타일로 마감된 작은 화장실로 나를 끌고 갔다. 세면대에는 누군가가 놓고 간 빈 맥주 캔이 구르고 있었다. 언니는 문을 잠그더니 변기 뚜껑에 앉았다. 나는 세면대 앞에 서서 거울 속 나를 봤다. 머리에서 마른 잎을 하나 떼어 냈다.

"너흰 여기 오면 안 된다고 했잖아."

언니는 내가 생각한 것만큼 화난 기색은 아니었다. 아니면 여전히 내 주변의 모든 것을 분홍색 솜털로 감싸는 욘의 노래 때문인지도. 그렇다, 모든 게 분홍색 솜털처럼 느껴졌다. 맨디, 욘은 나를 두고 그 노래를 부른 게 분명하다.

언니는 내 팔을 잡았다.

"너희 여길 어떻게 찾아냈어?"

"사실 그러려고 한 건 아닌데, 왕가슴 언니가…."

"걔를 왕가슴이라고 부르지 마. 걔 이름은 헬레야. 그리고 난 헬레가 뭘 하는지 상관 안 해."

"우린 그냥 지나갈 거였어, 그럴 생각이었다고."

"왜? 왜 그냥 지나갈 거였는데? 날 염탐하고 싶었어?"

"아니." 내가 말했다.

나는 언니가 그렇게 말해서 놀랐다. 언니는 내가 욘을 보기 위해 여기 있다는 걸 눈치채지 못한 것 같았다.

"엄마 아빠가 너 어딨는지 아셔?"

"아니, 나가서 자전거 탈 거라고만 했어."

"어차피 엄마 아빠는 잘 모르시니까." 언니가 한숨을 내쉬었다.

"염탐할 생각은 없었어, 하지만 다들 오스카르가 여는 파티에 갈 거였고 우린 초대도 못 받아서 할 게 아무것도 없었어."

내 목소리에서 초라함이 묻어 나왔는데 실제로 내가 꽤 초라한 느낌이 들기도 했다. 언니는 나를 계속 봤다. 비로소 언니의 눈빛에서 언니가 살짝 취한 게 분명하다는 걸 알아챘다. 왕가슴 언니만큼은 아니지만, 분명히 맨정신은 아니었다. 눈빛이 부드러워 보였기 때문에.

"엄마 아빠한테 네가 여기 왔었다는 거 이야기하면 안 돼." 언니는 나를 오랫동안 보고 나서 말했다.

"약속할게." 나는 숨 쉴 엄두도 내지 못하고 말했다.

"한 시간만 있다가 바로 집에 가."

"약속할게." 내가 말했다.

"그리고 술 마시지 마!"

"우린 벌써 맥주 한 캔씩 마셨는데." 내가 말했다.

언니는 눈을 희번덕거렸다.

"거짓말을 좀 배워. 그러면 더는 술을 마시지 않을 수 있어. 혹시나 해서 덧붙이는데 여기서 다른 어떤 것도 먹거나 마시지 마."

"약속할게, 그런데 말린은 모르겠어." 내가 말했다.

만일 푸그가 말린에게 마실 것을 권한다면 나는 말린을 말릴 수 없다. 육해공군을 다 동원해도 불가능하다.

"알았어, 넌 아무것도 마시지 않는 거야." 언니가 말을 이었다. "그리고 말린도 좀 살펴봐, 만일 말린이 너무 많이 마신다면 그리 좋을 것 같진 않아. 좀 힘들어하겠지?"

"말린이?"

나는 언니 말뜻을 이해하지 못했는데, 말린은 이미 한 캔을 비우고도 평소처럼 말짱해 보여서다. 하지만 언니는 내 질문을 무시했다.

"그리고 아무하고도 스킨십하지 마!" 언니가 말했다.

나는 웃었다. 누군가가 나와 스킨십하고 싶어 한다고?

"진지하게 하는 말이야." 언니가 말했다. "특히 욘하고는. 네가 욘을 좋아한다는 건 알고 있지만, 욘은 진짜 쓰레기일 수 있어."

"그럼 언니는 왜 욘이랑 어울려?" 나는 화가 나서 대꾸했다.

욘이 쓰레기라니 그런 말은 전혀 믿음이 안 갔다. 내가 자기 친구들과 어울리는 걸 원하지 않아서 저러는 거겠지, 하는 생각이 들었다.

"우린 어울리는 게 아니야, 그냥 같은 파티에 있을 뿐이라고. 나는 욘을 무시하고 있고, 너도 그래야 해. 이제 나가, 볼일 좀 보게."

나는 잠겨 있던 문을 열고 나갔다. 거기엔 누군가가 서서 올드락 노래를 엉터리로 부르고 있었다.

"한 시간이야." 문이 안에서 잠기기 전에 문틈으로 언니의 말이 들렸다.

거실 풍경은 거의 바뀌지 않았다. 왕가슴 언니가 안 보이고 말린이 푸그 옆에 앉아 있는 걸 빼면. 둘은 뭔가에 관해 이야기하고 있는데 말린은 내가 돌아온 걸 알아채지 못했다. 욘은 여전히 다른 소파에 누워서 반쯤 잠들어 있었다. 나는 어떻게 파티 도중에 잠을 잘 수 있는지 이해가 안 갔다. 사람들이 춤을 추지는 않았지만 사방에서 소리가 꽤 크게 들렸기 때문이다.

나는 이제 뭘 해야 할지 몰라서 그냥 서 있었다.

"욘, 자리 좀 만들어 줘."

푸그가 노란 신발 끈으로 묶인 커다란 부츠로 욘이 누워 있는 소파를 걸어찼다. 그런 다음 푸그는 나를 향해 몸을 돌리고 말했다.

"앉아, 저 녀석 치우고 앉으면 돼."

내가 욘을 내쫓고 싶어 하기라도 하는 것처럼. 하지만 만취해서 의식을 잃은 것 같이 보일지라도, 욘은 내가 보았던 남자 중 가장 멋있었다. 욘의 머리는 막 잠에서 깬 것처럼 적당히 헝클어져서 귀여웠다. 한쪽 귀에 달린 링 귀걸이는 가끔 욘이 머리를 살짝 움직일 때 반짝거렸다. 턱에 여드름이 좀 있었지만 상관없었다. 욘의 입술이 얇고 갈색이며 맛있어 보여서다.

"여기 앉고 싶으면 내가 네 무릎에 다리를 올릴 수 있게 해 줘야 해." 욘이 나를 보며 말했다. "난 누워 있고 싶거든."

말린은 내가 지금 기회를 잡았다고 말하는 눈빛을 보냈다.

나는 어깨를 으쓱거릴 뿐 입이 너무나도 말라서 아무것도 말할 수 없었다. 나는 욘이 자기가 하고 싶은 걸 할 수 있고, 나를 다리로 휘감거나 아니면 두 다리 밑에 나를 실고 절대 놓지 않는 것까지 뭐든 할 수 있다고 생각했다.

나는 소파에 앉았다. 욘의 두 다리가 내 무릎에 놓였다. 다리는 무겁고 따뜻하며 바지에서는 냄새가 났다. 나는 두 손으로 뭘 해야 할지 몰라 차라리 욘의 다리를 쿡쿡 찌르거나 만지고 싶었지만, 나의 선택은 내 두 손을 마치 죽은 것마냥 내 몸통에 붙이고 그냥 거기 앉아 있는 것이었다.

나는 오랫동안 그렇게 잠자코 앉아 있었다. 그저 내 허벅지를 누르는 욘의 무거운 두 다리를 느끼기만 하면서. 만일 그럴 수만 있다면 나는 그렇게 영원히 앉아 있을 수 있었다. 욘도 말이 없었는데 우리가 같은 생각을 하는지 궁금했다. 만일 욘도 자기가 보잘것없는 천 두 겹을 통해 내 몸을 느낀다고 생각한다면 심장이 터질 것 같았다.

푸그와 말린은 내가 들어 본 적이 없는 펑크 밴드에 관해 이야기하고 있었다. 말린의 눈은 빛이 났다. 그래서 기쁘기도 하고, 꽤 평범한 방식으로 푸그와 이야기를 나누는 게 가능하다는 사실이 놀라웠다. 나는 푸그가 한쪽 팔에 주사기를 꽂고 앉아 있거나 누구와 싸우는 장면밖에 상상하지 못했지만, 푸그는 그저 눈이 좀 충혈되었을 뿐이었다.

나는 주위를 둘러봤다. 탁자에선 게임이 여전히 진행 중이었지만, 아무리 오랫동안 봐도 게임의 규칙을 이해할 수 없었다. 어쨌든 술을 마셔야 하는 게임 같았다. 한 남자가 자기 맥주를 너무 빨리 마셔서 절반은 스웨터에 쏟자 게임을 하던 사람들이 웃었다.

똑 자른 앞머리는 흰색이고 나머지 머리는 검은색인, 기가 크고 호리호리한 여자가 뒷마당에서 들어왔다. 만일 군데군데 찢어진 펑크 스타일의 옷을 입지 않았다면 모델로 생각했으리라. 타티다. 레이디킬러를 찍은 사진들에서 타티를 본 적이 있었다.

타티는 욘을 뚫어지게 봤다. 욘은 타티를 못 본 척했지만, 나는 욘의 다리에서 욘이 긴장했다는 걸 느꼈다. 타티는 눈을 돌려 이번엔 나를 봤다. 타티의 곧은 앞머리와 높은 광대뼈 때문에 독 오른 뱀처럼 보였고, 나는 이제 분명히 죽을 거라고 생각했다. 그리고 정말로 우리 주변의 파티가 우리를 남겨 두고 사라지는 것 같은 느낌이 들었다. 타티와 나는 오랫동안 서로를 뚫어지게 바라봤는데, 결국 타티는 돌아서서는 아무 소리도 내지 않고 부엌으로 걸어갔다. 욘은 헛기침을 했다.

"네가 그러는 게 밴드에 영향을 미치기 전에 타티하고 이야기를 해 봐." 푸그가 욘에게 말했다.

하지만 욘은 푸그의 제안을 일축했다. 나는 욘이 이해됐는데, 타티는 위험하기 짝이 없어 보였기 때문이다. 그런 타티와 누가 이야기를 하고 싶어 할까. 이제 푸그는 나를 향해 몸을 돌리고 물었다.

"네가 정말 라리 동생이야?"

"라리?" 내가 되물었다.

"라리, 라우리 언니 말이야." 말린이 재빨리 말했다.

"그렇구나, 맞아. 내가 동생이야." 나는 말린에서 푸그로 눈길을 돌리며 말했다. 욘의 다리가 여전히 내 무릎에 걸쳐 있어서 생각을 똑똑히 할 수 없는 멍한 상태였다.

"재미있는걸." 푸그가 말했다. "라리는 멋지거든!"

푸그는 잠시 망설이다가 이내 말을 이었다.

"그런데 넌 아니네…."

푸그는 내 팔을 가리켰다. 무슨 말을 하는지 알아챘다.

"응, 그건 유전이 아니야. 아니면 그러니까, 그렇게 되지 않아. 출산손상이야." 나는 전문용어를 촤촤 읊었다. 출산손상을 입은 언니가 있으면 뇌성마비 손상 전문가가 된다.

"바로 그거야. 출산손상." 말린이 말했다.

"안타깝네." 푸그는 이렇게 말하고는 들고 있는 병을 크게 한 모금 마셨다. 청량음료병이지만, 들어 있는 건 청량음료라 하기엔 너무 색이 투명했다. 푸그는 말린에게 병을 건네며 말했다.

"마실래?"

말린은 병을 기쁘게 받아서 마셨다.

"맛있네." 말린이 말했다.

"네 친구에게도 줘." 푸그가 말했다.

말린은 나를 향해 병을 건넸지만 나는 고개를 저었다.

"마셔도 돼?" 욘이 드러누운 손을 내밀며 말했다.

나는 병을 받아서 욘에게 줬다. 횃불을 다루는 것처럼, 조심, 조심스럽게.

욘은 남아 있던 걸 홀랑 마셔 버렸다.

"아니, 젠장!" 푸그가 소리를 질렀다. "그게 전부였는데!"

푸그는 욘을 향해 몸을 날릴 태세를 갖췄고, 욘은 재빨리 소파에서 날듯이 일어나다가 무릎으로 내 턱을 걸어찼다. 아팠냐고? 무언가를 느낄 따름이었다.

"미안해, 맨디." 욘이 사과했다.

그리고 무슨 일이 일어나는지 내가 이해하기 전에 욘의 얼굴이 정확히 내 앞에 있더니 욘은 자기가 걷어찼던 내 턱에 뽀뽀를 했다. 그런 다음 욘은 웃으면서 테라스로 달려 나갔고, 푸그가 그 뒤를 쫓았다. 푸그는 욘을 잡으면 죽여 버리겠다고 외쳤지만, 커다란 부츠 때문에 속도를 내기 어려웠다. 욘의 웃음소리는 이미 저 멀리서 들렸다.

나는 멍하니 자리에 앉아 턱에 내려 앉은 욘의 축축한 뽀뽀를 느꼈다. 말린은 그저 입을 벌리고 양 손바닥을 하늘로 향한 채 나를 뚫어지게 볼 뿐이었다.

"맙소사. 그 일이 일어났어." 말린이 말했다.

나는 아무 말도 할 수 없었다. 머릿속이 완전히 텅 비었다. 내가 느끼는 유일한 것은 내 몸 전체를 울리는 심장박동이었다. 심장에서, 배 속에서, 다리 사이에서, 발에서, 목구멍과 턱에서, 정확히 욘이 뽀뽀한 거기에서 쿵쿵쿵쿵.

"우리 이제 가야 해." 결국 내가 말했다.

"지금은 아니야." 말린이 말했다. "푸그와 욘은 돌아올 거잖아."

"말린, 우린 지금 가야 해." 내가 재차 말했다.

결국 말린은 내 말을 받아들였다.

"알았어."

보통은 뭔가에 대해 말린을 설득하기란 불가능하지만, 지금은 상황이 심각하다는 걸 이해해야 했다.

말린은 우리 언니와 타티 그리고 다른 친구 여럿이 앉아서 큰 소리로 이야기를 나누고 있는 부엌으로 나를 이끌다시피 해서 갔다.

"이제 우리 갈게요." 말린이 말했다.

나는 고개를 끄덕여 보려 하지만 잘되지는 않았다.

타티는 아무 소리도 내지 않고 다시 나를 뚫어지게 봤다. 우리를 바로 그리워하진 않을 것 같은 표정이었다. 언니는 집에 도착하면 문자 메시지를 보내라고 말하고는, 누군가를 건드린 운전학원 강사 이야기인 듯한 시끄러운 논의로 되돌아갔다. 상관없다, 내가 말을 할 수 없다는 걸 언니가 알아채는 것보단 나았다.

우리가 들어왔던 길로 나갈 때는 우리가 파티에 머무른 지 한 시간 정도 지난 후였다. 한 시간, 그 시간 동안 모든 게 달라졌다.

뒷마당 한쪽 구석에서는 여자 둘이 플라스틱 의자 하나에 앉아서 스킨십을 하고 있었다. 의자는 언제 부서져도 이상하지 않을 것 같은 모습이었다. 둘 중 하나는 왕가슴 언니였다. 만일 별다를 게 없는 저녁이었다면 나는 꽤나 놀랐을 거다. 하지만 오늘은 별다를 게 없는 저녁이 아니었다.

우리는 뒷마당을 지나 자전거 도로로 올라가서는 우리가 자전거를 세워 두었던 학교 운동장을 향해 걸어갔다. 말린은 내 손을 잡고 있었다. 우리는 아무 말도 하지 않았는데 나는 그 점이 기뻤다.

단 한마디 말로도 부서질 수 있는 그런 순간이었기에.

13

성난 사워크림과 양파 물고기

집으로 돌아가는 길에 우리는 거의 말을 하지 않았다. 날씨는 춥고 우리는 경주하는 속도로 자전거를 탔다. 나는 말린이 캔맥주를 감쌌던 스웨터 중 한 벌을 빌려 입어야 했다. 그 대가로 나는 내 장갑 한 짝을 말린에게 줬다. 말린은 오른손이 따뜻했고 나는 왼손이 따뜻했다.

집에 도착했을 때 엄마 아빠는 잠자리에 들어 있었지만, 살금살금 엄마 아빠 침실 앞을 지나갈 때 아빠가 속옷만 입은 채로 나왔다.

"어디 갔었니?" 아빠는 배를 긁으며 물었다.

"그냥 자전거 타고 돌아다녔어요." 내가 답했다.

"그렇구나." 아빠는 배를 계속 긁으며 말했다. "멀리까지 자전거 타고 갔던 게 분명하구나. 늦은 시간이네."

나는 어깨를 으쓱였다.

"자기 전에 불 끄고 자라. 네 언니는 시내에서 잔다고 메시지를 보냈더라."

"네." 나는 언니가 타티네 식탁에 앉아 맥주를 마시는 모습을 생각하며 말했다. 언니가 어디서 잘 생각인지 궁금했지만 아무 말도 하지 않았다.

그날 밤 나는 오랫동안 잠들지 못했다. 동태가 될 정도로 추워서 침낭을 꺼내 침대에 놓고 침낭 속으로 기어들어 간 다음 그 위에 이불을 덮어야 했다. 다리는 살짝 벌려야 하는데, 안 그러면 추위가 허벅지 사이에서 계속 돈다. 양손은 겨드랑이에 집어넣었다.

그 어느 때보다 추워도 속은 훈훈했다. 특히 턱이 따뜻했다. 눈을 감을 때마다 욘의 얼굴이 눈앞에 보였다. 누군가가 그 순간을 촬영해서 영원히 재생하면 좋겠다.

미안해, 맨디.

이건 우리가 나중에 뉴욕에서 나눌 이야기 중 하나다. 우리가 어떻게 만났는지에 대한 이야기. 우리가 인터뷰하는 게 눈앞에 보인다. 기자인지 아니면 레일라와 베카인지 또는 아예 다른 사람인지는 모르겠지만, 어쨌든 인터뷰어들은 다들 호기심이 강한 사람들이다. 욘은 이들의 질문에 이렇게 답할 것이다. "네, 편의점에서 본 적은 있었지만, 우리가 깊은 말을 나누진 않았어요. 그 파티 때까진 말이죠… 자기는 초대받지 않고 파티에 몰래 들어온 거였지?" 그러면 나는 화난 척하고 이렇게 말할 것이다. "하지만 자기는 내 얼굴을 쳤잖아! 아무리 실수라도 그거 폭력 아냐?" 그러면 욘은 죄책감을 느끼는 척하며 웃을 거고 다들 우리가 내면적으로 통하는 농담을 주고받고 서로만이 알고 있는 일화를 공유하는 그런 커플이라는 사실을 깨달을 테다.

미안해, 맨디.

이 짧은 어구는 정말 다양한 것을 뜻할 수 있다. "미안해, 가야 하지만 나는 사실 너와 여기 있고 싶어.", "전에 널 알아보지 못해서 미안해.", "미안해, 우리 둘만 있었다면 좋았을 텐데."

또는 "미안해, 네 턱을 무릎으로 쳐서."

하지만 사람들은 좋아하지도 않는 사람의 턱에 뽀뽀하진 않는다. 아무리 무릎으로 턱을 쳤다고 해도. 오히려 정반대다. 나는 누구의 턱에도 뽀뽀한 적이 없다. 사실 나는 뽀뽀를 한 적이 전혀 없다.

음, 마지막 말은 사실이 아니다. 우리가 얼마나 뽀뽀를 잘하는지 확인하려고 말린과 나는 뽀뽀한 적이 딱 한 번 있다. 이걸 아는 게 중요하다고 생각했기 때문에. 나는 말린이 잘했다고 생각했고, 말린은 나도 잘했다고 말했다.

사실은, 나는 스킨십을 한 적도 있다. 딱 한 번. 7학년이 되기 전 여름이었다. 재미없는 날들의 연속이었다.

나와 말린은 시에서 여는 캠프에 갔었고, 마지막 날 저녁에 댄스 파티가 열렸다. 다들 캠프의 마지막 저녁에는 스킨십을 했고, 그건 마치 하나의 업무와도 같았다. 고급 과정을 시작할 수 있기 위해 해야 하는 무언가.

저녁이 끝을 향해 가고 뺨을 맞대고 추는 춤만 추는 이 순간, 다들 이때가 절호의 기회임을 알고 있었다. 캠프에는 만일 누군가가 같이 춤을 추자고 청하면 거절할 수 없다는 규칙이 있었고, 오스카르는 나에게 청했다. 나는 그저 죽고 싶을 뿐이었다. 오스카르가 스킨십을 시작하기 전에 우리는 1분도 춤을 출 겨를이 없었다.

오스카르의 이가 내 이에 부딪혔고 오스카르의 혀는 내 입안에서 성난 물고기같이 움직였다. 저녁 내내 감자 칩을 끼고 있다는 걸 증명이라도 하듯 오스카르에게서는 사워크림과 양파 맛이 났다. 우리는 10초 동안 스킨십했다. 그런 다음 나는 고맙다고 잘 가라고 인사했다. 말린은 이게와 스킨십했는데 말린은 그것도 좋지 않았다고 말했다. 하지만 그 어떤 것도 오스카르의 성난 사워크림과 양파 물고기 같은 혀보다 더 나쁠 순 없었다.

내 인생 최악의 스킨십이다. 유감스럽게도 내 인생 최고의 스킨십이기도 한데, 왜냐하면 이게 내 인생의 유일한 스킨십이었기 때문이다. 그러니까 나는 그 이후로 스킨십을 한 적이 없다. 그게 곧 3년이 다 되어 간다. 욘은 분명히 많은 여자와 스킨십했을 거다. 욘의 뽀뽀에서 욘이 스킨십을 잘한다는 사실을 알아차릴 수 있었다. 욘의 뽀뽀는 축축하면서도 따뜻했다. 어쨌든 그래야 한다고 나는 생각했다.

느닷없이 한 가지 생각이 났다. 나한테 사워크림과 양파 맛이 났으면 어쩌지? 자전거를 타고 나가기 전에 집에서 감자 칩을 먹었다. 내가 오스카르 같았으면 어쩌지? 이제부터는 양치질을 더 꼼꼼히 해야 한다. 만일 그런 일이 더 많이 일어나면… 물론 어쩌면 그렇지 않을 수도 있지만, 만일 그런 일이 많이 일어난다면 나는 준비되어 있어야 한다.

만약 푸그가 욘을 방에서 쫓아내지 않았다면 우리가 진도를 더 나갔을지 궁금했다. 아니면 거기에 아무도 없었다면? 만일 우리 둘만 있었다면 내가 지금 집에서 이러고 있을까? 욘은 내가 계속하기를 바랐을까? 욘은 바로 스킨십으로 들어가기엔 너무 부끄러워서 뽀뽀만 한 걸까? 어쩌면 욘은 내가 먼저 시작하기를 바랐을지도 모른다. 왜 나는 먼저 적극적으로 하지 않았을까?

나는 나 기신에게 너무 화가 나서 침낭 안에서 발길질을 좀 해야 했다. 왜 그렇게 하지 않았을까? 왜 욘의 머리카락을 잡거나 목덜미에 손을 감고 그냥 해 버리지 않았을까? 일생일대의 기회가 있었는데 나는 그걸 망쳐 버렸다. 난 영원히 혼자일 거다, 말린 말이 맞다. 그 책 제목, 백 년의 고독이 내 얘기가 될 거다. 첫 단계로 들어가지 않을 만큼 내가 멍청했기 때문이다. 아니, 그 뽀뽀가 첫 번째 단계가 아니라 두 번째 단계일 수도 있었는데!

욘의 뽀뽀가 어쩌면 아무 뜻이 없었을지도 모른다. 어쩌면 욘은 항상 사람들의 턱에 뽀뽀하고 돌아다닐 것이다. 어쩌면 프랑스에서

처럼 사람들에게 그렇게 인사하는지도 모른다.

하지만 그가 뽀뽀한 건 나뿐이었고, 다른 사람은 아니었다. 욘의 다리를 무릎에 올려 놓은 사람도 나뿐이었다. 우리는 너무 가까워서 거의 스킨십을 했다고 말할 수 있었다. 어쨌든 우리의 몸은 보통의 사회적 거리보다 더 많이 서로에게 닿았고 욘은 내 턱에 뽀뽀했다. 욘이 내 턱에 뽀뽀했다! 나는 더 많이 발길질을 했는데, 이건 너무 기분이 좋았기 때문이었다.

14

너의 푸그 그리고 나의 욘

"욘이 너한테 뽀뽀하는 모습이 이렇게 보였어."

말린은 느린 동작으로 머리를 앞으로 숙이고 내가 옆모습을 볼 수 있도록 입술을 살짝 내밀었다.

"솔직히 말하자면 나는 욘이 너랑 스킨십할 거라고 믿었어." 말린이 말했다.

파티 다음 날, 우리는 놀이터에서 만나서 미끄럼틀 아래에 앉았다. 눈이 많이 내리지는 않았지만 놀이터를 다른 장소처럼 보이게 하기엔 충분했다. 모래밭 위에는 얇은 흰색 층이 이불에서 삐져나온 솜털처럼 덮여 있었다.

우리는 파티의 모든 세부 사항을 검토했다. 욘이 한 말, 푸그가 한 말, 왕가슴 언니는 분명히 레즈비언이라는 점, 말린은 꽤 취했다는 점까지. 푸그는 말린의 농담에 엄청 많이 웃었고 분명히 말린에게 '귀엽다'라고 말했다.

"처음엔 되게 기뻤는데, 어쩌면 푸그는 나를 강아지처럼 여겼을지도 모른다고 생각하니까 그건 그리 기쁘지 않아. 차라리 내가 섹시하다고 푸그가 생각하면 좋겠어."

"푸그는 분명히 그렇게 생각할 거야. 아마도 그렇게 말할 용기를 내지 못하는 걸걸." 내가 말했다.

"푸그는 사실 꽤 페미니스트야, 그에 대해서 이야기를 좀 했거든. 푸그는 자기가 페미니스트 펑크를 듣는다고 말했어. 어쩌면 푸그는 섹시한 건 페미니즘과 거리가 좀 있다고 생각할지도 몰라."

"음." 나는 추임새를 넣었지만 왜 그렇게 사고 회로가 돌아가는지 알 수가 없었다. 말린은 살짝 더 즐거워 보였고 언제 집에 갔는지에 대해 이야기하기 시작했다.

"너무 어지러웠어." 말린이 말했다. "집에 사람들이 많이 있었는데 다행히 아무도 아무것도 알아채지 못했거든. 그런데 톰미 아저씨가 나한테 그러는 거야. 자기가 내 입 냄새를 맡을 수 있도록 내가 와서 '휴우고~'라고 말해야 한다고."

"그래서 했어?"

"당연히 안 했지. 그냥 장난치는 거야. 저녁 식사할 때 항상 그러거든."

"톰미 아저씨가 그러면 힘들지 않아?"

나는 톰미 아저씨가 특별히 상대하기 골치 아픈 사람이라고 생각하진 않지만, 술에 취한 아저씨들이야 뻔하다.

"어, 그렇게 위험하진 않아. 더구나 나는 이걸 받았어."

말린은 가져온 부활절 달걀 모양 케이스를 꺼냈다. 케이스는 거의 말린의 머리 크기만 했고 사탕으로 가득 차 있었다. 나는 엄마 아빠에게 고작 킨더 에그 초콜릿 하나를 받았을 뿐인데.

"아, 당연하지." 나는 사탕 몇 개를 집으며 장난스럽게 말했다.

"나머지 다 가져가도 돼. 오늘 저녁에 아빠 집에서 또 이만큼 받을 것 같아."

말린의 아빠는 시내의 멋진 이층 연립주택에 산다. 말린과 말린 엄마도 이혼할 때까진 거기서 살았다. 말린과 말린 엄마가 여기로 이사하지 않았다면 어땠을까. 그랬다면 아마 나는 베카와 레일라와 여전히 어울렸을 것이다. 그리고 말린과 같이 타티의 파티에 가는 대신 오스카르의 파티에 갔을 것이다.

그리고 아마도, 욘에게 뽀뽀를 받는 대신 오스카르와 스킨십을 했을지도 모른다. 아니면 아무 스킨십이나 뽀뽀도 하지 않았거나.

"네가 펑크족이 됐다는 거 너희 아빠도 아서?" 내가 물었다.

"아니, 우린 못 본 지 좀 됐어. 아빠는 지난 2월에 태국에 있었는데…."

말린은 자기 아빠 이야기를 하는 걸 좋아하지 않는데, 나는 그 이유를 정확히는 모른다. 나는 말린의 아빠를 두어 번 만난 적이 있는데, 말린이 가끔씩 아빠 집에 머물기 때문이다. 말린의 아빠는 컴퓨터 관련 일을 하고 여행을 자주 다닌다. 말린은 죽기 전에 온 세상을 다 보고 싶다고 말하면서도 아빠의 여행에는 절대 따라가지 않는다.

"너희 아빠 아직도 그 여자랑 사귀니? 그 여자 이름이 뭐였더라? 옌니페르?"

말린의 아빠는 여자 친구를 여럿 사귀었는데, 나는 가장 최근 여자 친구가 누군지 전혀 기억나지 않았다.

"아니, 깨진 것 같아. 아니면 한동안 옌니페르에 대해서 아무 소식도 듣지 못했던 거겠지. 그리고 옌니페르는 태국에도 같이 가지 않았거든. 뭐, 중요한 건 아니지. 하지만 적어도 할머니는 오늘 저녁에 아빠 집에 오실 거야."

"그렇구나, 참 재미있겠네!"

말린은 어깨를 으쓱거리고는 케이스에서 사탕을 한 줌 꺼냈다.

"할머니에게 용돈을 받곤 해, 그게 꿀이지. 그 돈으로 가죽 재킷을 살 수 있을 거야. 펑크족에겐 가죽 재킷이 법칙과도 같거든."

나는 고개를 끄덕였다. 푸그는 어제 가죽 재킷을 입고 있었다.

"헨네스 오크 마우리츠 사이트에서 그리 비싸지 않고 아주 괜찮아 보이는 걸 찾아냈어. 물론 재킷에 이것저것 좀 붙여야 하겠지만, 기다려 봐, 보여 줄게!"

말린은 재킷을 뒤져 휴대전화를 꺼내더니 내가 보도록 화면을 들어 보였다. 소매가 짧고 팔에는 솔기가 있는 평범한 검은색 가죽 재킷이었다. 뭐라고 말하려고 하는데 화면 맨 위에 메시지가 왔다는 알림이 떴다.

욘이 보낸 메시지다. 욘 홀름스텐이라는 이름이 선명히 보인다.

> 하하, 젠장, 오늘 컨디션 최악이야

배가 싸늘해지고 피가 몽땅 내 발로 내려가는 듯한 느낌이 들었다. 기대에 부풀어 나를 보는 말린은, 여전히 내가 가죽 재킷을 뚫어지게 보고 있다고 믿는 것 같았다. 삐걱대는 입을 열었다. 입이 나한테 붙어 있는 기계 장치같이 느껴졌다.

"왜 욘이 너한테 메시지를 보내?"

"욘이 지금 답했어?"

말린은 자기 쪽으로 재빨리 휴대전화를 돌렸다.

"뭐야? 네가 욘한테 메시지 보냈어?"

"응." 말린은 어깨를 으쓱거리며 말했다.

"아니 그러니까… 왜?"

저 멀리 어딘가에서 새가 울부짖었다. 그 소리 말고는 내 심장 박동 소리만 들렸는데, 박동이 너무 세서 맥이 뛰는 모양새가 살갗을 통해 보일 게 분명하다. 말린은 휴대전화를 내려다보며 뭔가를 썼다. 그러면서도 내 말에는 대답하지 않았다.

"야, 내 말 들려? 무슨 일이냐고."

"답부터 보내고. 안 그러면 예의가 아니잖아."

말린은 내가 뭔가 잘못하는 것처럼 말했지만, 잘못하는 건 말린이다.

"그만 좀 하고 무슨 일이 있었는지 이야기 좀 해. 나는 이해가 안 가. 너랑 욘이 왜? 뭐야, 둘이 서로 이야기하는 거야? 언제부터?"

"네가 생각하는 그런 거 아니야. 그냥 내가 욘을 팔로우하기 시작했고 파티 고마웠다고 메시지를 보냈고 지금은 욘이 메시지를 보냈어. 응, 그게 다야. 너도 봤잖아. 욘에게 답이 늦었다고, 혹시 푸그한테 잡혀서 그랬는지 아니면 다른 일이 있었는지 물어보려고 하는 참이었어."

"왜 푸그한테는 안 보내는데? 푸그는 네 거잖아. 물론 욘은 내 거고."

욘이 말린에게 반했으면 어쩌지? 만일 내 등 뒤에서 둘이 몰래 킥킥거렸다면? 나는 그저 둘의 러브스토리를 감추려고 써먹는 체스판의 말에 지나지 않는 걸까?

"아니 뭐가 네 거고 뭐가 내 거야? 나는 내가 원하는 사람과 이야기할 수 있잖아?"

말린은 삐친 것처럼 말했다. 잘못은 자기가 해 놓고.

"넌 알잖아…." 나는 입을 뗐지만 뭐라 해야 할지 몰라서 우물쭈물했다.

"이것도 너를 위해서야, 이해하잖아!" 말린이 말했다.

"뭐가 '나를 위해서'인 거야? 그럼 네가 욘을 팔로우하기 시작한 걸 왜 말 안 했어?"

"내가 하는 일을 다 너에게 보고하진 않아. 나는 왕가슴 언니와 푸그도 팔로우하기 시작했어. 지금 기회를 잡아야 하니까!" 말린은 말하는 도중에도 계속 뭔가를 써 내려갔다.

나는 잠시 아무 말 없이 서서 말린을 봤다. 말린은 휴대전화를 내려다봤지만 주로 앱들을 여닫는 것 같았다. 말린의 손가락 끝은 휴대전화 화면 위에서 움직이는 동안 빨갛게 빛났고, 손톱 뿌리 살갗은 여느 때보다 더 상처가 많았다.

"너 욘한테 반했어?" 나는 조용히 물었다.

"당연히 아니지! 날 어떻게 생각하는 거야? 내가 욘을 뺏으려고 한다는 거야?"

"그게 아니면, 욘이 너한테 반했어?"

"너 편집증이 병적이구나."

말린은 눈을 가늘게 뜨고 나를 보며 휴대전화를 옆에 놓았다.

"절친한 친구가 거짓말을 할 땐 이러는 것도 그리 이상하지 않으니까." 나는 팔짱을 끼며 말했다.

내 손이 떨리는 걸 말린이 보지 못하게 하기 위함이었다.

"나는 그냥 그 사람들하고 계속 연락하려는 것뿐이야. 이 패거리, 그 사람들은 물론… 어떤 면에서는 우리가 여기서 탈출하는 길이야. 내가 좀 새롭고 더 재미있는 친구들을 원하는 게 그리 이상한 일도 아니잖아." 말린은 말을 마치고 다시 휴대전화를 집어 들었다.

나는 오랫동안 말린을 봤다. 마치 말린은 내가 여기에 서 있는 걸 까먹은 것처럼 보였다.

"응, 그래라. 하지만 그러면 넌 재미없는 오랜 친구를 버리는 거야!" 나는 그렇게 말하고 자전거가 있는 곳으로 달려가서 페달을 밟아 자리를 떠났다.

갓 내린 눈이 자전거 바퀴 아래에서 녹아 내가 달리는 뒤에 가느다란 흔적을 남겼다. 말린이 외치며 나를 쫓아오면 좋겠지만 아무 소리도 들리지 않았다. 내 헐떡이는 숨소리 말고는 모든 게 고요했다.

15

초콜릿 드링크와 샌드위치

말린이 어떻게 그럴 수 있을까? 걘 무슨 생각을 한 걸까? 말린이 날 위해 그랬다는 걸 나는 단 1초도 믿지 않았다. 말린은 내가 욘에 대해 어떻게 생각하는지 알고 있었다. 말린은 내가 자기보다 먼저 욘에게 메시지를 보내야 했다는 걸 알고 있었나.

나는 입에서 피 맛이 날 정도로 페달을 밟았다.

나와 말린은 예전에 싸운 적이 한 번 있다. 어느 날 말린이 방과 후 우리 집에 안 가겠다고 말해서였다. 시작은 그랬지만 그 말다툼이 왜 그렇게 커졌는지 지금도 이해하지 못하지만, 그렇게 되었다. 그때 나는 말린과 결코 이야기하지 않겠다고 결심했다. 결심은 이틀 동안 이어졌다.

말다툼의 경위는 기억이 안 나더라도 감정은 정확히 기억한다.

사실 그건 내가 말린과 함께 있을 때 자주 느끼는 감정이다. 말린은 언제나 옳고, 나는 그 의견을 들이받거나 혹은 내 나름의 의견을 가져서는 안 되는 것 같은 느낌이 든다. 걔는 멋진 사람, 나는 그냥 따라가는 멋지지 못한 사람. 언제나 그랬다. 그러니 말린이 나를 두고 재미없다고 말한 일도 전혀 놀랍지 않다. 걔는 나와 어울려야 하니까 나와 어울릴 뿐이지 속 생각은 그렇다는 점을 나도 잘 알고 있었다.

나는 보통 우리의 관계와 위치에 대해 거의 생각하지 않지만, 그게 내 안에서 한번 부글거리기 시작하니 걷잡을 수 없었다. 나로 하여금 이런 기분을 느끼게 하는 사람과 어떻게 계속 친하게 지낼 수 있을까? 어쩌면 나는 베카와 말린이 친해질 수 있도록 레일라와 다시 친구가 되어야 할지도 모른다. 베카와 말린은 잘 맞을 테니까.

그렇게 되어야 한다. 끝. 나는 그렇게 하기로 결심했다. 이 결심은 오래 지속될 거고 그 기간은 아마도 내 남은 인생이 될지도 모르겠다. 물러서는 사람이 되지 않을 작정이었다. 나와 말린은 끝났고, 욘과 어떻게 해야 할지는 결정하지 못했다.

우리 집 마당 옆으로 미끄러져 들어가자 차고 문이 열려 있는 게 보였다. 아빠가 스노모빌 위에 놓인 상자를 뒤지고 있었다. 아빠의 머리에는 국제적으로 유명한 브랜드인 오만스 플로어에서 판촉용으로 뿌린 가장 못생긴 비니가 씌워져 있었다.

"어디 갔었니?" 아빠는 고개를 들지 않고 물었다.

"아무 데도 안 갔어요." 나는 자전거를 세우며 대답한다.

아빠는 계속 상자를 뒤졌다.

"뭐 하세요?" 내가 물었다. 집에 들어가서 혼자 있고 싶은 마음이 전혀 들지 않아서.

"아무것도 안 해." 아빠는 삑삑거리는 목소리로 나를 흉내 냈다.

"에이." 내가 말했다. "엄마는 집에 없어요?"

"응, 방금 일하러 나갔어."

"엄마는 항상 일하잖아요."

"어른이란 게 그래."

"오시 데려와도 돼요?"

오시는 아빠의 사냥개다. 강아지 울타리 안에서 줄곧 짖어대며 서 있는 핀란드 스피츠다. 사실 나는 오시를 별로 편하게 여기진 않았지만, 잡고 있을 털가죽이 있으면 좋을 것 같았다.

"갑자기 왜?" 아빠는 상자에서 얼굴을 늘며 물었다.

"오시는 종일 강아지 울타리 안에 있잖아요. 그건 동물 학대예요." 내가 말했다.

"오시는 지금 자기 집에서 따뜻하고 편안하게 있는데?" 아빠가 말했다. "대신 라우라가 뭘 하는지 가서 봐봐. 조금 전에 집에 왔어."

"아빤 오시 대신 언니를 강아지 울타리 안에 둬야 해요. 언닌 거기가 딱인데." 나는 투덜거렸다.

"아마 너희 둘 다 딱일 거다." 아빠가 말했다.

"에이." 나는 안으로 들어가면서 말했다.

"만일 자고 있으면 깨우렴." 아빠가 내 뒤에서 외쳤다. "한낮인데 다른 사람들처럼 깨어 있어야지."

언니는 깨어 있었다. 식탁에 앉아 샌드위치를 먹으며 초콜릿 드링크를 마시는 중이었다. 머리는 지저분하게 하나로 묶여 있었고 눈 밑에는 화장품이 묻어 있었다. 내가 예상했던 것과 비슷한 모습이다. 무리했구나.

"보아하니 어땠는지 짐작이 가네." 나는 찬장에서 유리잔을 꺼냈다. 초콜릿 드링크를 마시고 싶었기 때문이다. 언니 옆에 앉아서 우유를 집어 들었다.

"닥쳐." 언니가 말했다.

"언니나 닥치셔." 내가 말했다.

"어제 재미있었어?" 언니가 물었다.

우리 뒤에 있는 조리대에 놓여 있는 토스터에서 빵 두 쪽이 더 튀어나왔다. 언니는 거의 넘어질 정도로 아주 길게 의자 뒤로 기대어 토스터에서 빵을 꺼냈다. 엄마가 보면 기절할 장면이다. 언니는 나에게 먹겠느냐는 표정으로 빵 한 쪽을 내밀었고 나는 빵을 받아서 그 위에 버터를 발랐다.

나는 어제 재미있었나? 아마도. 오늘이 오지 않았다면, 만일 말린이 그러지 않았다면, 만일 욘이 그러지 않았다면. 계속 재미있었겠지. 불현듯 바보 같다는 느낌이 들었다. 만일 욘이 말린에게 메시지를 보낼 생각이었다면 왜 나에게 뽀뽀했을까?

욘은 아마도 말린에게 반했을 것이다. 나는 둘이 지금 서로에게 메시지를 보내는 장면을 상상했다. 어쩌면 둘은 이미 만났을 것이다. 어쩌면 욘은 내가 떠난 놀이터로 왔을 것이고, 어쩌면 둘은 지금 미끄럼틀 아래 같이 앉아 있을 것이다. 어쩌면 욘은 말린의 이마에 뽀뽀할 수도 있다. 어쩌면 둘은 나를 비웃고 있을 수도 있다.

나는 내가 상심했다는 걸 보여 주지 않으리라 작정했다. 내가 그 둘을 신경 쓰고 있다는 걸 알지 못하게 해야 하고, 내가 아주아주 멋지고 엄청 신비스러워짐으로써 욘이 내게 돌아오도록 해야 한다고 결심했다.

사실은, 나도 욘에게 메시지를 보내고 싶지만, 그럴 수 없었다.

"야, 너희 재밌었냐고." 언니가 나를 재촉하듯이 말했다.

"그냥 그랬어." 내가 말했다.

"언제 갔어?"

"우린 거기에 한 시간 넘게 안 있었어, 언니가 내 말을 믿는다면 말이지." 내가 말했다. "거기 치즈나 좀 줘."

"아니 근데, 너 엄청나게 삐쳤어." 언니는 치즈가 담긴 접시를 주며 말했다. "무슨 일 있었어?"

"아니, 아무 일도 없었어. 사실 파티가 정말 재미없었어."

"너희가 끝까지 남아 있지 않아서 다행이네. 헬레는 무슨 일인지 계속 울었고, 망누스는 화장실에서 의식을 잃었어. 걔를 꺼내려고 잠긴 문을 밖에서 따야 했다니까. 타티는 열이 받았어. 걔네 엄마가 아끼는 와인 잔 하나를 누가 깼거든."

"언닌 어디서 잤어?" 나는 묻는다.

"다들 타티 집에서 잤어. 나랑 망누스는 큰 소파에서 잤어. 그래서 뒷목이 더럽게 아프네. 할 짓이 아니야."

"뭐, 망누스랑 잤다고? 망누스는 의식을 잃었다며? 언니가 방금 그랬잖아."

"맞아, 근데 나중에 정신 차렸거든. 망누스는 화장실에서 무슨 일이 있었는지 하나도 기억 못 하더라."

언니는 그 일이 어떤 면에선 재미있었던 것처럼 키득거렸다.

"둘이 사귀는 거야? 언니랑 망누스?"

"맙소사, 절대 아니야."

"다들 거기서 잤어?"

욘을 생각하니 배 속에 덩어리가 들어앉은 듯 마음이 찜찜했다. 우리도 거기 머물렀다면 어쨌을까, 그랬으면 나는 욘이랑 잤을까? 아니면 욘은 말린이랑 잤을까? **우리가 외박을 했어야 했다는 건 아니지만.**

"응, 열에서 열다섯 명은 있었을 거야. 타티는 아침 내내 자는 척을 하더라. 그래서 나랑 라샤랑 다른 애들이 집을 치웠어. 집 꼬라지가 돼지우리 같았거든. 욘이랑 푸그는 돌아다니면서 난투극을 벌였어."

"그 둘도 거기서 잤어?"

그래도 나는 알아야 했다. 욘은 내가 알고 있다는 사실을 알 수 없을 거다.

"응, 욘은 타티 동생 방에서 잔 거 같아. 이게 네가 원하던 대답이지?" 언니는 말하고는 샌드위치의 마지막 남은 부분을 한입에 먹어치웠다.

"욘은 거기서 혼자 잤어?"

나는 그거에 대해 무심한 척할 힘조차 없었다. 언니도 이해했다.

"그럴걸?" 언니는 말했다. "근데 또 모르지."

언니는 다른 생각을 하기 시작했는지 자기 초콜릿 드링크를 젓기 시작했다. 숟가락이 유리잔에 부딪히는 소리가 요란하다. 땡, 땡. 나는 뭘 더 물어봐야 할지 몰랐다.

나는 욘이 다른 누구와 잤을지도 모른다는 걸 말린이 아는지 궁금했다. 만일 모른다면 쌤통이다.

"말린은 어때?" 언니는 마치 내 생각이 보이는 것처럼 내게 물었다.

내가 대답할 겨를도 없이 아빠가 바깥 문을 통해 들어왔다. 아빠는 우리를 체념한 표정으로 보면서, 못생긴 비니를 고쳐 쓰고는 말했다.

"아니, 너흰 지금 샌드위치를 먹고 있니? 이제 저녁 먹을 시간인데."

"아빠 우리가 굶어 죽길 바라는 거예요?" 언니가 말했다.

"만일 네가 제시간에 집에 왔다면 네 식사 시간이 꼬이지 않았겠지."

"하지만 라샤가 어제 술을 마시는 바람에 집에 못 온 거예요. 메시지도 보냈잖아요! 아빠 걔가 음주운전하기를 바라시는 건 아니죠?"

"라샤가 많이 마신 게 틀림없구나. 지금 너한테서 술 냄새가 나니까 말이지."

언니는 뺨이 살짝 빨개졌지만 아무 말도 하지 않았다. 아빠가 약을 올리는 건지 화가 난 건지 모르겠지만, 언니가 가끔 술을 마신다는 걸 아빠가 알고 있다고 확신한다. 하지만 언니는 여름이면 합법적으로 술을 마실 수 있는 나이가 되니까 엄마 아빠도 포기했을 거다. 반면 내가 어제 술을 마셨다는 걸 아빠가 안다면 나는 남은 인생 동안 외출 금지를 당하리라.

"라우라, 가끔은 주말에 집에 있어도 나쁘지 않아." 아빠가 말을 이었다.

"오늘 저녁에는 집에 있겠다고 약속할게요, 오직 아빠를 위해서." 언니는 아빠를 향해 미소를 지으며 말했다.

"흠." 아빠는 대답하고 나서 말을 덧붙였다. "그래. 오늘 저녁은 편의점에서 피자를 포장해 오는 게 어떨까 하고 아빠는 생각했단다."

16
반창고

나는 생리대가 필요하다는 핑계로 아빠를 따라나섰다. 나는 이 핑계가 완벽하다는 걸 아는데, 예전에 엄마가 아빠에게 탐폰을 사 다 달라고 했는데 팬티 라이너를 사 들고 집에 온 후로 아빠는 직접 생리대를 사려 하지 않기 때문이다. 우린 그때만큼 아빠에 대해 낳 이 웃은 적이 없다.

"갈 준비 됐니?" 아빠가 물었다.

"화장실 좀 다녀올게요." 나는 말하고 화장실로 달려갔다.

머리를 빗고 양치질을 하고 언니의 향수를 조금 빌렸다. 꾸밀 시 간이 부족했지만 천만다행으로 나는 아주 괜찮게 보였다. 그리고 욘이 내가 지친 모습이라고 생각해도 된다. 사실 꽤 적절하다. 아직 도 술이 덜 깬 척을 할 수 있으니까. 록 스타처럼.

나는 거울 앞에서 표정을 몇 가지 연습했는데, 욘이 자기가 뭘 놓치고 있는지 이해할 수 있도록 두려움 없는 모습과 거부할 수 없는 모습을 동시에 보여 주기 위함이었다. 물론 욘이 내 짐작과는 달리 지금 말린과 놀이터에 있지 않고 일터에 있다면 말이지.

"너 물 내리는 거 까먹었어." 내가 화장실에서 나올 때 언니가 비웃으며 말했다.

아빠는 이미 차로 나갔다. 아빠에겐 회색 픽업트럭이 있는데, 아마도 사람이 만든 차 중에 가장 멍청한 차일 거다. 트랙터처럼 생겼는데 못생긴 전나무 모양 방향제가 백미러에 달려 있다. 나는 아빠가 자기 차로 나를 데리러 오지 못하게 막는다. 무조건 엄마 차여야 한다. 엄마 차도 멋진 스포츠카는 아니지만 그래도 흔히 볼 수 있는 보통 차여서 좀 낫다.

이번에는 예외다. 아빠는 라디오에서 나오는 옛날 노래를 따라 휘파람을 불면서 후진해서 도로로 나갔다. 나는 창밖을 봤다. 이제 눈은 거의 다 녹았고 도랑만 휠 뿐이었다.

우리 차가 학교를 지나가고 나는 건물을 향해 새끼손가락을 내밀었다. 그건 말린을, 그리고 우리가 더는 친구가 아니라는 걸 상기시키는 행동이다.

"곧 여름이 되지 않을까요?" 내가 말했다.

나는 학교에 가서 억지로 말린을 보고 싶지는 않다. 다들 이상하게 생각할 거다. 보통 우리는 언제나 같이 있었으니까. 그리고 이제 우리는 더는 그렇게 하지 않는다. 만일 누가 물어본다면 나는 뭐라고 대답해야 할까?

"분명히 여름 전까지 눈이 두어 번 더 올 거야." 아빠는 운전대를 손가락으로 두드리며 말했다.

"원한다면 빙하기가 될 수도 있겠네요. 저는 그저 여름 방학이 빨리 왔으면 할 뿐이에요." 나는 한숨을 내쉬었다.

"아직 부활절 방학 중이잖아. 그것만으로 모자라니?"

"흥."

우리는 편의점으로 차를 꺾어 들어갔다. 욘의 모터 자전거가 보이지 않는 걸로 보아 아마 오늘 일을 하지 않는 것 같았다. 내가 욘에게 직접 메시지를 보내야 할 것 같았다. 그 생각을 하자마자 말린과 욘이 미끄럼틀 아래 앉아서 나를 비웃는 모습이 눈앞에 아른거렸다. 나는 둘에게 웃을 이유를 주지 않을 테다.

아빠가 주차를 마치고 차에서 내렸는데 이런, 아는 아서씨를 만났다. 아빠는 자기랑 똑 닮은 이 아저씨와 대화를 나누지 않고는 아무 데도 가지 않는다.

"그렇군요, 오늘은 숲에 안 가나요?" 아저씨가 말했다.

"오늘 아침에 잠깐 나가서 덫을 살펴봤지만, 날씨가 그렇게 됐잖아요." 아빠가 말했다. 기어이 대화가 시작되었다.

이 이야기는 너무 많이 들어서 내가 대신해 줄 수도 있다. 어떤 동물을 쐈고 어떤 동물을 쏠 뻔했고 어떤 동물을 다른 사람이 쐈고 어떤 동물을 전혀 보지 못했고. 내가 오랫동안 아빠 옆에 서서 한숨을 쉬자 아빠가 말했다.

"들어가서 주문해, 그리고 네가 먹고 싶은 걸로 고르렴. 아빠가 나중에 들어가서 계산할게."

나는 아빠를 째려봤다. '바로 우리 아빠가 들어와서 계산할 거예요.'라고 말하는 건 난처한 일이다. 욘이 그 말을 듣기라도 하면 어쩌라고. 물론 욘은 지금 없겠지만, 만약 있다면 어쩌지. 둘은 정말로 나를 비웃을 거리가 생길 거다. 아빠랑 피자를 사는 똥멍청이 말이다.

나는 들어갔다. 어쨌든 피자를 주문해야 하니까.

계산대에는 언제나처럼 헬레 언니가 앉아 있었다. 헬레 언니는 피곤해 보였지만 나를 보자 미소를 지었다.

"어머, 동생 안녕." 헬레 언니가 말했다. "어제 재밌었니?"

헬레 언니가 어제 일을 기억할 거라곤 생각지 못했는데.

"네, 고마워요, 재밌었어요. 좀 너절하긴 했지만요." 내 뺨이 빨개지는 걸 헬레 언니가 알아채지 못하기를 바라며 말했다.

"그렇구나. 젠장, 난 술을 마시면 왜 항상 그렇게 되는지 모르겠어." 헬레 언니는 말하고는 종이컵에서 콜라를 한 모금 마셨다.

"음. 저도요."

"그러고 나서 오늘 일을 해야 하는데, 난 내가 무슨 생각이었는지 모르겠어. 다신 그러지 말아야지."

"네, 당연하죠." 내가 말했다.

"그런데 다른 동생은 어디 있니?" 헬레 언니가 물었다. "너흰 언제나 둘이잖아."

'언제나 그렇진 않고요.' 나는 이렇게 생각했지만 모르겠다고만 대답했다.

"그나저나 네가 그렇게 나이가 많은 줄 몰랐어. 사람들은 언제나 동생들을 아기라고 생각하잖아."

"그렇군요." 내가 말했다.

"하지만 너희는 분명히 더 이상 아기가 아니야, 나만 멍청할 뿐이지."

"그렇군요." 나는 다시 말했다.

"아니면 멍청하지는 않지만, 넌 알지." 헬레 언니는 얼굴을 찡그리며 계속 말했다.

"그렇군요." 나는 내가 멍청하다고 느끼며 세 번째로 말했다.

"그래서 오늘은 뭘 먹을 거니?"

"피자요." 내가 말했다.

"운이 좋네, 오늘은 욘이 쉬는 날이라 말론이 피자를 굽고 있어. 말론이 훨씬 실력이 좋아." 헬레 언니는 속삭였다. "욘은 대개 땜빵용이야. 사장이랑 친척이라 그러는 것 같아."

"그렇군요." 내가 말했다.

나는 내가 '그렇군요' 말고 다른 말을 할 수 없는 걸까 의문이 들었다.

"더구나 욘이 오늘 출근했으면, 어쩌면 오늘 네 피자에 토했을지도 몰라. 어제 술을 많이 마셨거든. 가끔은 정말 나쁜 놈이야."

"언니랑 욘도 타티 집에서 잤어요?" 나는 묻는다.

"응, 그렇게 됐어. 욘이 아직도 거기서 자고 있어도 놀랍지 않아." 헬레 언니는 종이컵을 비우더니 말했다. "만일 네가 나한테 묻고 싶은 게 이거라면, 대답해 줄게. 욘이 타티랑 다시 사귀는 건 시간문제일 뿐이야. 타티는 절대 깨치지 못해. 그러고 나서 우린 다시 똑같은 장황한 이야길 듣겠지."

헬레 언니는 눈을 희번덕거리며 미소를 지었다. 마치 그 장황한 이야기가 어떤 것인지 내가 알고 있다는 듯이. 사방이 빙글빙글 돌았다. 욘이 정말 관심이 있는 사람이 누구일까? 나는 아무것도 모르겠다. 뭔가 잘못된 게 분명했다.

헬레 언니는 나에게 친절하게 미소 지었다.

"그럼 어떤 피자로 하겠니?"

말론이 구운 피자인데도 아무 맛도 나지 않았다. 헬레 언니가 한 말들만 계속 떠오를 뿐이었다. 욘과 타티는 사귄 적이 있었다. 그리고 둘은 아마도 재결합할 것이다. 단지 시간문제일 뿐이다. 동시에 욘과 말린은 서로에게 메시지를 보낸다. 그리고 욘은 나에게 뽀뽀했다.

욘이 말린 대신 타티와 사랑에 빠진다면? 그게 더 나은 것 같기도 하고 더 나쁜 것 같기도 했다. 타티는 모든 면에서 위험해 보이니까 더 나쁘지만, 한편으로는 말린도 욘과 사귈 수 없으니까 더 나은 것 같기도 하다.

"몇 주 동안 피자 사 달라고 노래를 부르더니 깨작거리는 이유가 뭘까." 아빠가 말했다.

나는 대답하지 않았다.

말린의 말이 맞았다. 그러니까 욘이 좋아하는 타입은 타티 같은 펑크족들이다. 그러니 욘이 말린에게 반했다고 해도 이상한 일이 아니다. 말린도 펑크족이니까.

"만다, 몸이 안 좋니? 생리통 있어?" 아빠는 내 배를 손짓으로 가리키며 물었다.

"네?"

"그래서 못 먹는 거니?"

아빠는 걱정스러워 보였다. 아빠는 엄마, 나 그리고 언니에게 있을 수 있는 생리통이 얼마나 끔찍한지 안다. 한번은 언니가 화장실에서 기절한 적도 있다.

"아니에요. 먹고 있잖아요." 나는 들고 있는 피자 조각을 세 입 크게 먹었다.

"글쎄, 그런 거니." 아빠는 조금 침착해진 모습이었다.

"왕… 아니, 헬레 언니가 안부 전해 달래." 나는 언니에게 말했다.

"우와, 일을 하러 갔네."

언니는 웃었고 아빠는 언니를 째려봤다.

"헬레 언니는 욘과 타티가 사귀는 사이라고 했어."

"오래전 일이야. 한 100년쯤 됐나."

"하지만 헬레 언니는 둘이 다시 사귈 것 같다고 했어."

나는 그 말을 할 때 거의 울음을 터뜨리다시피 목소리가 떨렸다. 힘든 하루였다. 상실로 가득 찬 하루. 처음엔 말린, 그리고 지금은 타티. 어제는 세계 최고의 날이었고 오늘은 세계 최악의 날이다.

언니는 오랫동안 나를 봤다. 마침내 언니가 입을 뗐다.

"믿기 되게 어렵네."

언니의 말이 마치 반창고처럼 느껴졌다. 작고 그다지 쓸모도 없지만 그래도, 반창고.

17
바이시클 걸스의 화해

부활절 월요일이 왔다가 사라지고, 다시 평일 그 자체인 화요일이 찾아왔다. 엄마가 나를 깨울 때 몸이 안 좋다고 말했다. 정말로 배 속에 아픈 덩어리가 있었기 때문에 거짓말을 할 필요가 없었다.

정말 피곤하기도 한데, 밤새도록 누워서 욘에게 보낼 여러 버전의 메시지를 썼기 때문이다. 하지만 아무 메시지도 보낼 만하지 않았고, 아무리 노력해도 내가 욘을 따라다니기 시작한다면 욘과 말린이 날 비웃을 거라는 생각을 버릴 수가 없었다. 예컨대 내가 욘에게 메시지를 보낸다면 욘은 말린에게 캡처 화면을 보내면서 "애가 네 똥멍청이 친구야?ㅋㅋ"라고 말할 것이다. 그러면 말린은 "예전 친구야, 저 똥멍청이와는 더는 어울릴 힘이 없어."라고 답할 것이다. 그런 다음 둘은 평생 행복하게 살고 나는 영원히 똥멍청이로 낙인찍힐 것이다. 뉴욕은 똥멍청이 출입금지 구역이니까 나는 평생 엄마 아빠 집에서 살아야 하겠지. 운이 좋으면 도서관 윙베 아저씨의 여자 버전이 될 수도 있겠지만 그마저도 힘들어 보인다.

아니야, 여기까지 가면 안 된다. 나는 말린에게서 욘을 되찾을 다른 방법을 찾아야 한다. 아니면 타티라거나. 지금 욘이 누구와 있는지 간에, 아무튼 찾아와야 한다.

"말린하고 싸웠니?" 엄마가 침대 가장자리에 앉으며 물었다.

"왜 그렇게 생각해요?"

"넌 이틀이나 집에 있었고 말린은 안 보였으니까."

엄마는 언니랑 똑같다. 거짓말 냄새를 맡을 수 있는 블러드하운드다.

"아니요, 그저 몸이 안 좋을 뿐이에요." 이번엔 거짓말을 했다.

"걔를 피한다고 몸이 나아지진 않아." 엄마가 말했다.

"피하는 게 아니에요." 사실처럼 들리게 하려고 애쓸 힘조차 없었다.

"이제 일어나렴." 엄마가 일어났다. 나는 움직이지 않았다.

"만일 내일도 몸이 안 좋다면 그땐 집에 있어도 돼. 하지만 오늘은 학교에 가야 해."

되받는 건 소용없었다.

말린과 나는 언제나 함께 자전거를 타고 학교에 간다. 우리가 처음 만난 이후 내내 그랬다. 친구들은 모터 자전거와 스쿠터를 타기 시작했지만 나도 말린도 모터 자전거 면허를 딸 힘이 없었다. 대신 우리는 자전거를 계속 탔다. 마을 전체는 물론 도시에서도 말린과 내가 자전거로 가지 않은 길이 거의 없다. 가끔은 길을 잃어 보려 했지만 이 동네에서 그게 가능할 리가.

우리는 언제나 같은 길로 자전거를 타고 학교에 간다. 집에서 출발해 말린의 집에 가면 말린은 길가에 서서 나를 기다리곤 한다. 그런 다음 우리는 함께 자전거로 달린다. 썰매를 타는 언덕과 급커브 길을 지나, 유령의 집, 연립주택 단지, 소방서, 시 청사를 지나면 학교에 도착한다. 약 30분 정도 걸린다. 아, 수다를 안 떨면 20분. 하지만 우리는 항상 이야기를 한다.

그런데 오늘은 아니다. 말린의 집에 도착했을 때 길가에 말린이 서 있지 않았다. 그럴 거라는 예상 자체를 안 하긴 했어도 조금은 슬퍼졌다. 말린이 서 있곤 하던 자리가 더 텅 비어 있는 것 같았다. 평소의 도랑 가장자리와 자갈밭일 따름인데.

말린은 거기 서서 나를 기다려야 하고, 무릎 꿇고 애원하고 사과해야 했다. 잘못한 건 걔니까, 나에게서 욘을 빼앗으려고 한 건 걔니까.

언제나 이런 식이다. 말린은 항상 모든 걸 가지고, 나는 말린을 위한 남자들과 친구들이라는 뷔페에서 부스러기나 좀 얻고 기뻐할 따름이다. 욘을 훔치는 건 생각하면 할수록 정말 전형적인 말린의 행동이다.

하지만 나는 말린에게 본때를 보여 줄 참이었다. 욘에게는 자기가 놓치고 있는 게 뭔지 보여 줘야지.

나는 급브레이크를 걸고 자전거에서 뛰어내려서는, 책가방에서 이어폰을 꺼냈다. 그런 다음 분노의 힙합 재생 목록을 찾아서 최대 볼륨으로 틀었다. 이어폰을 귀에 꽂고 그 어느 때보다 거칠게 페달을 밟았다. 화가 날 땐 힙합이 좋다. 그건 언니가 가르쳐 줬다.

썰매를 타는 언덕에서 몸을 조금 앞으로 숙이고 페달을 더 세게 밟았다. 다리가 풀릴 때까지 페달을 밟고 싶은 심정이었다. 힙합 비트가 귓가에서 둥둥 울렸다.

급커브를 지나자 말린이 보였다. 말린은 나보다 백 미터쯤 앞에서 혼자 자전거를 타고 가고 있었다. 말린은 여느 때와 똑같은 모습으로 언제나 그렇듯 자전거를 살짝 흔들며 몰았다. 말린의 머리는 거꾸로 빗질해 부풀려서 두 갈래로 묶어 올린 머리다. 뒷모습만으로는 걔에게 무슨 일이 일어났는지 알 수 없어서 불안했다. 말린이 신경 쓰지 않으면 어쩌지? 심지어 이 일이 말린에게는 대수롭지 않을 수도 있다는 생각이 들었다.

'똑똑히 보여주겠어.'

나는 생각하며 할 수 있는 한 세게 페달을 계속 밟았다. 손이 시렵고, 털장갑 사이로 바람이 들어오고, 바람 때문에 귀가 따가웠다. 우리 사이의 거리가 좁혀지는 동안 나는 있는 힘껏 페달을 밟았지만 말린은 계속해서 느긋한 속도로 비틀거리며 앞으로 나아갔다. 마치 버펄로를 쫓는 표범이 된 기분이었다.

유령의 집을 지나칠 때도 말린은 나를 알아채지 못했다. 나는 더 앞으로 몸을 숙였고 내 낡은 코 없는 안장이 삐걱거렸다. 그 소리를 들었는지 말린이 느닷없이 몸을 뒤로 돌려 나를 쳐다봤다. 말린은 재빨리 몸을 다시 돌려 서서히 페달을 빨리 밟기 시작했다. 나는 입에서 피 맛을 느낄 정도로 페달을 밟았다. 거의 따라잡았다.

하지만 말린은 속도를 내기 시작했고 연립주택 단지 옆의 오르막길에서는 거의 나만큼 빠르게 페달을 밟았다. 내가 곧 따라잡으리라는 걸 자기도 알겠지. 나는 안장에서 엉덩이를 떼고 핸들에 몸을 기대어 작은 언덕을 힘겹게 올라갔다. 이제 말린의 헤어스프레이 향이 느껴질 정도로 가까워졌다.

소방서와 시 청사 옆에서 마침내 내리막길에 접어들자 말린은 자전거 페달을 밟지 않고 굴러가게 했다. '너 실수한 거야.' 나는 정확히 내리막길 끝에서 말린을 획 앞질렀다. 이 앞서는 상황을 한 1초 정도 즐겼을 때 말린이 다시 페달을 밟기 시작했다. 우리는 나란히 가면서 서로를 보지 않고 히스테리컬하게 페달을 밟았다. 내 자전거는 삐걱거렸지만 대신 말린은 나보다 숨이 더 차 보였다.

우리는 정확히 동시에 학교 운동장으로 길을 꺾어 들어갔다. 자전거 거치대에서 토르비엔 선생님이 서서 자기 자전거를 잠그는 모습이 보였다. 말린은 자갈길에 자국이 생길 정도로 브레이크를 세게 잡았고, 같이 멈춰 선 나는 자전거 핸들 위에 늘어졌다. 허벅지가 떨렸고 우리 둘 다 개처럼 헐떡거렸다.

"자전거를 타는 모습이 보기 좋구나." 토르비엔 선생님은 말하고 는 자전거 헬멧을 팔 아래에 끼고 걸어갔다.

우리는 자전거를 잠글 때 서로를 보지 않았고, 학교 건물 정문으로 걸어갈 때도 아무 말도 하지 않았다. 주차장 맞은편에서 학교 버스가 길을 꺾어 들어왔다. 아직 모터 자전거나 스쿠터를 마련하지 않은 사람들이 쏟아져 나오는 가운데 마지막으로 베카와 레일라가 내렸다.

"세상에, 너희 무슨 꼴이야?" 우리를 본 베카가 말했다.

"뭐가?" 말린이 자기 옷을 내려다보며 말했다. 말린은 매직펜으로 직접 노래 가사를 쓴, 무릎에 큰 구멍이 나 있는 청바지를 입고 있었다.

"너흰 마라톤이라도 하고 왔니?" 레일라가 물었다.

내 뺨은 마라톤 같은 것을 했을 때보다 더 불타올랐다. 말린의 이마는 땀에 흠뻑 젖은 상태였다. 말린은 검게 화장한 눈가로 흘러내리는 땀 한 방울을 훔쳤다.

"우린 자전거를 탔을 뿐이야." 내가 말했다.

"맞아, 자전거쟁이들." 레일라는 콧방귀를 뀌며 땋은 자기 머리를 잡아당겼다.

"실제로는 자전거 타는 사람들이라고 해." 나는 눈을 희번덕거리며 말했다.

내 눈빛과 말린의 눈빛이 서로 달라붙었다. 말린은 미소를 지었다. 나도 미소로 화답할 수밖에 없었다.

"응, 자전거 타는 사람들이야." 말린이 말했다.

"뭐든 어때." 베카가 말했다.

"자전거 타는 사람들이라고 부르라고!" 내가 생각해도 너무 큰 소리로 외쳤고, 말린은 웃기 시작했다. 나도 웃음을 참을 수가 없었다. 우리는 한 번도 웃어 본 적이 없는 것처럼 웃었다.

"너흰 정말 제정신이 아니구나." 베카가 말했다.

레일라는 눈을 희번덕거리기만 했다.

18
20퍼센트

"내가 욘을 팔로우하기 시작했다는 걸 너에게 이야기했어야 했어." 말린은 말하고는 초코볼 반죽을 한 숟가락 먹었다.

우리는 방과 후 말린의 쓰레기 다락방에 있는 오래된 오두막에 숨어들었다. 사실 오두막이라기보다는 지붕이 가장 경사진 구석이라는 표현이 정확하다. 오두막에는 담요와 베개 몇 개가 있을 뿐이다. 말린은 작은 별들이 달린 체인 조명도 달았는데 배터리가 다 돼서 그냥 매달려만 있다. 빛이 나지 않는 플라스틱 별 모양 조명이 마스킹 테이프로 붙여져 있다.

"에이, 나야말로 화내지 말았어야 했어." 내가 말했다. "우리가 그 둘과 친구가 된다면 좋기만 한 일인데."

"비밀로 하려는 건 아니었어. 난 둘 다 팔로우하기 시작했어. 그러고 나서 아빠 엄마 모두에게 짜증이 났는데, 그때 푸그에게 메시지를 보냈지만 답이 없었어. 그래서 대신 욘에게 메시지를 보냈는데, 하필 너랑 같이 있을 때 욘이 답을 한 거야. 나도 생각이 많았어, 욘의 답장을 보고 네가 슬퍼했다고 생각했어, 에휴 모르겠다⋯"

우리는 초코볼 반죽을 양푼에 담아서 각자 숟가락으로 퍼먹었다. 초코볼을 만들기 귀찮았기 때문. 말린은 초코볼 반죽을 많이 먹어서 이가 갈색이 됐다. 나는 이미 속이 좀 안 좋았다. 초코볼 반죽을 너무 많이 먹으면 그렇다.

"알겠어." 나는 말하고 숟가락을 양푼 안에 내려놓았다.

"그 이후로 우리도 더는 메시지를 주고받지 않았어. 자, 봐봐."

말린은 휴대전화를 내밀며 두 사람의 대화를 보여줬다. 대화는 거의 단답이었고 길이도 몇 줄에 지나지 않았다.

> 안녕! 지난번 고마웠어, 어쩌면 조금 시끌벅적해졌을지도 :P

> 하하, 젠장, 오늘 컨디션 꽝이야

> 푸그한테 잡혔어?ㅋㅋ

> 뭔소리임

> 푸그가 잡으려고 했을 때

홀랑 다 마셔 버렸을 때

하하 절대 아니지, 푸그가 잡기엔 난 너무 빨라

운이 좋았나 봐ㅋㅋ

이번 주말에 무슨 일 있어?

그게 다였다. 말린의 혀를 내미는 이모지와 ㅋㅋ 때문에 마음이 아팠는데, 말린이 작업을 치는 말투를 쓰고 있는 것처럼 느껴졌기 때문이다. 하지만 욘의 메시지는 짧고 욘은 말린의 마지막 질문에 답하지 않았다. 욘이 말린의 질문에 답하지 않았다는 건 결코 내 메시지에도 절대 답하지 않을 거라는 뜻이다. 말린은 나보다 훨씬 더 멋지다. 무슨 말을 해야 할지, 어떻게 옷을 입어야 할지, 그리고 무슨 노래를 들어야 할지를 언제나 잘 알고 있다. 나는 그냥 따라갈 뿐이다.

나는 말린에게 휴대전화를 건네고 다시 쿠션에 기댔다.

"난 정말 욘에게 전혀 관심이 없어." 말린이 말했다. "내가 원하는 건 푸그야. 알지?"

"당연하지." 확신이 서지 않는데도 입 밖으로는 이런 말이 나왔다.

말린이 사과했어도 기분이 좋은 건 80퍼센트만이었다. 20퍼센트는 여전히 삐쳐 있고 말런이 잘못했다고 생각했다. 하지만 더는 다툴 힘이 없다. 20퍼센트와 공존해야 했다.

"그런데 말이야, 우리가 타티의 파티에 갔다고 했을 때 베카와 레일라 표정 봤어?" 말런은 나를 따라 몸을 뒤로 젖히고 숟가락에 남아 있던 마지막 반죽을 핥으며 물었다.

"응, 사실 꽤 재미있었어." 내가 말했다.

베카와 레일라는 우리가 파티에 갔으며 거기에 누가 있었는지 들었을 때 완전히 코가 납작해진 모습이었다. 말런이 푸그에 대해 이야기했을 때 베카는 코에 주름을 잡으며 "세상에, 너무 역겨워." 라고 말했지만, 베카가 충격을 받은 게 느껴졌다.

말런과 나는 별일 아닌 척, 우리가 펑크 밴드가 있는 파티에 가는 게 일상인 척했다. 오스카르는 우리가 다른 파티에 갔다는 소식을 듣고는 "우리 파티가 더 재미있었을 거야."라고 말했다. "어어, 네 말이 맞다." 말런이 반어적으로 말했다.

"2주 후에 이게네 부모님이 안 계실 때 개네 집에서 파티를 열 거라는 소식 들었어?" 내가 말했다.

"이게는 문제도 아니야."

말런이 무심하게 말하며 발을 천장에 대고 등을 바닥에 붙였다. 그 상태에서 손을 바닥에 대고 엉덩이부터 등까지 들어 올렸고 마침내 어깨만 바닥에 붙이고 발을 천장에 대고 거꾸로 섰다. 말런은 천장에 대고 댄스 스텝을 밟았다. 나는 계속 누워 있었다. 사실 말런의 평가가 정확하다. 이게는 오스카르의 패거리고 멍청한 걸 넘어서 뇌사 상태에 가깝다.

"우린 초대받은 거야." 내가 말했다.

"무슨 말이야? 이게가 뭐라고 했는데?" 말린은 힘겹게 말하며 계속 천장에서 춤을 췄다.

"체육 시간에 우린 같은 팀이었거든. 애들이 오스카르의 파티에 대해 얘기하고 있었는데 그때 이게가 자기 아빠가 출장 갈 거라고, 다들 와도 된다고 했어."

"하지만 우리가 그 '다들'에 속하긴 해?"

"그런 것 같아." 나는 어깨를 으쓱거리며 말했다.

"타티가 파티를 다시 열면 최고일 텐데. 우린 최대한 빨리 푸그와 욘을 다시 만나야 해! 둘이 우리를 잊어버리지 않게."

"타티가 주말마다 파티를 열지는 않아." 나는 한숨을 쉬었다.

"하지만 그렇지 않으면 둘을 어디에서 만날 수 있을까? 둘은 어디서 어울릴까?"

"욘은 편의점 피자 코너에서 일하잖아. 어쩌면 푸그가 가끔 놀러 올지도? 헬레 언니도 거기서 일하니까."

"그래, 다음에 편의점에 갈 땐 아주아주 멋있게 하고 가야 해. 물론 특별히 네가 더." 말린은 천장에 발을 댄 그 자세에서 방귀를 뀌며 말했다.

나는 쿠션을 말린에게 던졌다. 깔깔 웃음이 터져 나왔다.

"어머 어머, 지금 천둥이 치나 보네." 말린이 말했다. 말린의 엄마가 저번에 우리가 들을 정도로 방귀를 뀌었을 때 했던 말이랑 똑같았다. 방귀 소리도 웃기고 넉살 부리는 사람들도 웃기고, 이 상황은 항상 재미있다.

"푸그랑 욘이 지금 우릴 봤다면 뭐라고 생각할까." 내가 말했다.

"둘은 분명히 즉시 프러포즈할 걸! 이렇게 말하겠지. 오, 아름다운 나의 여인이여, 나는 그대의 초코볼 반죽과 방귀를 참을 수가 없습니다." 말린은 나를 갈구하는 척하며 말했다.

"방귀는 네가 뀌었어, 내가 아니라." 내가 말했다.

"하지만 욘은 너한테 프러포즈할 거잖아." 말린이 말했다.

아, 나의 20퍼센트가 발동된다. 말린 역시 그걸 느낀 모양이다. 재빨리 대화 주제를 바꾸는 걸 보면.

"베카와 레일라가 서로 방귀를 틀 거 같아?"

"1학년 때 베카 집에 놀러 갔는데, 베카가 내가 화장실에 같이 가 주기를 바라더라고. 완전히 지멋대로였어. 그러고선 응가를 했어."

"정말이야?" 말린은 입을 떡 벌리더니 이내 미친 듯이 웃기 시작했다.

"응. 나는 그저 욕조 가장자리에 앉아서 보고만 있었어."

그때 당시에는 그렇게까지 이상하다고 생각 안 했는데, 돌아보면 돌아볼수록 그때 정말 미쳤었구나 하는 생각에 정신이 나갈 것 같다.

"제발, 사진을 찍었다고 말해 줘." 말린이 말했다.

"당연히 아니지."

"이 얘기를 왜 전엔 안 했어?"

"사실 까먹고 있었어."

"어떻게 그런 걸 잊을 수 있어? 베카는 기억할까?"

"어쩌면? 물어봐야 했나." 나는 말하고 훨씬 더 크게 웃었다.

"만일 우리가 이게의 파티에 간다면 베카는 취해 있을 거야. 그때 물어볼 수 있어. 걔가 맨정신에 그걸 인정할 것 같진 않아." 말린이 말했다.

"베카, 너 응가할 때 내가 네 손을 잡아 주길 바랐던 거 기억해?"

"걔 손을 잡아 줬다고?" 말린은 고함을 치더니 질식하지 않을까 걱정될 정도로 웃어 제꼈다.

"처음에 들어갔을 때 그랬어. 밑 닦을 땐 손을 놨다고." 내가 말했다.

말린은 정말로 질식한 것 같았다. 말린은 소리조차 내지 못하고 그저 배를 잡고 바닥에 누웠다.

말린의 오두막에서 나와 자전거를 몰고 집에 갈 때는 기분이 꽤 괜찮았다. 분명히 우리는 베카의 응가 이야기를 하며 30분은 웃었다. 그런 다음 어떻게 푸그와 욘을 다시 만날 수 있을지를 궁리했다. 다른 뭔가가 없다면 이게의 파티에 가자고 결정했다.

말린은 욘을 팔로우하라고 나를 설득했지만 지금은 아니다. 이틀에서 사흘은 있다가 팔로우할 거다. 너무 뻔히 보이지 않도록. 아마도 주말까지 안 할 수도 있겠다. 자기가 뽀뽀한 사람은 난데 왜 말린만 자기를 팔로우하고 나는 하지 않는지, 욘이 곰곰이 생각하도록 하려는 목적이다. 우리는 내가 좀 신비스러워 보여야 한다고 의견을 모았는데, 말린은 분명히 욘을 따라다니는 여자가 많을 것이기 때문이라고 주장했다. 말린 말이 맞는 것 같았다.

나는 말린에게서 치마도 한 벌 받았는데, 키가 아주 작았던 자기 할머니에게서 받은 치마다. 푸른 체크무늬가 꽤 펑크스러워 보였다. 옷을 잘못 받쳐 입으면 추레해 보이겠지만, 말린은 스타일링을 도와주겠다고 했다. 왜 말린은 자기가 내 스타일링을 도와줘야 한다고 생각하는지 궁금했다.

우리 집 마당으로 접어들 때, 나의 20퍼센트가 성냥처럼 불이 붙고 연기를 내뿜었다.

19
일종의 싱숭생숭함

금요일 저녁 나는 말린의 집 마당으로 미끄러지듯 들어갔다. 말린의 엄마가 커피잔을 들고 계단에 앉아 있었다. 한쪽 눈만 뜨고 해를 보는 듯했는데, 옆에는 담배 한 갑과 마릴린 먼로가 그려진 라이터가 놓여 있었다. 내 자전거 바퀴 밑의 자갈이 내는 소리를 들었는지, 고개를 돌려 내게 말을 걸었다.

"어머, 만다구나! 둘이 이제 화해한 거야?"

"그런 것 같아요." 나는 대답하고 말린의 엄마를 지나 문으로 뛰어 올라갔다.

"잠깐만. 최근에 말린이 좀 별나게… 질풍노도라고 느껴지니?"

내 쪽으로 몸을 돌린 말린의 엄마가 눈을 가늘게 뜨고 나를 보며 물었다.

"아니요, 왜요?"

"혹시 네가 말린에게 컨디션은 어떤지, 기분은 어떤지 좀 물어볼수 있니? 걔는 나랑 이야기하고 싶어 하지 않고 걔 아빠는 정말로 도움이 안 되거든." 말린의 엄마는 긴 손톱으로 커피잔을 두드리며 말했다.

말린의 엄마는 시내 세무서에서 일하고 우리 엄마랑 나이가 비슷하지만, 훨씬 더 젊어 보이는 스타일이다.

"너도 알다시피 말린은 너무 예민해서 내가 뭘 물어봐도… 응, 그렇지. 너도 네 어머니에게 모든 걸 이야기하고 싶진 않지?" 말린의 엄마는 말을 하고는 살짝 웃었다.

"아마도 그럴 거예요." 나는 말하고 조심스럽게 문으로 들어갔다. 말린의 방으로 들어가서 내가 물었다.

"너 무슨 일 있어?"

"무슨 일이 있냐니? 왜?"

"네 엄마 말씀이 네가 '질풍노도'래."

"아니, 어휴." 말린은 연극하는 것처럼 한숨을 쉬었다. "우리 엄마는 신경 쓰지 마. 엄마는 그저 별것 아닌 일을 드라마를 만들어 보려고 하는 것뿐이야. 아빠나 뭔가에 골이 난 거 같은데 사소한 일이겠지."

"그렇구나." 나는 내가 뭘 더 물어봐야 할지 감이 잡히지 않았다.

"바닷가까지 자전거로 갈까?" 말린의 제안에 나는 고개를 끄덕였다.

"너희 또 나가니?" 언제 부엌에 들어왔는지, 앉아서 신문을 뒤적이던 말린의 엄마가 물었다. 아까 내가 봤던 그 커피잔을 두드리고 있었다.

"네, 그런데요?" 말린이 부루퉁하게 말했다.

"아니, 그냥 궁금해서."

나는 양심의 가책을 느꼈다. 말린에게 아무 말도 하지 말았어야 했다.

"저희는 그냥 바닷가에 갈 거예요." 나는 조심스럽게 미소를 지으며 말했다. 말린의 엄마도 내게 미소를 지으며 말했다.

"옷 챙겨 입어, 해가 지자마자 추워질 거야." 말린의 엄마는 그렇게 말하고 계속 신문을 뒤적였다.

말린은 현관 의자에 장갑을 놓아 둔 채 밖으로 나갔다.

우리가 바닷가에 도착했을 때 해가 지기 시작했다. 자전거를 타고 바닷가로 가는 내내 우리는 어떻게 내가 욘의 주의를 끌 것인가에 대해 이야기했다. 말린은 나를 대신해서 다시 욘에게 메시지를 보내 보겠다고 했지만 사양했다. 말린이 중간 다리 노릇하기를 원치 않았다. 욘이 내가 자기에게 완벽한 여자친구라는 걸 스스로 이해해야 한다. 말린도 타티도 아닌 나를. 하지만 생각한 대로 진행된

건 지금까지 하나도 없었고 나는 조금씩 지쳐 갔다.

바닷가 주차장의 더러운 탈의실 밖에 모터 자전거가 여러 대 세워져 있었다. 본래 여름이 아닌 계절에는 여기 오는 사람이 우리 말곤 아무도 없는데.

"무시하자." 내가 말했다.

"맞아. 우리도 여기 있을 수 있어." 말린은 모터 자전거들 옆에 자전거를 세웠다. "더군다나 오스카르 패거리뿐인 것 같아."

말린 말이 맞았다. 정말 오스카르 패거리가 바닷가 끝자락에 있는 바비큐 오두막에 앉아 있었다. 말린이 그쪽으로 걸어갔고 내가 그 뒤를 따랐다.

"안녕." 바비큐장에 도착해 오스카르 패거리를 마주한 말린이 말했다.

"안녕." 오스카르가 말했다,

모래 위를 걷느라 힘들고 숨이 차서 나는 인사를 생략했다.

"안녕, 자전거쟁이들." 이게가 말하고는 웃었다.

오스카르가 이게의 다리를 걸어찼고 말린은 이게를 보고 얼굴을 찡그렸다.

"뭐 하고 있어?" 말린이 말했다.

오스카르는 어깨를 으쓱거렸다. 엘리안과 유수프도 거기 앉아 있었는데 나 포함 아무도 아무 말을 하지 않았다. 말린이 말을 이었다.

"파티가 기대돼?"

"응, 너흰 어때, 기대되니?" 이게가 이죽거리며 다른 사람들의 표정을 확인했다. 다들 웃는 가운데 오스카르는 유치하고 작게 킥킥댔다.

"세기의 파티가 될 거야." 오스카르가 말린에게 말했다.

"그렇구나." 말린이 말했다.

"너희 올 거야?" 오스카르가 묻는다.

내 착각일까, 오스카르가 나를 많이 쳐다보는 것 같은 느낌이 들었다.

"어쩌면?" 말린이 말했다. "다음 주말에 다른 파티에 갈 수도 있어서 아직은 모르겠네."

"어떤 파티?" 이게가 눈을 가늘게 뜨고 물었다.

"그냥 파티, 시내에서." 말린이 말했다.

당연히 거짓말이다.

"마음대로 해. 시내에서도 사람들이 올 거야. 학교 애들만 참석하는 시시한 파티가 아니라고. 말했듯이 세기의 파티가 될 거야!" 이게는 말하고 다른 아이들과 하이파이브를 했다.

"욘과 푸그가 이게네 파티에 가면 어쩌지?" 말린이 내 귀에 대고 속삭였다.

"그 둘이 왜 그러겠어?" 나는 그렇게 말했지만 내 안에서 작은 희망에 불이 붙었다. 그때 타티 생각이 났고, 희망의 불은 꺼져 버렸다. 어쩌면 내게 남은 선택지는 욘을 아예 신경 쓰지 않는 것밖에 없을지도 모른다.

오스카는 목을 가다듬고 엘리안을 살짝 밀쳤다.

"자리 좀 옮겨, 애네도 좀 앉게."

오스카르는 우리가 벤치의 자기 옆에 앉아야 한다고 고개를 끄덕였고 우리는 그렇게 했다. 엉덩이 아래 벤치가 차가웠다.

"우리 집에 가서 피파 게임이나 하자." 엘리안이 말하며 일어선다. 뒤따라 이게도 일어났는데 오스카르는 여전히 자리에서 움직이지 않았다.

말린이 자기 휴대전화를 만지작거렸다.

"욘한테 파티에 오라고 할 거야." 말린이 말했다.

"뭐? 안 돼!"

"너무 늦었어!"

"대체 왜 그랬어?"

말린은 만족스러워 보였고 나는 성이 났다. 말린은 두 번 다시 욘에게 메시지를 보내지 않겠다고 약속했는데, 보내 버렸다. 내가 진짜 부루퉁하다는 걸 알아채고 나서야 말린에게 보이던 만족감이 사라졌다.

"너를 위해서야." 오랫동안 말린은 내 눈을 똑바로 보며 달랬고 나는 조금 누그러졌다.

"내가 더럽게 난처해졌잖아." 나는 한숨을 내쉬었다.

날 위해 메시지를 보냈다는 말이 납득이 됐지만 여전히 난처했다. 그리고 나는 말린과 욘이 더 연락하지 않기를 바랐다. 욘이 말린에게 답장하면? 말린이 과연 욘과 시시덕거리는 걸 자제할 수 있을까?

오스카르가 바비큐 공간에 모닥불을 피웠다. 불빛 속에서 오스카르의 살갗이 황금빛으로 아름답게 빛났다. 유수프는 블루투스 스피커로 조용한 노래를 틀었다.

"남아 있을 거야?"

오스카르가 누구에게 묻는지 모르겠지만 내가 고개를 끄덕였다. 오스카르가 내게 미지근한 맥주 한 캔을 자기 배낭에서 꺼내 건넸다. 말린도 한 캔을 받자 내게 미소를 지었다. 유수프는 사양하면서 대신 구워 먹을 소시지를 사러 가겠다며 일어났다. 유수프가 모터자전거를 타고 출발했고 나는 모터 자전거의 후미등이 보이지 않을 때까지 눈으로 좇았다.

바비큐 오두막 밖에서는 바다가 포효하고 점점 더 어두워지지만 모닥불이 우리 사이를 밝히고 있었다. 유수프가 떠나는 바람에 음악이 사라지자, 말린은 자기 휴대전화를 블루투스 스피커에 연결하려 했다. 문득 나는 말린의 휴대전화를 불 속에 던져 버리고 싶은 마음이 들었다. 말린이 절대 더는 욘에게 메시지를 보낼 수 없도록.

"9학년이 끝난다니 미쳤어." 오스카르가 자기 맥주 캔을 찌그러뜨리며 말했다.

나도 들고 있던 캔맥주를 거의 다 마셨고 오스카르가 가방에서 꺼내는 캔맥주를 하나 더 받았다.

"좋네."

"당연하지." 오스카르가 말했다. "하지만 미친 거지. 우린 9년 동안 같은 반이었잖아. 어린이집까지 더해서."

"하지만 우리는 내년에도 같은 학교에 다니겠지." 나는 캔맥주를 따며 말했다.

"당연하지, 하지만…."

"야, 이거 연결이 안 되는데? 오스카르!"

말린이 끼어들었다. 오스카르는 블루투스 스피커를 만지작거리기 시작했다.

유수프의 모터 자전거가 덜컹거리는 소리가 다시 들렸다.

"마시멜로도 샀어!" 바닷가를 조깅하듯 뛰어오며 유수프가 외쳤다.

소시지를 꿰는 나무 꼬챙이들을 누군가가 두고 갔고 오스카르는 우리에게 꼬치를 하나씩 만들어 줬다. 나는 엄마 아빠 말고 다른 사람과 소시지를 구워 본 적이 없지만, 이 분위기는 꽤 아늑했다.

몸 안에 따뜻함이 돌았다. 소시지 때문일 수도 있고, 어쩌면 맥주 때문일 수도 있다.

"겨자를 곁들였으면 더 맛있었을 거야." 말린이 말했다.

"겨자랑 베지 소시지 둘 다 살 돈이 없었어. 되게 비쌌거든." 유수프가 말했다.

"마시멜로 살 돈은 있었으면서." 오스카르가 말했다. 유수프는 마시멜로 봉지를 오스카르에게 집어던졌다.

오스카르는 커다란 흰색 마시멜로 세 개를 내 꼬치에 끼우고 자기 꼬치에도 세 개를 끼웠다. 마시멜로는 끈적끈적하고 달아서 나는 세 개 중 두 개만 먹었다. 오스카르는 자기 것과 내가 남긴 것을 몽땅 먹어 치웠다.

유수프가 음악을 바꿨다. 이제 주변이 너무나도 어두워졌다. 오스카르는 불에 장작을 넣었다.

오스카르와 어울리는 건 의외로 쉽고 재미있었다. 우리가 스파이 클럽 놀이를 했을 때로 돌아간 것 같았다. 먹고 웃고 농담도 많이 했다.

말린과 유수프가 말린의 휴대전화로 뭔가를 보기 시작하더니 자기들끼리 빙그레 웃었다. 나와 오스카르는 약간 소외된 느낌이었다.

"추워?"

오스카르가 조용히 묻고 나는 어깨를 으쓱거렸다. 그러자 오스카르가 조금 더 가까이 다가왔다. 잠시 후 오스카르가 나를 한 팔로 감쌌다. 몸이 굳었지만 아무 말도 하지 않았다. 말린이 고개를 들더니 처음엔 나를, 그다음엔 오스카르를, 그다음엔 유수프를 보고는, 다시 나를 쳐다봤다. 말린의 눈에는 온갖 물음표와 느낌표가 섞여 있었는데, 그 뜻을 내 머리로 다 이해하기란 불가능했다.

말린은 유수프에게 조금 더 가까이 몸을 기댔고 유수프의 몸이 굳어지는 게 보였다. 딱 나처럼. 하지만 말린은 신경 쓰지 않았고 잠시 후 유수프는 긴장을 풀었다. 오스카르가 세 캔째 캔맥주를 마셨다. 유수프의 팔이 말린을 감싸지는 않았지만 확실히 둘이 서로 더 가까워졌음이 눈에 보였고 그동안 나는 오스카르의 팔에 실제로 감싸 안긴 채 앉아 있었다. 자세만 그러하지 어떤 면에서는 내가 오스카르를 리드하는 느낌이 들었는데 좋은 느낌이었다. 나는 오스카르에게 조금 더 가까이 몸을 숙였지만 차마 오스카르를 처다볼 엄두는 나지 않았다. 대신 나는 모닥불을 뚫어지게 봤다. 모닥불 건너 보이는 말린의 얼굴이 후끈 달아올라 있었다.

"산책하러 가자." 말린이 유수프를 바닷가로 끌며 말했다.

둘은 킥킥거리며 어둠 속으로 사라졌다.

"둘 사이에 뭐가 있는 거 같아?" 오스카르가 웃으며 물었다

"유수프가 말린의 타입인지는 모르겠어." 내가 말했다.

나는 푸그를 생각했다. 그리고 욘을. 만일 욘이 나에게 팔을 두르고 여기 앉아 있었다면 어땠을까를. 욘은 나에게 팔을 둘렀을까, 아니면 말린을 따라 바닷가로 갔을까? 지금 오스카르가 하는 것처럼 나를 신경 써 줄까?

"그럼 말린은 어떤 타입을 좋아하는데?"

"모르겠어."

"그럼 네 타입은?"

나는 오스카르를, 입술 사이에서 작은 섬광처럼 반짝이는 이를 본다. 우리 사이에서 온기가, 모닥불에서 나오는 온기가 느껴졌다. 일종의 싱숭생숭함. 우리가 7학년이 되기 전 여름에 했던 스킨십이 생각났다. 어쩌면 오스카르도 그 생각을 한 것 같은데, 내가 대답할 겨를도 없이 오스카르가 나에게 키스해서다.

마시멜로가 묻은 오스카르의 입술이 내 입술에 닿는 순간 욘 생각은 사라졌다. 달콤한 맛이 났다.

"뭐야." 내가 말했다.

오스카르는 미소를 지으며 내 코에 뽀뽀한다.

"너 예쁘다." 여전히 오스카르의 팔이 나를 감싸 안고 있었다. 불편하고 어색해도 나는 가만히 앉아 있었다. 더구나 앤 오스카르다. 나는 일이 잘못되었다는 걸 알았다.

하지만 욘이 타티와 스킨십하고 말린과 메시지를 주고받을 수 있다면 나도 오스카르와 스킨십을 할 수 있다. 그러면 욘은 내 기분을 알 수 있을 것이다. 이번엔 내가 오스카르에게 키스했다.

이번에는 내가 입을 조금 벌렸고 오스카르도 입을 조금 벌렸다. 오스카르의 혀는 화난 물고기가 아니라 내 입에 몇 번이고 들이치는 작은 파도 같았다. 나는 입을 조금 더 벌리고 더 가까이 앉았다. 오스카르는 여전히 한 팔로 나를 감싸 안은 채 다른 손으로 내 재킷 아래를 파고들었다. 내 허리에 갖다 댄 오스카르의 손가락은 차가웠다.

사방에서 소리가 울렸다. 유수프의 휴대전화에서 흘러나오는 음악 소리, 모닥불이 타오르는 소리, 바닷가의 파도 소리. 오스카르의 손이 내 재킷 아래로 더 깊이 들어왔고, 오스카르의 엄지가 내 브래지어에 닿자 싱숭생숭함이 커졌다. 이게 얼마나 미친 짓인지 나는 생각할 힘이 없었다.

오스카르는 잠시 입술을 떼고 내 두 다리를 자기 두 다리 위로 얹었다. 허벅지에 무언가 닿는 느낌이 들었다. 오스카르의 성기가 단단해진 게 분명했다. 내 다리가 경련했고 싱숭생숭함이 사라졌다.

오스카르는 아무 말도 하지 않고 큰 소리로 침을 삼켰다. 다시 눈길을 마주하자 싱숭생숭함이 돌아왔고 심장이 두근거리기 시작했다. 오스카르가 내게 다시 키스하고 나는 오스카르에게 조금 더 몸을 붙였을 때 날카로운 휘파람 소리가 들렸다.

말린과 유수프가 돌아왔다. 둘은 서로 가까이 서 있고 말린의 뺨은 상기되어 있었다.

"방해 안 할게." 말린이 웃으며 말했다.

나는 오스카르에게서 떨어졌다. 두 다리를 바닥에 털썩 내렸는데 모래가 신발에 부딪혀 튀어 올랐다. 오스카르는 바지를 고쳐 입었다. 나는 여전히 두근거렸지만 점점 줄어들었다, 모닥불에 남은 불씨처럼.

"이제 가야 할 것 같아." 나는 말린의 손을 잡으며 말했다. "안녕."

"나중에 봐." 내 뒤에서 오스카르가 말했다.

유수프가 뭔가를 물어보는 것 같은데 무슨 말인지 들리지 않았다.

우리는 우리의 자전거를 향해 달려갔다. 큰길에 도착했을 때 비로소 말린이 침묵을 깼다.

"욘이 답장을 보냈어." 말린은 숨을 몰아쉬며 말했다. "이게의 파티에 오는 것 같아. 그런데 너, 지금은 오스카르에게 더 관심이 있는 거야⋯?"

나는 큰 소리로 끙끙거렸다. 내가 무슨 짓을 한 거지?

20
월경통

"아니, 어떻게 시작된 거야?"

토요일 오전. 우리는 놀이터 그네에 앉았다. 폭풍의 금요일 밤에 대해 취조를 당할 시간이었다. 말린은 너무나도 잘못된 사람과 스킨십을 한 사람에게 할 수 있는 모든 질문을 내게 퍼부었다.

"아니 모르겠어." 정말 모르겠어서 모르겠다고 대답했다. "그저 거기 앉아 있었는데 별안간, 그냥, 스킨십을 했을 뿐이야."

"대단하게 스킨십을 했어." 말린은 미소 지으며 말을 고쳐 줬다.

말린은 자기와 유수프도 바닷가에서 조금 스킨십을 하긴 했다고 이야기했다.

"키스가 아니라 뽀뽀에 가까웠어. 유수프는 약간 겁을 먹었던 것 같아. 그래서 오두막으로 돌아가서 너희를 방해한 거야."

"방해가 아니었어, 너희가 돌아와서 다행이었어." 내가 말했다.

"안 그랬다면 너흰 얼마나 진도가 나갔을까?"

말린은 굶주린 개처럼 보였다.

"우리가 섹스라도 했을 것 같아, 아니면 뭐야? 너 바보야?"

나는 부루퉁함을 감추지 못했다. 어젯밤에 월경이 시작돼서 가장 끔찍한 종류의 고통 때문에 잠에서 깼고, 침대에는 피가 묻었다. 사실 오늘은 아무것도 하고 싶지 않았는데 말린이 날 억지로 이리 데려왔다. 하지만 나는 어제 있었던 모든 일을 정리할 필요가 있다는 생각을 어느 정도 하기도 했다.

"네가 원했어?"

말린은 포기하지 않았다.

"그걸 어떻게 알 수 있어?"

온몸이 두근거렸다, 오스카르의 성기가 내 다리에 닿았을 때 내가 몸을 뗐다, 이런 얘기는 절대 하지 않았다. 성기에 대해서도 언급하지 않았다. 심지어 말린에게조차 이야기하기엔 너무 사적 영역이라고 느껴졌다.

"하지만 흥분했는지 안 했는지는 스스로 느낄 수 있었잖아."

"어휴, 그렇게 말하지 마."

"유수프와 섹스 같은 건 상상도 할 수 없었어. 유수프는 정말 귀엽긴 하지만, 내가 키스했을 때 이미 두려움으로 기절할 뻔했어. 어쩌면 걔는 내가 못생겼다고 생각할지도 몰라."

"야, 이 똥멍청이야."

말린은 모델처럼 멋지진 않아도 꽤 특별한 스타일로, 등장과 함께 바로 사람들 눈에 띄는 그런 사람이다. 말린이 작정하고 매력을 발산한다면 빠지지 않을 남자가 드물고, 자기가 원하는 남자라면 그게 누구든 손에 넣을 수 있을 거라고 나는 꽤 확신한다. 아, 유수프는 빼고.

"오스카르한테 반했어?"

"아니 제발…."

"그냥 궁금해서, 오스카르 얘기를 꽤 자주 하니까."

"걔는 좀 버거운 애니까."

"어젠 그렇게 생각하는 것 같지 않던데? 걔가 너한테 반한 거 같아."

말린의 말을 듣자 속이 울렁거렸다. 그 말이 맞는 것 같아서. 오스카르가 나에게 반하기를 원하지 않는다. 그러면 모든 게 훨씬 더 힘들어질 테니까.

"그럼 욘에게 반했어? 앞으로 욘이랑 잘해 볼 생각이야?"

나는 끙 소리를 냈다. 말린이 욘에 대해 언급할 때마다 나는 끙끙거렸다. 말린은 어제 욘과 주고받은 메시지들을 보여 줬다. 욘은 자기 패거리가 어쩌면 이게의 파티에 갈 거라고 메시지를 보냈고, 말린은 푸그도 같이 올 건지 물었다. 욘은 말린의 질문에 답하지 않고 대화는 거기서 끝나 있었다.

말린이 욘에게 작업을 걸지 않았고 더구나 푸그를 언급했다는 게 다행으로 여겨졌다. 그 시점에서 욘은 말린이 자기에게 관심이 없음을 깨달았던 거다. 하지만 드디어 욘과 다시 만날 기회가 생긴 지금, 오스카르와 스킨십했다는 게 너무나도 미친 짓처럼 생각되었다. 스킨십을 하면 기분이 나아질 거라고, 욘 앞에서 더 멋져 보일 수 있으리라 믿었지만, 그렇지 않다. 내가 생각할 수 있는 유일한 건, 오스카르와 스킨십을 했을 때 그렇게 좋았는데 하물며 이걸 욘과 한다면 느낌이 얼마나 좋을까였다.

"다른 얘기 좀 하면 안 될까? 아침 모임 때 뭘 할까 같은?"

9학년 학생들은 번갈아 가며 아침 모임을 여는데 돌아오는 금요일에는 나와 말린 차례다. 혼자 했으면 부끄러워서 죽었을 수도 있는데 같이 할 수 있어서 다행이다. 대개 배경음악을 틀고, 사람은 친절해야 한다거나 서로에 대해 신경 써야 한다는 내용의 명언을 읽는 게 흔한 아침 모임의 풍경이다. 몇 주 전 베카와 레일라가 아침 모임을 열었을 때 레일라는 피아노를 연주했고 베카는 교육이 테러리즘을 죽인다는 파키스탄 인권운동가 말랄라 유사프자이의 명언을 읽었다. 토르비엔 선생님은 흡족한 표정으로 둘에게 격려차 고개를 끄덕였다. 나는 토하고 싶었다. 만일 학교에서 테러를 저지르는 사람이 있다면 그건 물론 베카와 레일라다.

지난 금요일에는 오스카르, 엘리안, 유수프, 이게가 아침 모임을 열었다. 넷은 아이스하키 영웅들처럼 체육관에 들어왔다. 스케이트도 신지 않았으면서 손을 승리자처럼 허공으로 들어 올렸고 아이스하키 응원가를 엄청나게 크게 틀었다. 7학년 학생들은 모두 손뼉을 쳤는데, 다른 행동은 할 엄두를 내지 못했기 때문이었을 거다. 그런 다음 넷은 오스카르가 직접 만든 영상을 틀었다. 자기들 말로는 학교 홍보 영상이라고 했지만 대부분 스케이트보드 묘기를 보여 주는 엘리안과 이게의 모습이 담겨 있었다. 사실 영상은 꽤 볼 만했지만 나는 오스카르 앞에서는 절대 그 점을 인정하지 않을 것이었다. 어제 저녁 이후에는 더더욱.

"그래그래, 좋아, 아침 모임." 말린이 말했다. "아침 모임은 우리한테 기회야. 그 기회에 우린 중요한 말을 해야 하지 않겠어?"

"무슨 말?"

뭐라는 건지. 나는 오히려 가능한 한 빨리 끝내고 싶을 뿐이었다. 나는 아침 모임을 열기 싫다.

"물론 가장 멋진 건 전혀 아무 말도 하지 않는 거야. 그냥 가만히 서서 모두를 응시하는 거지."

"그건 불가능해."

"응, 알아." 말린은 한숨을 쉬었다. "음, 아니면 정말 좋은 펑크 노래를 틀면 어때? 모두에게 엿이나 먹으라고 말하는 노래."

"그것도 불가능하다고 본다." 나는 지친 채 말했다.

몸이 아팠다. 그저 집에 가서 이불 속에 눕고 싶을 뿐이었다. 놀이터에 햇빛이 세게 내리쬐는데도 추웠다.

말린은 고개를 끄덕이며 우리 교장 선생님을 따라 했다.

"그러면 우리는 모두가 즐길 수 있는 음악을 틀도록 하지요."

"모두가 즐기는 음악이란 게 어디 있어." 내가 말했다.

"내가 아니라 교장 선생님의 말씀입니다." 말린이 두 손을 쳐들며 말했다.

"정말 멍청한 소리다." 내가 말했다.

우리는 잠시 말없이 앉아 있었다. 나는 따뜻함을 유지하려고 몸을 약간 웅크렸고 말린은 손톱을 물어뜯었다.

"…아무도 들어 본 적 없고 모두가 엄청나게 멋지다고 생각하는 노래를 틀고 싶어." 말린이 마침내 말했다.

"아무도 우리가 멋지다고 생각하지 않아." 내가 말했다.

"분명히 그렇게 생각할 수 있어."

"우리를 멋지다고 생각하는 사람이 누가 있는데? 한 명만 말해 봐."

"어쨌든 오스카르는 네가 꽤 멋지다고 생각해." 말린이 비아냥거리며 말했다.

말린의 비아냥거림이 멈추지 않았고 나는 일어나서 말린의 어깨를 쳤다.

"진정해, 농담일 뿐이야." 말린은 손사래를 치며 말했다.

"퍽이나 재미있겠다." 내가 말했다.

말린은 작은 그네에 앉아 있었는데 그 높이가 머리를 걷어차기에 딱 맞았다. 나는 말린 옆의 허공에다 살짝 발차기를 했다.

"너 오늘 너무 부루퉁하다." 말린이 내 발을 치며 말했다.

"월경통이야." 내가 대답했다.

말린은 나를 불쌍히 여기는 표정을 지었다. 나는 계속 허공에 발차기를 했고, 말린은 권투 선수처럼 두 손바닥을 벌리고 내 발차기를 받아 줬다. 이내 리듬감 있게 내 운동화의 발가락 부분과 말린의 손바닥이 몇 번이고 부딪쳤다. 멀리서 갈매기 울음소리가 들렸다.

"진짜로, 오스카르는 너에게 반한 것 같아. 하지만 걘 무시하라고. 너는 욘에게 집중해야 해. 만일 욘이 이게의 파티에 온다면 그건 완벽한 기회야. 너랑 욘은 완벽할 거야."

나는 물끄러미 말린을 봤다. 말린은 사뭇 진지해 보였다. 말린이 옳다, 나랑 욘은 완벽할 거다. 나랑 오스카르는 그렇지 않고.

"집중." 나는 거듭 말했다.

"집중."

집에 돌아온 나는 침대에 기어서 들어갔다. 월경통이 다리와 허리까지 내려왔다. 엄마가 피 묻은 침대를 정리해 놓은 모양이었다. 진통제와 핫팩을 들고 온 엄마는 내가 잠이 들 때까지 내 이마를 쓰다듬었다.

눈을 뜬 건 늦은 저녁이었다. 말린이 보낸 새 메시지가 열네 통이나 있었다. 드문 일은 아니었다. 말린은 내가 답장할 때까지 메시지를 보내곤 하니까.

> 아침 모임에서 뭘 할지 생각해 냈어!

첫 번째 메시지에는 그렇게만 적혀 있었다. 나머지는 그냥 다양한 형태의 나를 부르는 말들이었다.

> 야

> 헐

> 젠장

나는 메시지를 보냈다.

> 나 잤어

월경통은 가셨지만 진통제 때문에 속이 안 좋았고 완전히 나가떨어진 기분이 들었다.

> 정신 차려, 토요일 저녁이잖아

우리 둘 다 토요일 저녁에 아무런 계획이 없었는데도 말린은 그렇게 메시지를 보냈다.

> 아침 모임에 뭘 할까? 내 아이디어가 궁금하지 않아?

놀이터에 오면 말해 줄게

그럴 힘이 없어

과장이 아니었다. 나는 침대를 벗어날 힘이 없었다.

짜증 나게 하네

말린의 답장을 읽은 나는 가운뎃손가락 이모지로 답장을 보낸
후 다시 잠들었다.

$\boxed{21}$

모든 게 거꾸로

월요일 아침, 최악의 월경통이 가라앉았는데도 내 다리는 페달을 밟고 싶어 하지 않는 모양이었다. 해가 빛나고 봄기운이 완연한, 정말로 3년에 한 번 찾아오는 그런 완벽한 아침이었다. 하지만 그래도 자전거 등교는 벅차다고 느껴졌다. 옷 고르는 데 한참이 걸렸고 만일 엄마가 등 떠밀어 보내지 않았다면 지각했을 것이었다.

오스카르는 토요일 저녁에 짧은 메시지와 함께 자기 강아지 사진을 보냈다. 작은 흰색 강아지는 지저분해 보였다. 나는 답장을 보내지 않았다. 그 사진을 정말로 내게 보낸 건지 판가름할 수 없어서였다. 어쩌면 오스카르가 사진을 잘못 보낸 게 아니라, 휴대전화의 모든 연락처에 대량 전송했을지도 모르고.

"당연히 그건 널 위한 거지." 말린이 말했다.

말린은 언제나처럼 길가에서 나를 기다리며 서 있었고, 자전거에 오르기도 전에 오스카르에 관해 이야기하기 시작했다.

"이제 학교에서 너무 어색할 거야." 내가 말했다. "오스카르가 무슨 일이 있었는지 모두에게 말했으면 어쩌지? 아니면 우리가 지금 사귀는 사이라고 생각하면 어째?"

"아, 아니었어?"

말린이 킥킥 웃었다. 말린은 정작 필요할 땐 형편없는 응원자다.

"왜, 왜, 왜, 왜 그렇게 됐을까? 내가 왜 그랬을까? 내가 왜 오스카르랑 스킨십했을까?"

솔직히 말하자면 나는 내가 왜 그랬는지 안다. 바로 그 순간 거의 욘에 대한 복수처럼 기분이 좋았기 때문이었다. 사실 욘에게는 별로 중요하지 않겠지만, 만일 내가 다른 사람과 스킨십했다는 소식을 듣는다면 아마도, 아마도 욘은 우리의 작은 뽀뽀가 어떤 의미인지 이해할 거라고 생각했다. 욘이 말린과 메시지를 주고받거나 타티와 잘 때 내 기분이 어떤지를 알게 하고 싶었다. 우리가 서로 뭔가를 약속했기 때문이 아니라, 우리가 영혼의 단짝이기 때문에, 우리는 그런 게 분명할 것이기 때문이다.

"네가 원했으니까 오스카르랑 스킨십을 한 거야. 그냥 그런 분위기였을 뿐이야. 나는 유수프랑 거의 스킨십했잖아."

"유수프는 겁을 먹었다고 네가 이야기한 거 같은데."

"응응, 하지만 뽀뽀를 살짝 할 틈은 있었어. 그냥 그런 저녁이었을 뿐이야. 우린 곧 9학년을 마치잖아. 모르겠다. 그 일은 우리 시스템에서 제거하는 게 좋겠어."

"내 시스템**에는** 절대 없었어!"

나는 소리를 질렀다. 그게 내가 할 수 있는 유일한 일이었으니까. 금요일에 오스카르와 스킨십을 했을 때는 기분이 좋았던 것 같은데 돌이켜 보니 멍청한 짓이라는 느낌이 들었다. 토요일과 일요일 내내 월경통 말고는 다른 건 그리 많이 생각하지 않았다. 이제 월요일이고 나는 내 거품에서 벗어나 다시 현실로 돌아와야 했다.

"있었던 거 같아." 말린이 말했다. "적어도 아주 조금은."

말린의 말은 예사롭지 않게 진지하게 들려서 나는 그 말을 받아들이지 못했다.

"게다가 이제 너는, 파티가 있고 욘을 만날 준비가 잘 되어 있잖아." 말린은 말을 이었다.

"**정말로** 욘은 오지 않을 거야." 내가 말했다.

내가 욘에게 집중하기로 우리가 결정한 후부터 나는 어떻게 해야 할지를 곰곰이 생각해 왔지만, 이제 나는 실망하지 않으려고 발버둥쳤다. 파티에 욘이 나타나지 않을 거라고 나 자신을 설득하려 했다.

"아침 모임에 대한 네 아이디어나 이야기해 봐." 나는 주제를 바꾸려고 말했다.

말린은 미소 지으며 말을 시작했다. 말린은 우리가 저항을, 시위를 해야 한다며 손팻말과 모든 게 필요하다고 했다.

"뭐에 대해서?" 내가 말했다.

"기후라든지. 아니면 인종차별! 아니면 서아시아의 상황. 시위할 일은 많지."

시위를 생각하면 속이 울렁거리고, 동시에 누군가가 와서 많이 물어볼까 봐 두렵기도 했다.

"난민 정책! 우린 난민 정책에 반대하는 시위를 할 수 있어!"

"난민 정책에 대해 나는 아무것도 몰라." 내가 말했다.

"응, 하지만 난민들은 우리나라에 입국할 수 없다는 대통령의 한 마디에 우리가 난민들을 태평양에서 죽게 내버려 둔다는 건 알잖아." 말린은 나를 물끄러미 보며 말했다.

"그 사람들이 죽는 데는 지중해 아냐?"

"이거 봐! 넌 이미 나보다 더 많이 알고 있잖아." 말린은 의기양양하게 말했다.

"하지만 시위할 사람이 너랑 나뿐이야? 기분이 좀… 이상한데."

우리의 자전거는 비스듬한 급커브길을 지났다.

"바로 그거야! 우린 펑크스러운 걸 해야 해! 사람들의 얘깃거리가 되는 거! 시위나 동물을 도살해서 사탄이나 뭔가에 제물로 바치는 일 같은 거." 말린은 진지하게 말했다.

"머리가 어떻게 됐구나." 나는 웃으며 말했다.

동시에 나는 학교에서 오스카르를 만나느니 차라리 동물을 도살해서 사탄에게 제물로 바치는 게 낫다고 생각했다.

"평범한 사람은 기억되지 않아. 나는 기억되고 싶어." 말린은 말을 이었다. "나는 누군가가 내게 반응하기를 원해, 내가 원하는 건…."

말린의 목소리가 살짝 떨리더니 이내 말을 그쳤다. 말린의 부정적인 기분이란 대개 화가 나거나 부루퉁해지는 것인데 슬퍼하는 건 드물다.

"말린, 괜찮아?" 나는 조심스럽게 물었다.

"에이, 아무것도 아니야. 그냥… 정말 아무것도 아니야. 이제 월경이 시작될 거라 그래." 말린은 말하고는 나에게 혀를 내밀었지만, 말린의 눈은 눈물을 머금어 빛났다.

"정말이야?"

금요일에 말린의 엄마가 했던 말이 내 머릿속을 맴돌았다.

"응, 아 진짜 그만 좀 쳐다봐." 말린은 대답하고 살짝 웃었다. 웃음이 거의 진짜처럼 들렸다.

"너도 알다시피…."

"그만해, 아무것도 아니야. 그냥 좀 초조하거나 그런 걸 거야. 푸그도 파티에 오면 좋겠어. 나는 점점 푸그를 포기하게 되겠지만."

속마음이 어떻든 말린이 별로 말하고 싶어 하지 않아서, 나도 더는 묻지 않았다. 대신 이렇게 말했다.

"그럼 차라리 시위하자."

말린의 얼굴이 환해졌다.

"좋았어! 완벽해! 그럼 어떤 종류의 시위를 할지 결정하기만 하면 돼. 사실 곧 노동절이고 그때 사람들은 시위하곤 하잖아."

"미안하지만 손팻말을 들고 체육관을 돌아다니는 건 거부하겠어. 그렇게만 알아 둬."

"돌아다닐 필요 없어, 우리는 손 팻말을 들고 가만히 서서 노래를 틀 거야. 내가 뭐라고 말할 수 있으면 충분해." 말린은 열띠게 말했다.

아침 모임에서 뭘 할지 결정되자 우리는 나란히 오랫동안 말없이 자전거를 타고 갔다. 거의 학교에 도착했을 때 말린이 말했다.

"욘이 파티에 올 것 같아. 푸그도".

"**정말로** 둘은 오지 않을 거야." 내가 대답했다.

하지만 마음속은 설레고 있었다.

교실에 들어가니 토르비엔 선생님이 컴퓨터 앞에 서서 프레젠테이션을 시작하려 하고 있었다. 뒤쪽에 앉아 있던 오스카르 패거리와 우리가 눈이 마주쳤다. 오스카르는 아무 말도 하지 않았지만, 유수프와 이게는 웃으며 오스카르를 밀어붙였다. 오스카르는 둘에게 멈추라는 손짓을 했다.

바로 그때 베카와 레일라가 교실로 들어왔다. 둘은 내 옆을 스쳐 지나가며 자기네 휴대전화를 토르비엔 선생님의 상자에 넣었다.

"금요일에 너희 피파했지? 누가 이겼어?" 레일라가 오스카르 패거리에게 물었다.

레일라는 언제나 자기가 피파를 잘하는 걸 자랑스러워한다.

"나랑 이게만 했어. 오스카르하고 유수프는 안 하고." 엘리안이 말했다.

"그럼 너흰 뭐 했어?"

자기네 책상 주변을 어슬렁거리던 베카와 레일라는 고양이 두 마리처럼 보였다. 적어도 엘리안은 베카의 가슴골을 내려다보지 않는 게 어려워 보였다.

"특별한 건 없었어, 그냥 게임할 힘이 없었던 것뿐이야." 유수프는 말린에게 초조한 눈길을 보내며 말했다. 베카는 유수프의 눈길이 어디를 향하는지 알아챘다. 말린을 물끄러미 보며 베카가 다시 말을 이었다.

"그럼 자전거쟁이들은 주말에 뭐 했어?"

"언제나처럼 언니를 따라갔니?" 레일라가 비웃으며 말했다. "부활절에 너희가 자랑하던 파티에 너희를 데려간 게 너네 언니였지?"

"네가 뭔 상관인데." 말린이 자리에 앉으며 말했다.

나는 오스카르를 봤지만, 오스카르는 눈을 돌려 버렸다.

"여러분, 모두 앉으세요, 수업을 시작하겠습니다. 지난주에 우리가 어디서 끝났는지 기억하는 사람 있나요?"

나는 내 자리에 앉았다. 수업은 딱 언제나처럼 시작되었다. 토르비엔 선생님은 딱 언제나처럼 단조로운 어조로 말했다. 말린은 딱 언제나처럼 앉아서 책에 그림을 그렸고, 프레드리카는 딱 언제나처럼 울먹울먹했다. 딱 언제나처럼 기침 소리, 헛기침 소리, 책상과 의자를 긁는 소리가 들렸다.

모든 게 여느 때와 같았다. 모든 게 거꾸로 되어 있긴 해도.

1분간 묵념

"**정말로** 내 생각에 욘은 파티에 오지 않을 거야." 나는 금요일 아침 모임 직전에 다시 말했다.

이상하고 힘든 한 주였다. 토요일에 받았던 오스카르의 강아지 사진을 제외하면 오스카르와 나는 말을 나누지 않았다. 유수프가 말린을 볼 때마다 펄쩍 뛰지만 않았어도 나는 저녁 내내 꿈을 꾸고 있었다고 믿었을 것이다.

나는 오스카르를 완전히 무시하고 욘에게 집중하기로 결정했다. 내가 함께 있고 싶은 사람은 욘이고, 같이 뉴욕으로 이사하고 싶은 사람도 욘이다. 오스카르는 뉴욕에 어울리지 않는다. 뉴욕 사람들이 빈 스뉴스 케이스로 아이스하키를 하는 것 같진 않으니까. 반대로 욘은 거의 뉴요커나 다름없는 모습이다.

욘에게 집중하느라 나는 학교에 갈 시간조차 부족하다고 느꼈다. 그래서 욘이 파티에 나타날 확률은 극히 적다고 나 자신을 계속 설득한 것이다. 그럼에도 불구하고 일말의 가능성이 있기에, 나는 입을 옷, 머리 모양, 할 말을 곰곰이 생각하는 일에 많은 시간을 쏟았다. 말린은 내가 바로 본론으로 들어가야 한다고 생각했다. "안녕, 우리 이야기 좀 하자. 그리고 스킨십하자!"

사실 꽤 멋진 대사라고 생각하지만, 나는 저 대사를 그럴싸하게 전달할 순 없다. 그럴 만한 용기도 없고. 그저 거부할 수 없는 모습으로 어딘가에 서 있으면 욘이 나에게 다가오는 일이 일어나길 바랄 뿐이다. 내가 먼저 다가가는 게 아니라.

"욘은 올 거야." 말린이 말했다. "욘은 올 거라고."

말린은 손팻말에 덕트 테이프를 붙이고 있었다. 곧 체육관에 들어갈 차례가 되자 말린은 초조한 기색이 역력했다. 나는 초조하기보나는 아무 생각이 없었다. 그저 욘이 올지 안 올지 알 수 있도록 빨리 토요일이 되어서 파티가 열리기를 바라는 마음뿐이었다.

힘들고 이상한 한 주였다. 그리고 이제 힘들고 이상한 아침 모임을 가질 차례가 왔다. 토르비엔 선생님이 문가에 서서 우리를 향해 들어오라고 손짓했다.

"준비됐어?" 말린이 속삭인다.

준비가 안 됐지만 나는 그래도 고개를 끄덕였다. 말린은 후드티 주머니에 들어 있는 휴대용 스피커로 펑크 계열의 행진곡을 틀었다. 전에 말린이 틀었던 곡 같은데, 어떤 밴드인지는 기억이 나지 않았다.

말린은 부츠를 바닥에 힘차게 부딪치며 손 팻말을 들고 먼저 걸었다. 내 운동화는 주로 말린의 뒤를 살금살금 따라 걸었는데, 그래도 이 노래에 맞춰 걸으니 좀 멋진 것 같았다.

말린의 손 팻말에는 이렇게 적혀 있었다. '이제는 인도적 난민 정책을!' 나는 작은 손팻말 두 개를 들었다. 하나는 '당신들이 그들을 죽게 내버려 둔다'가, 다른 하나는 '유럽연합 짜증 나'가 적혀 있었다.

말린이 어떤 문구를 써야 할지 결정했다. 나는 유럽연합에 대해선 아는 게 없지만 어떤 사람들은 우연히 잘못된 곳에 산다는 이유만으로 죽어야 한다는 건 부당하다는 데 동의했다.

선생님들은 언제나처럼 한쪽 벽을 따라 팔짱을 끼거나 열중쉬어 자세로 줄지어 있었다. 무대 앞쪽에는 반별로 학생들이 줄지어 앉아 있었고, 맨 뒤쪽에는 의자를 그네처럼 흔드는 오스카르 패거리가 있는 우리 반이 앉아 있었다.

나와 말린은 한가운데로 걸어갔다. 촛불 관을 쓰는 대신 거꾸로 빗질해 만든 방울 머리를 한 말린이 이끄는 성 루치아 축일(스칸디나비아 3국과 핀란드의 스웨덴어 사용 지역의 명절. 매년 12월 13일이며, 흰색 드레스에 붉은 띠를 두르고 머리에 촛불 관을 쓴 성 루치아 역할의 여성이 촛불을 든 행렬을 이끄는 의식으로 유명하다.) 기념 행렬 같은 모습으로. 우리가 지나갈 때 누군가가 킥킥거렸다. 할 수만 있다면 그 자리에서 도망치고 싶었지만 이를 악물고 속도를 유지하는 데 집중했다.

무대에 도착하자 말린은 음악을 끄고 7학년들을 물끄러미 바라봤다. 그중 몇몇은 겁에 질린 표정을 짓고 있었지만 대부분은 지루한 표정이었다.

"날마다 난민 약 여섯 명이 지중해에서 죽습니다. 이 학교에는 삼백예순한 명의 학생들이 다닙니다. 이는 **우리 모두**가 두 달 안에 죽을 거란 뜻입니다. 두 달이라고요!"

말린은 정말 정치인이 되어야 한다. 말린은 어딘가에 불이 난 것 같은 어조로 말하면서, '우리 모두'라고 말할 때 두 팔을 크게 휘젓는 동작을 취했다.

"이쪽 먼저 죽을 거예요." 말린은 우리에게 가장 가까운 7학년 학생들의 줄을 가리키며 말했다. "그런 다음 여러분, 그 다음엔….."

"안나말린, 우린 이해해요." 벽 앞에 서 있던 울리카 교장 선생님이 고개를 살짝 저으며 말했다. 말린은 눈을 희번덕거렸다.

"이 죽어가는 사람들은 죽을 이유가 없습니다, 만일 우리 정부와 다른 모든 개똥 같은 정부들이…."

"안나말린." 교장 선생님이 다시 말했다.

"넵!"

말린은 한쪽 부츠로 바닥을 굴렀다. 교장 선생님과 잠깐 일종의 눈싸움을 한 후, 말린이 다시금 말을 이었다.

"네, 우리 정부와 다른 모든 엄청나게 멋진 정부들이, 그 사람들은 이리로 와선 안 된다고 결정했습니다. 정부들이 삶과 죽음을 결정하는 겁니다!"

'엄청나게 멋진'이라고 말할 때 말린은 입고 있던 검은 치마를 살짝 들고 무릎을 굽혀 절을 했다. 나는 교장 선생님의 턱이 긴장하는 걸 봤다.

"그럴 수는 없습니다! 우리는 이 상황을 바꿔야 해요! 우리는 투표하기에는 너무 어리지만, 그래도 우리 목소리를 낼 수 있습니다! 우리는 보여줘야 해요, 연… 연…."

"연대." 나는 속삭였다.

"연-대-합-시-다." 말린은 말했다. "전쟁의 공포에서 피신하는 우리 형제자매들과!"

이제 말린의 말은 정치인이라기보다는 정신 나간 설교자처럼 들렸다.

"난 형제자매가 없는데." 누군가 저 멀리 뒤에서 외치자 꽤 많이들 킥킥거렸다.

100퍼센트 이게다. 교장 선생님이 긴장한 턱을 소리가 난 방향으로 돌리고 조용히 하라는 쉿 소리를 냈다.

"지중해의 모든 희생자를 위해 지금 여기서 1분간 묵념했으면 좋겠습니다." 말린은 나에게 손짓하며 말했다.

나는 들고 있던 손 팻말을 무대에 내려놓고 주머니에 있던 양초와 성냥을 꺼냈다. 성냥을 잘 켜지 못하자 다시 킥킥거리는 소리가 들렸다. 말린은 조바심을 내며 나를 뚫어지게 쳐다봤다. 촛불이 켜지자 말린은 훨씬 더 차분한 다른 노래를 틀었다.

"사실 이 노래는 베를린 장벽에 관한 곡이지만 지금 상황에도 적절합니다. 벽을 쌓으면 이런 일이 벌어져요." 말린이 말했다.

"1분간 묵념합시다." 나는 말린 옆에 서서 바닥을 내려다보며 말했다.

긁적거리는 소리와 기침하는 소리와 살짝 바삭거리는 소리가 나지만, 그래도 사람들은 조용했다.

꽤 긴 노래가 흘러 나왔다.

그날 밤 나는 천천히 집으로, 집으로 걸어가네. 그녀를 다시 볼 수 있을까? 머리가 아팠고, 가슴이 아팠네. 나는 다시 온전해질까? (스웨덴 펑크 밴드 에바 그뢴(Ebba Grön)이 1982년에 발표한 노래 〈벽(Die Marer)〉.)

말린의 작은 스피커에서 흘러나오는 저 가사가 내 귀를 찔렀다.

머리가 아팠고, 가슴이 아팠네. 어느 날 나와 내가 사랑하는 사람 사이에 벽이 가로막고 서 있었다네.

나는 소름이 돋았다. 지금 나와 내가 좋아하는 사람들 사이에 벽이 있는 것처럼 느껴졌다. 그리고 모든 벽에도 불구하고 모든 게 그 어느 때보다도 더 빠르게 돌아가고 있었다.

말린에게 노래 제목이 뭔지 물어보는 걸 잊지 않아야 한다고 속으로 중얼거렸다.

뒷줄에서 누군가 트림을 하자 사람들이 킥킥거리기 시작했다. 말린은 한숨을 쉬었다.

"안나말린과 아만다, 감사합니다. 그 정도면 된 것 같아요." 교장 선생님이 말하고는 박수를 보내기 시작했다.

7학년 학생 일부는 다른 걸 할 엄두를 내지 못해 교장 선생님을 따라 박수를 보냈다. 그 외에는 아무도 없었다. 아마도 이 학교에서 진행된 아침 모임에서 보낸 박수 중 가장 작은 박수였을 것이다.

교장 선생님이 감사 인사를 하고 사람들이 쏟아져 나가기 시작하자 프레드리카가 우리에게 다가왔다.

"엄청 멋졌어." 프레드리카가 속삭였다. 프레드리카는 아직도 정상적인 음량으로 말하는 법을 배우지 못했다.

"고마워, 그런 것 같아." 말린이 말했다.

"만일 너희가 도움에 관심이 있다면, 우리 본당 청년회를 통해 난민 캠프에 대한 모금과 지원 물품 배송을 할 수 있어." 프레드리카가 말했다.

프레드리카의 목소리가 나뭇잎처럼 떨린다. 모든 선생님이 좋아하고 교회에 다니기 때문에 프레드리카를 성 비르기타(스웨덴의 성인(聖人). 가톨릭 교회에서 타 신도들에게 본보기가 되어 교회가 인정한 사람을 성인(성녀)이라 하는데, 성 비르기타는 스웨덴을 대표하는 성인이다.)라고 부르는 사람들이 있다.

"생각해 볼게."

"할 수 있을 때 돕는 게 중요해." 프레드리카는 말을 이어 나갔다.

바로 그때 프레드리카를 성 비르기타라고 부르는 사람들을 이해할 수 있었다. 프레드리카는 성가실 정도로 친절하고 조심스럽다. 작은 할머니처럼.

"그래, 젊은이들 사이에서 인도주의적 문제와 정책에 관한 관심을 보니 정말 멋지구나." 우리에게 다가온 토르비엔 선생님이 말했다. "수고했어 얘들아. 음, 언어를 조금 다듬어야 하겠지만 말이야."

우리는 미소를 지으며 고맙다고 대답했지만, 우리 둘만 있게 되자 말린이 외쳤다.

"성 비르기타와 토르비엔이라니, 제대로 말아먹었네."

㉓
욘을 팔로우하기

말린은 자기가 한 일을 토르비엔 선생님과 프레드리카가 좋아해서 오전 내내 부루퉁했다.

"상관없을 거야." 내가 말했다. "'전쟁의 공포에서 도망치는 우리 형제자매들'에 대한 것 같았어."

"오, 닥쳐." 말린이 말했다.

식사 시간에 우리는 모두의 화장실 바닥에 앉아 있었다. 책가방을 방석 삼아 앉는다면 두 사람 다 편안하게 앉을 수 있을 만큼 넓다. 우리는 학교 카페에서 롤빵을 하나씩 사 왔다.

"빵만 먹으면 목이 꽤 막혀." 나는 입을 가득 채운 채 말했다.

수학여행 경비를 마련하려고 8학년 학생들이 롤빵을 구웠다. 만일 우리 학교 수학여행이 얼마나 지루한지 내가 말했다면 걔들은 아마 이 롤빵 굽기를 때려치웠을 거다. 하지만 그랬으면 안타까웠을 것이다. 오늘은 타코 맛 생선 그라탱이 점심으로 나오는 날이었으니까. 이런 날에는 롤빵이 후식으로 꽤 좋다. 조리사 아주머니들은 타코라는 단어만 앞에 붙이면 모든 음식이 맛있어진다고 믿는 것 같다. 타코 맛 생선 그라탱은 내가 싫어하는 요리다.

"이 학교의 문제점은 아무것도 해서는 안 된다는 거야. 교장 선생님이 한 말 들었잖아." 말린이 말했다.

"응, 하지만 교장 선생님은 꽤 엄하잖아."

"내 말이 그 말이야! 만일 내가 이 감옥에서 자유롭게 표현할 수 있었다면 아무도 엄청나게 멋진 우리 시위를 오해하지 않았을 거고, 토르비엔 선생님과 프레드리카는 우리가 절친이라는 걸 믿지 못했을 거야."

"하지만 어쨌든 아침 모임 때 그 둘이 우리 말에 동의한 거 좋은 일 아니겠어? 그게 우리가 원하는 거 아니야?" 내가 말했다.

"응, 하지만 우리처럼 생각하는 사람들은 가장 멍청한 사람들이 분명해." 말린은 한숨과 함께 움츠러들더니, 화제를 돌렸다. "그런데 너, 무슨 일 있었어? 울음이 터질 것 같던데? 욘 생각했어?"

"에이, 그저 네 선동적인 연설에 감동했을 뿐이었겠지." 나는 말하고는 말린에게 롤빵을 한 조각 던졌다.

바로 지금 내가 무슨 기분인지조차 모르겠다.

"푸그도 이해했을 거야. 나도 알아." 말린이 중얼거렸다.

방과 후 자전거를 타고 집으로 돌아갈 때 말린은 토르비엔 선생님과 성 비르기타를 다 잊어버린 모습이었다.

"내일이 관건이야." 말린이 말했다.

"집중해." 나는 조용히, 그리고 전혀 야심차 보이지 않게 말했다.

"내일은 우리가 마침내 영혼의 단짝이자 평생의 사랑과 하나가 되는 날이야."

말린의 말은 다시 정신 나간 설교자처럼 들렸다.

"지금 좀 과장하는 거 아니야?" 나는 킥킥거렸다.

"아니? 전혀. 오늘 아침, 우리가 학교에서 얼마나 오해받고 있는지가 분명해진 후, 우리를 이해하는 사람들과 어울리는 게 얼마나 중요한지 깨달았어."

"푸그와 욘도 그럴 것 같아?"

"100퍼센트지! 넌 그럴 것 같지 않아?"

말린의 목소리에서 놀란 기색이 묻어 나왔다.

"에휴, **정말로** 욘은 안 올 것 같아." 나는 한숨을 쉰다.

"둘 중 하나만 와도 충분해. 욘이 나타나지 않더라도 아마도 푸그가 올 거고 만일 나랑 이야기가 잘되면 너랑 욘은 자동으로 따라오는 패키지야."

"하지만 그때 욘이 나한테 관심이 없으면 어쩌지? 아니면 만일 타티가 파티에서 욘이랑 같이 있다면?"

나는 헬레 언니가 타티와 욘에 대해 한 말을 말린에게 이야기했지만 말린은 그저 손사래를 칠 뿐이었다.

"욘이 관심이 없더라도 관심을 갖게 만들어야지. 자기랑 스킨십을 하고 싶어 하는 멋지고 똑똑한 여자? 당연히 달려들 거야."

"나는 내일 안 그럴 거야!"

"응, 하지만 그걸 원하는 것처럼 행동할 수는 있잖아."

"어떻게 하는 건지 물어봐도 돼?"

"신음을 내거나 뭐 그런 걸 할 수 있을 거야. 사실 나도 잘 모르겠어. 중요한 건, 우린 되게 멋있고 개성이 분명하다는 거야. 그래서 사람들이 우리가 얼마나 비슷한지 이해하지. 아마도 네가 빌린 책도 가져와야 할 거야."

집 침대 밑에 있는 《백 년의 고독》을 기억하기 전에 나는 잠시 생각해야 했다.

"파티하는 데 앉아서 책을 읽을 순 없잖아. 퍽이나 재미가 있겠다."

"아니, 아마도 아닐 거야. 그런 면에서 푸그랑 있는 게 나한테 훨씬 쉬워. 가능한 한 펑크족스럽기만 하면 되니까."

말린은 잠시 말을 그쳤고 그 사이에 나는 책에 대해 곰곰이 생각해 봤다. 다른 방법으로 우리가 공통 관심사가 있다는 걸 보여줄 수 있을까? 실은 욘의 관심사가 뭔지 잘 모르겠지만. 어쩌면 자기 모터 자전거. 아니면 피자.

"하여튼, 너 욘은 팔로우했어?"

물어볼 때 말린은 자전거를 살짝 흔들었다.

"아니, 안 했어."

"그럼 내 생각엔 지금 해야 해. 파티에 대해 생각할 수 있도록. 나중에 준비가 되면 사진도 찍어 올리자."

말린의 말은 일리가 있지만, 그래도 나는 망설여졌다.

"더구나 그건 너의 개성을 보여줄 좋은 방법이야." 말린이 말했다.

그 말을 듣고 나도 결정을 내렸다.

"좋아, 그럴게." 나는 자전거가 흔들릴 정도로 핸들을 손바닥으로 치며 말했다.

"그래! 좋아, 만다! 지금 해!"

"뭐, 여기서?"

나는 주위를 둘러봤다. 우리는 유령의 집을 지나는 참이었다. 욘을 팔로우하기에 알맞은 장소는 아니라는 느낌이 들었다. 나는 뭔가 의미 있는 장소에서 그러고 싶었다. 나중에 욘에게 "마침내 내가 자기를 팔로우하기 시작했을 때 나는 저기랑 저기에 있었어."라고 말할 수 있도록. 욘은 내가 좀 우스꽝스럽지만 예쁘다고 생각할 거고, 어쩌면 심지어 내 머리를 헝클어뜨릴 수도 있다.

만일 내가 욘을 팔로우하기 시작했을 때 유령의 집 옆 자전거 도로에 있었다고 말한다면 욘이 그럴 것 같진 않았다. 엄청나게 로맨틱하지 못하니까.

"응, 여기서. 안 그러면 넌 그저 후회하기만 할 거야. 아니면 겁을 먹고 그만두거나." 말린이 말했다.

나는 겁을 먹고 그만두지 않을 작정이므로 브레이크를 밟아 뒷 바퀴가 앞으로 쏠릴 정도로 급하게 멈추었다. 자전거를 다리 사이에 고정한 채 책가방에서 휴대전화를 꺼내 욘의 계정을 검색했다. 욘은 내 모든 검색 목록의 맨 위에 있었기에 별로 오래 걸리지도 않았다.

내가 뭘 하는지도 생각하지 않고 팔로우를 눌렀다. 그런 다음 나는 그저 거기 서서, 이제 완전히 달라 보이는 욘의 계정을 뚫어지게 바라봤다. 사실 2초 전과 똑같은 몇 장의 사진들뿐이다.

하지만 이제 나는 욘을 팔로우한다.

"욘을 팔로우하기." 나는 중얼거린다.

"팔로우했어?" 말린이 외친다.

"응." 나는 대답하고 휴대전화를 다시 책가방에 던져 넣었다.

"아주 되게 좋아!" 말린이 말하고는 환호한다.

자전거를 몰며 지나가던 코흘리개 아이들이 말린을 이상한 눈초리로 쳐다봤다. 나는 불안이 슬금슬금 오는 걸 느끼고 다시 휴대전화를 꺼냈다.

"당장 팔로우를 취소해야겠어. 욘이 보기 전에."

"아니, 고집 좀 꺾어. 아무 일도 아니잖아. 욘한테 메시지를 보낸

것도 아니고." 말린이 말했다.

"응, 하지만 욘은 내가 자길 스토킹한다고 믿을 게 분명하잖아."

휴대전화의 잠금을 해제하자 가장 먼저 보이는 건 오스카르가 보낸 셀카였다. 욕실 거울에 비친 모습을 찍은 사진이다. 속이 울렁거렸다. 이렇게 될 건 아니었다. 나는 오스카르의 사진을 한참 동안 뚫어지게 봤다.

"진정해. 아는 사이잖아." 말린의 말이 들렸다.

"누가?"

"너랑 욘. 둘이 이제 아는 사이잖아. 같은 파티에도 갔었고 같이 아는 친구들도 있고 그렇잖아."

"누구를 같이 안다는 거야? 넌 포함 안 돼." 나는 빨리 말했다.

"아니… 왕가슴 언니. 그리고 네 언니."

나는 아무 말도 하지 않지만, 그 말을 마음에 새겼다. 우린 그저 아는 사이일 뿐이다. 이따금 마주치는 무관심하고 완전히 중립적인 관계의 사람들. "아니 안녕, 여기 있네? 아, 맞다, 그 파티에서 만났잖아. 이름이 뭐라고 했지? 맞아, 욘. 다시 만나서 반가워!"라고 말하는 사이.

"아는 사이." 나는 마침내 말했다.

"아는 사이." 말린이 확인하며 말했다.

그런 다음 말린은 내일 입을 옷에 관해 이야기하기 시작했다. 나는 말린의 말이 귀에 들어오지 않았고 대신 욘 생각에 빠져들었다.

욘이 나를 자기가 아는 사람이라고 생각하는지 궁금했다. 나는 다시 휴대전화 화면을 내려다봤다. 오스카르의 사진이 여전히 나를 향해 빛나고 있었다. 나에게서 나오는 그 무언가가 지금 나를 땅에서 들어 올리고 있었다. 적어도 나는 그렇게 느꼈다. 신발 밑창에서 아스팔트가 느껴지지 않았다.

"듣고 있긴 한 거야?" 말린이 말했다.

"뭐? 미안."

"응, 이제 좀 출발하자고 말했는데? 아니면 여기 계속 서서 네 휴대전화나 뚫어지게 쳐다보든가. 그럴 거면 배고파 죽겠으니까 피자라도 주문해야 할 것 같은데?"

"피자?"

"정말 왜 그래? 내 말을 전혀 안 듣네. 혹시 오스카르를 생각하는 거야?"

그때 그 일이 일어난다. 오스카르의 거울 셀카 위에 작은 창이 떴다. 알림이다.

"말린." 나는 쉿 소리를 냈다.

"무슨 일인데?"

"맞팔." 나는 말했다. "욘, 욘이 날 맞팔해."

나에게서 나오던 무언가가 이제 나를 땅에서 뜨게 만들었다. 신발 밑창 아래에서 아스팔트가 전혀 느껴지지 않았다.

"정말?! 나는 맞팔 안 해 줬어. 만다, 너 이게 무슨 뜻인지 이해해?"

"아니." 나는 웃었다.

"나도 그래." 말린이 말하고는 다시 환호했다.

"만다아!!!"

"말린!!!" 나도 외쳤다.

24
엄청나게 큰 파티

이게는 놀이터 건너편에 있는 분홍색 집에 산다. 정글짐을 타고 올라가면 이게의 집 지붕을 볼 수 있다. 이 주변에 있는 유일한 분홍색 집이다. 초급 과정 때 오스카르 패거리는 이게가 분홍새 집에 산다고 약 올리곤 했다. 누군가를 약 올리는 건 정말 나쁜 일이지만 오스카르 패거리가 자주 하는 행동이다.

나와 말린은 아홉 시쯤에 파티에 가기로 했다. 우리 집에는 나와 언니만 있으므로 그 전에 우리 집에서 함께 준비하기로 결정했다.

말린은 격주 토요일마다 자기 아빠와 저녁을 먹는데 오늘이 바로 그 토요일이었고, 여섯 시 직후에 옷, 화장품, 감자 칩이 담긴 커다란 이케아 가방 두 개를 들고 나타났다. 언니는 말린이 힘들게 날라 온 모든 걸 보고 웃음을 터뜨렸다.

"그런데 저분이 네 아빠니?" 은색 스포츠카가 우리 집 마당에서 후진해서 도로 아래로 사라질 때 언니가 물었다.

"유감스럽게도요." 말린이 대답한다.

"왜 유감스럽니?"

언니는 또 블러드하운드 표정을 지었다.

"아니, 간섭 좀 그만해 줄래? 심문할 친구가 없어?" 내가 말했다.

말린은 내 방 바닥에 놓인 옷들을 한 장 한 장 찢기 시작했다. 언니는 마치 여전히 대답을 기대하는 듯 말린을 쳐다봤지만, 말린은 언니의 시선을 마주하지 않았다.

"자전거는 안 가지고 왔어?" 내가 물었다.

"아빠가 새 차를 몹시 자랑하고 싶어 해서 나를 태워다 줬어. 걸어갈 수 있겠지?" 말린은 나를 보며 목을 긁었다.

"내 자전거 빌려 가도 돼." 언니가 말했다.

"그렇다면, 그에 대한 대가로 뭘 원하시나요?" 나는 재빨리 물었다.

언니는 보통 자전거로는 균형을 잡을 수 없기에, 평상시에는 만지지도 못하게 하는 더럽게 비싼 세 바퀴 화물 자전거를 갖고 있다. 더구나 언니는 대가를 바라지 않고는 절대로 아무것도 제공하지 않는다. 적어도 나에게는.

"전혀, 아무것도." 언니가 말했다.

"네, 제가 자전거를 빌려도 된다면 완벽할 거예요." 말린이 말했다. "문제 해결!"

가만히 보니 목에 긁은 자리가 빨갛다.

"알레르기 있어?" 내가 물었다.

"아니, 그냥 습진일 거야. 어쩌면 건성 피부일 거야, 가끔 너무 많이 긁으면 그렇게 돼." 말린이 말했다. "가장 멋있어야 할 지금 그렇게 되어서 안타까울 뿐이야."

"그럼 그만 긁어." 내가 말했다. "네가 아는 누군가가 우리에게 이런 게 있다고 믿기를 넌 원하진 않을 텐데."

"지금 네 말이 우리 엄마 말이랑 똑같이 들려. 잔소리 말이야. '손톱 깨물지 말고, 목 긁지 말고, 스웨터 좀 잡아 늘이지 말고'."

언니가 무슨 말을 하려는 것 같았는데 마음을 바꾼 것 같았다.

말린은 몸을 흔들며 이상한 춤을 추더니 기쁨의 소리를 질렀다.

"이제 파티하는 거야!"

"어떤 파티에 갈 거니?" 언니가 물었다.

"이게 집에서 열리는 파티." 내가 말했다.

"술 마실 거야?" 언니가 묻는다.

"그럴 수 있다면요!" 말린이 재빨리 대답했다.

"에이." 나는 얼버무렸다. 그래도 걱정이 되어서 한 마디 덧붙였다.

"엄마 아빠에겐 아무 말 안 할 거지?"

"내 생각에 너희는 좀 조심해야 해. 잘못된 이유로 술을 마시는 건 좋지 않아." 언니는 구멍과 옷핀 범벅인 말린의 티셔츠 중 하나를 들어 보이며 말했다.

"술을 마시는 올바른 이유가 뭔데?" 나는 눈을 희번덕거리며 물었다.

"내 말뜻은, 단지 너희가 좀 침착할 필요가 있다는 거야."

"이제 누가 엄마처럼 들려?" 내가 이죽거렸다.

"욘과 그들은 아마 거기 올 거야." 말린이 말했다.

"**정말로** 욘은…." 내가 말을 시작하자마자 언니가 말을 가로챘다.

"뭐? 욘? 욘? '그' 욘?" 언니는 말했다.

"네." 말린이 흡족하게 말했다.

"왜 걔가 너희 작은 학급 파티에 온다고 생각해?"

언니는 우리가 자기 친구들을 빼앗아 갈까 봐 두려워하는 게 분명했다. 이미 언니는 헬레 언니가 우리를 자기 친구인 것처럼 말한 일에 대해 불평한 전적이 있다.

"언니, 이건 작은 학급 파티가 아니야." 내가 말했다. "진짜 파티라고."

"많은 사람이 올 거예요." 말린이 말했다.

"잠깐만…." 언니는 말하더니 청바지 주머니에서 휴대전화를 꺼냈다.

언니는 이맛살을 찌푸리며 메시지들을 뒤적였다.

"헬레가 말했던 파티인가? 분홍색 집. 맙소사, 왜 그 생각을 못 했을까? 이 주위에 다른 분홍색 집은 없잖아."

속이 울렁거렸다. 말린이 욘에게 메시지를 보내 파티에 올 건지 물었을 때, 우리가 실수로 사람들을 많이 초대한 거라면 어쩌지?

"하지만 왜 왕가슴 언니가 파티에 대해 알고 있었을까요?" 말린이 말했다. 말린은 전혀 걱정되어 보이지 않았고 그저 훨씬 더 파티가 간절해 보였다.

"모르겠어. 헬레는 다들 갈 거라고만 했어. 난 안 갈 생각이었지만…."

"하지만 그럼 욘은 분명히 올 거예요." 말린이 기쁨을 감추지 못하며 말했다. "그리고 푸그도!"

"푸그?! 아하, 너흰 푸그도 쫓아다니는구나." 언니가 말하고는 킥킥거렸다.

"나 말고, 쟤." 나는 얼굴이 살짝 붉어진 말린을 가리키며 말했다, "여하튼 너흰 거기서 얻을 게 없어."

"뭐?"

"아니, 아무것도 아니야."

언니는 짜증이 날 정도로 비밀스러운 모습이었다.

"아, 좀 말해 봐!" 내가 말했다.

"꽤 뻔할 거야."

"그럼, 왜요? 푸그에 대해 더 말해 줘요!" 말린은 내 책상 위에 놓인 자기 화장품을 정리하며 애원했다. "저한테는 푸그와 사귈 기회가 없는 것 같아요?"

"욘에 대해서도 말해 줘!" 내가 말했다.

더는 아무렇지 않은 척할 수가 없었다. 그래도 언니는 나를 이해
했다.

"할 말은 그리 많지 않아. 그 둘은 꽤… 전형적인 남자애들이야.
특히 욘."

"욘이 언제 한 번 경찰을 따돌렸다는 게 사실이에요?" 말린은 감
자 칩 봉지를 뜯어 한 줌 쥐며 물었다.

언니가 깔깔 웃음을 터뜨렸다.

"어디서 들었니?"

"친구가 그랬어요."

말린은 얼굴을 붉혔는데, 생각해 보니 누군가가 모터 자전거로
경찰을 따돌렸다는 건 믿기 어려운 이야기다.

"당연히 사실이 아니야. 그렇지만 만일 욘이 그 소문을 지가 직접
퍼뜨렸다고 해도 별로 놀라울 일도 아니야." 언니는 코웃음을 치며
말했다. "욘은 어떤 일에는 정말 더럽게 골 때리게 굴거든."

나에게 그 말은 안심이 되었다. 욘이 중범죄자였다면 분명 사귀
기 힘들었을 테니까. 하지만 언니가 욘에 대해 험담을 해서 불안했
다.

"욘이 그렇게 허세를 부리는데 언니는 왜 욘과 어울려?" 내가 말
했다.

언니는 어깨를 으쓱거렸다.

"우린 그저 같은 패거리에서 어울릴 뿐이야. 그리고 푸그는 멋있지. 다만 너희는 푸그 타입이 아닌 거 같아, 그게 다야."

"정말 누가 언니 아니랄까 봐." 나는 화를 내며 말했다. "우리가 언니 친구들이랑 친구가 되고 있다는 이유만으로 이렇게 못되게 말하기야?"

나는 말린이 슬퍼하기를 원하지 않았다. 파티를 앞두고 말린의 자신감이 필요한 건 나다. 더구나 말린은 푸그 타입인 것 같은데, 둘 다 펑크족이잖은가.

언니는 입을 열다가 다시 닫았다. 그런 다음 우리를 보며 코웃음을 쳤다.

"뭐, 시도야 해 볼 수는 있지. 내가 술을 어떻게 마시라고 했는지 나 기억해 둬. 어쨌든 내가 그 파티에 갔어야 했는데." 언니는 말하고는 더 크게 코웃음을 쳤다.

그래서 나는 초조해졌다.

"갈 생각을 안 했어요?" 다행히 조금도 슬퍼 보이지 않는 말린이 물었다.

"에이, 그냥 갈 힘이 없는 거 같아."

언니와 어떤 남자 사이에 무슨 문제가 있는 것 같았다. 어쩌면 망누스일지도. 언니는 이번 주 내내 이상했다. 더구나 살면서 파티를 사양한 적은 절대 없었다.

"물론 안 가도 돼." 나는 상냥하게 말했다. "정말로 갈 힘이 없다면 말이지."

언니는 나를 향해 가운뎃손가락을 쳐들었다. 그런 다음 판다 귀가 달린 티아라를 쓰고 머리를 모조리 뒤로 넘긴 말린을 향해 말했다.

"그럼 이제 잘해 봐. 푸그랑 욘을 꼬셔 보라고."

언니가 자기 방으로 돌아간 후 말린과 나는 화장을 시작했다. 말린은 메이크업을 아주 짙게 하는데, 특히 아이섀도를 잘 섞어서 전문가처럼 보이는 데 능숙하다. 나는 평소에 하던 대로 하되 마스카라만 조금 더 발랐다.

"아이라이너도 해." 말린이 말했다. "클래식하게 보이게."

"클래식한 게 좋은 건가?" 내가 물었다.

내가 궁금한 건 욘이 클래식한 걸 좋아하는가이다. 그리고 이유는 모르겠지만, 오스카르가 클래식한 걸 어떻게 생각하는지도 궁금하지 않을 수 없었다.

"클래식한 건 클래식한 거야." 말린이 말했다.

"하지만 펑크족스러워야 하는데?"

만일 욘이 타티 같은 펑크족스러운 여자들을 좋아한다면 클래식 스타일보다는 펑크 스타일이 아마도 더 나을 것이다. 나는 타티가 이 파티에 오지 않기를 바랐다. 그리고 될 수 있으면 다른 날 저녁들에도 오지 않기를. 그리고 타티와 욘이 재결합하는 건 시간문제일 뿐이라는 헬레 언니의 말이 틀리기를 바랐다.

헬레 언니의 말은 틀려야 한다.

"클래식하게 펑크족스러워." 말린이 말했다.

나는 아이라이너도 하기로 결정했다.

우리는 화장을 마쳤다. 말린은 손톱도 칠해야 모든 게 완벽하다고 내게 매니큐어를 들이밀었다. 나는 음악을 틀었는데 펑크가 아니라 조금 더 즐겁고 춤추기 좋은 노래들이었다.

말린은 선곡에 항의하지 않고, 심지어 후렴구를 따라 부르기까지 했다. 수년 전에 스트리트 댄스 그룹에서 우리가 맞추어 췄던 오래된 노래들이다. 왼손에 매니큐어를 칠하려고 할 때 언니가 노크도 없이 불쑥 들어왔다.

나는 제자리에서 뛰면서 매니큐어를 옆으로 치웠다.

"어쨌든 나도 너희 작은 파티에 갈 거라고 알려 주려고."

"재밌겠네요." 말린은 말하고는 감자 칩 봉지를 양손으로 잡고 마지막 부스러기를 입에 털어 넣었다.

"엄청나게." 나는 부루퉁해져 말하며 매니큐어를 닦아내 보려 했다.

"이게가 자기 플로어볼 팀을 초대했고 소문이 퍼져서 큰 파티가 될 거 같아." 언니가 말했다.

"어머, 안심이다." 나는 다시 말했다.

어쨌든 우리 잘못은 아니었다.

"헬레는 거기가 누구 집인지도 전혀 몰랐고, 거기서 엄청나게 큰 파티가 열린다는 말만 들었을 뿐이래." 언니는 말하고는 자리를 떴다.

"엄청나게 큰 파티." 이렇게 말하는 말린의 눈은 내가 좋아한다는 확신이 들지 않는 무언가로 빛났다.

"그렇게 많이 마실 건 아니지?" 30분이 지나 우리가 거울 앞에 서서 마지막으로 옷차림을 정리할 때 내가 말했다.

"나는 내가 찾는 건 모조리 마실 거야."

말린은 자주 술과 약물과 그 외의 가능한 온갖 것에 관해 이야기하지만, 말만 그렇게 해 왔다. 그럼에도 말린이 걱정되었다. 말린은 항상 새로운 방식으로 나를 걱정시킨다. 나는 말린이 아무것도 받지 못하기를 바랐다.

"어쨌든 약은 안 할 거지?" 내가 말했다.

"정말 이게의 파티에 약이 있다고 믿는 거야?"

말린은 거울을 통해 내 시선을 마주했는데 그 눈에 담긴 것이 기대인지 아니면 다른 무언가인지 알 수가 없었다.

"말린, 알지… 약속해…."

언니가 화장실로 머리를 들이밀어서 더는 말을 하지 못했다.

"나 먼저 나간다. 이따 저녁 때 보자." 언니는 웃으면서 말했다.

말린의 머리는 사방으로 뻗쳤고 화장은 평소보다 더 짙었다. 양팔에는 망사 스타킹을 잘라 끼웠고, 목에는 개 목걸이를 둘렀고, 자기 아빠나 톰미 아저씨의 것이 분명할 큼직한 빨간색 누더기 티셔츠를 입었다. 티셔츠는 너무 길어서 드레스처럼 보였는데 그 아래로 말린은 얼룩말 무늬 타이츠를 입고 부츠를 신었다. 말린은 멋지고, 나이 들어 보였다. 적어도 열일곱이나 열여덟 같았다.

나도 나이 들어 보였다. 말린만큼 멋지진 않아도 평소의 내 모습보다는 더 멋졌다. 청록색 브래지어 끈이 보일 정도로 가느다란 끈이 달린 검은색 탱크톱과 파란색 체크무늬 치마를 입었다. 검은색 스타킹과 운동화가 그 밑으로 이어졌다. 완전히 펑크족스러운 모습은 아니지만 그래도 꽤 흡족했다.

"이게 진짜 나야." 말린이 말했다.

이게 진짜 나인지는 모르겠지만, 어쨌든 그에 가깝기를 바랄 뿐이었다.

"지금이야말로 절호의 기회야." 말린은 말을 이었다.

나는 몸을 떨며 고개를 끄덕였다.

25
일반적인 규칙은
하나도 적용되지 않는 것처럼

결국 우리는 걸어가기로 결정했다. 그리 멀지도 않고 언니의 화물 자전거는 페달을 밟기가 꽤 무거워서였다. 더구나 밖은 여전히 밝았고 공기는 상쾌했다. 확실히 봄이다. 나는 끝없이 펼쳐진 저녁 하늘을 올려다봤다.

우리는 곧 고등학교에 진학할 것이다. 어쩌면 이번 파티가 오랜 반 친구들과 함께하는 마지막 파티일지도 모른다. 아마도 곧 나는 뉴욕에서 살게 될지도 모르고.

파티 때문인지 욘 때문인지 봄 때문인지 모르겠지만, 불현듯 모든 게 내가 짊어지기엔 너무 무겁게 느껴졌다. 내가 기쁜지 슬픈지 알 수 없는 기분이었다.

말린도 내 옆에서 말없이 걸었다. 아마도 같은 기분이 들어서일지도. 우리는 이게의 집에서 열리는 파티보다 훨씬 더 중요한 뭔가를 향해 가고 있는 것 같은 느낌을 받았다. 오늘 저녁이 내 남은 인생이 시작되는 날이고, 더는 기다릴 수 없었다.

"가자." 나는 외치고 달리기 시작했다.

이제까지 달려 본 것보다 더 빨리 달렸다. 학교 앞을 지날 때 나는 달리기를 멈추지 않고 양손의 가운뎃손가락을 쳐들었다. 말린은 내 뒤에서 숨을 헐떡이며 웃었다. 나도 웃었다. 하지만 내가 왜 웃는지 나도 몰랐다.

"잠깐만." 학교를 꺾어 지나갈 때 말린이 숨을 헐떡이며 말했다. "더는 안 달릴래. 땀이 너무 나."

그 말에 나는 갑자기 멈춰섰고 말린은 나와 부딪칠 뻔했다. 추운데도 말린의 얼굴은 빨갛게 달아올라 있었다.

"맙소사, 내가 땀을 흘리고 있는데 욘이 거기 있으면 어쩌지?" 나는 겨드랑이 아래를 부채질하며 말했다. 다행히 지금까지는 데오도란트와 향수 냄새만 났다.

"우린 진정해야 해." 말린은 허벅지에 손을 얹고 서서 개처럼 큰 소리로 헐떡거리며 말했다. "계획을 한 번 더 검토하자."

우리는 계속 걸었다. 말린이 내 팔짱을 꼈다. 기분이 좋고, 말린의 심란함도 사라진 듯했다. 우리는 다시 계획을 검토했다. 말린이 파티의 중심이 되어 음악을 맡기로 했으니, 푸그는 그게 누구의 펑크스러운 플레이리스트인지 물어볼 게 분명했다. 음악을 트는 방법을 생각해 낸 게 바로 나다. 꽤 만족스러웠다.

"그리고 그게 나라는 걸 푸그가 알게 되면 나머진 다 잘 풀릴 거야." 말린은 미소를 지었다.

"근데 파티에서 네가 펑크 노래들을 트는 걸 못 하게 하면 어떻게 하게?"

"에이, 어쨌든 틀 거야. 이게는 날 대받을 용기가 없어."

나는 좀 더 멋져야 하지만, 욘을 보자마자 붙잡고 "안녕, 나 기억나?"라고 말할 것이다. 그러고 나서 신비로운 미소를 지을 것이다. 나는 거울 앞에서 미소 짓는 연습을 했다. 욘의 대답과 상관없이 내 물음은 꽤 유혹적인 질문이다.

"그리고 먼저 접촉하는 쪽이 다른 쪽을 챙겨야 해. 알았지?" 말린은 말하고 손을 내밀었다.

나는 말린의 손을 잡고 흔들었다.

"알았어."

5학년 때 이게의 집에서 학급 댄스 파티가 열렸고 그때 이게의 집에 갔었다. 거실의 가죽 소파 사이 댄스 플로어에서 이게네 엄마는 우리와 함께 춤을 추고 싶어 했고 그런 자기 엄마를 이게가 부끄러워했던 기억이 난다. 걔네 엄마가 이 파티에도 함께하기로 선택했는지, 그리고 그렇다면 같이 춤을 출지 궁금하다.

우리가 도착했을 때 눈앞에 펼쳐진 광경은 한 편의 영화 같았다. 자전거 20억 대가 잔디밭에 뒹굴고 있었고 차고로 들어가는 길에는 같은 수의 모터 자전거가 서 있었다. 안에서는 음악이 크게 흘러 나왔고 한 패거리가 계단 주변에서 담배를 피우며 서 있었다.

트램펄린 위에는 남녀 한 쌍이 누워서 스킨십을 하고 있었다. 여자가 남자 위에 올라타려 들었다. 저 둘은 자기들이 어디에 있는지까먹은 듯 보였다. 저 둘에게서 눈을 떼기가 어려웠다.

말린은 팔짱 낀 팔을 풀고 단호한 발걸음으로 문을 향해 걸어갔다. 나는 그 뒤를 따랐지만 조금 덜 단호했다. 우리가 계속 서로를 붙잡고 있었으면 좋았을 텐데.

계단 주변에서 담배를 피우며 서 있는 사람들은 말린의 코슈그룬뎃 시절 반 친구들이었다. 우리는 인사를 하고 서서 이야기를 조금 나눴다.

말린은 누군가가 건네는 병의 내용물을 한 모금 마셨다. 나도 병을 받아서 냄새를 맡았는데 여우 오줌 냄새가 났다. 입술을 최대한 꾹 다물고 한 모금 마시는 척만 했다. 입술에 닿는 맛만으로도 온몸이 떨렸다.

말린은 맛에는 신경 쓰지 않는 듯 한 모금 더 마셨다. 내 안의 불안이 다시 깨어났지만, 그건 다른 기분, 일종의 들뜸으로 대체될 수 있다. 나는 이렇게 큰 파티에 와 본 적이 전혀 없었다. 술을 마시지 않았는데도 기분 자체가 달랐다. 분위기가 심상치 않아 보였다. 오늘 저녁에는 일반적인 규칙은 하나도 적용되지 않는 것처럼.

"이제! 이제 푸그를 찾아낼 거야." 말린은 분명히 술에 취해 말했다.

현관에서는 엘리안과 한 여자애가 앉아서 이야기를 나누고 있었다. 엘리안은 무릎에 감자 칩 봉지를 놓고 있다가 우리라는 걸 보고는 우리를 향해 고개를 끄덕였다.

"음악 트는 게 누구니?" 말린이 말했다.

"부엌에서 물어봐." 엘리안은 말하고 여자애를 향해 몸을 돌렸다.

우리는 현관을 지나 파티가 열리는 안쪽으로 계속 들어갔다.

"보여?" 말린이 속삭였다.

나는 고개를 젓는데, 엘리안 말고는 내가 아는 사람이 없었다.

부엌에서 오스카르가 맥주 상자를 머리에 쓰고 앉아 있었다. 오스카르는 내가 어렴풋이 알아보긴 했지만 이름을 알 수 없는 누군가와 팔씨름을 하고 있었다. 오스카르는 우리를 보자 팔씨름에서 졌다.

"안녀엉." 오스카르가 다가와서 우리를 안아 주며 인사했다.

오스카르는 따뜻했고, 살짝 취해 있었고, 내가 기억하는 것보다 더 부드럽게 느껴졌다. 오스카르의 향기를 맡자 우리가 스킨십하던 장면이 머릿속을 스쳤다. 나는 뒤로 물러섰지만, 오스카르는 나에게 팔씨름 상대를 소개하면서 한쪽 팔을 내 어깨에 걸쳤다.

"이쪽은 우리 반 만다. 이쪽은 보안관이라고 부르면 돼."

보안관은 고개를 끄덕이고 나도 되받아 고개를 끄덕였다.

"나는 계속 찾아볼게." 말린이 거실을 가리키며 말했다.

정말 따라가고 싶었지만 오스카르가 계속 말했고 그 틈에 말린은 사라졌다.

"우린 같은 체스 클럽에서 체스를 둬."

"체스를 둬?" 나는 놀라서 오스카르에게 물었다.

"응, 가끔, 조금. 나는 외골수 괴짜나 그런 건 아니니까."

"뭐 좀 마실래?" 보안관이 말했다.

대답하기도 전에 맥주 한 캔이 내 손에 들어왔다. 나는 거실을 흘끗 봤다. 말린이 서서 누군가와 이야기를 나누는데 녹색 병을 들고 무언가를 마시고 있는 게 보였다. 아마도 나는 진정하라고 말해야 하겠지만 말린은 이미 나를 까먹은 것 같았다. '언제나처럼.' 내 안의 작은 목소리가 말했다.

오스카르는 새 캔맥주를 따서는 여전히 따지 않은 내 캔맥주와 건배했다. 말린은 알아서 스스로를 제어할 수 있어야 했다, 어쨌든 욘이 올 때까진.

나는 부엌 소파에서 오스카르 옆에 앉아서 오스카르와 보안관이 나는 뭔지 모르는 게임에 대해 이야기하는 걸 들었다. 이따금 누군가가 냉장고에서 뭔가를 꺼내려고 들어왔다. 거실에서 음악이 흘러나왔고 그 위로 말린의 웃음소리가 반복해서 겹쳤다. 그 소리에 마음이 평온해지기도 하고 걱정이 되기도 했다.

잠시 후 말린이 내 옆에 나타났다. 말린은 마지막으로 봤을 때보다 미소를 더 활짝 지었지만 술에 떡이 된 거 같진 않아 보였다.

"둘은 여기 없어, 아마도 안 올 거 같아."

"누가?"

오스카르는 우리를 호기심 어린 눈으로 봤다.

"특별한 사람들은 아니야." 나는 말했지만 말린을 향해 몸을 돌리고 말을 이었다. "어떻게 알아?"

"헬레 언니를 만났어, 언닌 둘이 안 올 것 같다고 했어. 하지만 신경 쓰지 마, 지금 파티가 열리고 있잖아!"

말린은 환호성을 지르며 다시 거실로 사라졌다.

나는 맥주를 살짝 홀짝거렸다. 오스카르는 체온이 느껴질 정도로 내 옆에 가까이 앉았다. 오스카르의 한 팔은 내 뒤 소파 가장자리에 얹어 놓았다. 다시 모닥불 앞으로 돌아온 것 같은 느낌이었다. 오스카르도 그런 생각을 하는지, 아니면 그냥 취했을 뿐인지 궁금했다. 싱숭생숭해졌다. 이건 계획에 없던 일이지만, 어쩌면 상관없을지도?

오늘 저녁에는 일반적인 규칙이 적용되지 않는다.

욘은 안 올 거다.

그리고 지금은 정말로 파티가 열리고 있다.

나는 보안관과 팔씨름을 했고 보안관은 일부러 져 줬다. 그런 다음 보안관과 오스카르가 다시 팔씨름을 했다. 보안관이 이기고 환호했다. 다른 사람들도 들어와 팔씨름을 부추겼다. 누군가가 싱크대에서 유리잔을 깨자 박수가 터져 나왔다. 보안관은 내게 색이 화려한 술을 한 잔 줬는데 생각만큼 끔찍하진 않았다.

이게가 들어와 인사했다. 이게는 깨진 잔을 신경 쓰지 않는 것 같았다. 이게는 오스카르의 골판지 맥주 상자 왕관을 가져다가 자기 머리에 썼다. 이게는 나를 안아 주지만, 오스카르의 팔은 줄곧 내 뒤에 있었다.

베카가 지나가는데 우는 것 같았다.

누군가가 웃었다. 난가.

레일라가 베카와 함께 있었는지 기억이 안 났다.

밖에서 모터 자전거 소리가 크게 들렸다.

부엌은 사람으로 바글거렸다.

화려한 색의 술이 더 많이 따라졌다.

테이블 주위에서 시간을 보내는 사람이 이렇게 많았나.

오스카르의 머리가 헝클어져 있었고 나는 한 손으로 오스카르의 머리를 쓸어 주며 더 헝클어뜨렸다. 손가락에 헤어젤이 묻었다. 오스카르는 나를 향해 미소를 지었다. 모닥불 생각을 하는 게 분명했다.

바로 그때, 말린이 배트맨 가면을 쓰고 요란을 떨며 부엌으로 들어왔다. 말린은 누군가의 손을 잡고 있었다.

욘이었다.

26
욘

"여기 있었구나, 사방팔방 찾아다녔어." 말린이 고함쳤다.

말린은 얼굴이 빨갛게 상기되어 있었고 땀에 흠뻑 젖어서는 전혀 맑은 정신이 아니었다. 욘은 말린 옆에서 무심해 보였다. 거의 석상처럼. 욘은 터무니없이 잘 생기고 아름답다고 나는 말하고 싶었다.

나는 앉아 있던 부엌 소파에 헤어젤이 묻은 손을 닦고 오스카르에게서 조금 더 멀어졌다. 혼수상태에서 막 깨어난 것 같은 느낌을 받았다. 기쁜 건지 두려운 건지 아니면 그냥 취했을 뿐인지 헷갈렸다.

말린이 다가와서는 목소리를 낮추어 말했다.

"욘을 데려왔어. 네가 욘과 얘기하고 싶어 한다고 말했어."

"왜 그런 말을 했어?" 나는 가슴에 공황을 느끼며 물었다.

나는 우리가 이 일을 어떻게 계획했는지 까맣게 잊어버렸고, 전혀 기억나지 않았다. 내가 물어볼 게 뭐였더라? 그리고 내가 오스카르와 같이 여기 앉아 있는 게 어떻게 보이려나? 내가 너무 황급히 일어나는 바람에 오스카르의 팔이 내 어깨에서 떨어졌다.

욘은 문가에서 나를 의아하게 바라봤다.

"나한테 볼일이 있다고 말린이 그러던데." 욘이 말했다.

자세히 보니 욘도 완전히 맑은 정신은 아닌 것 같았다. 두 눈은 충혈되어 있고 둔감해 보였다. 여전히 터무니없이 멋있지만. 욘의 뒤로 푸그의 드레드록 머리가 보였지만 내가 제대로 보기도 전에 푸그는 사라졌다.

말린은 나에게 별로 신중하지 않은 편안한 표정을 지었는데, 말린이 나에게 계획을 상기시켜 보려는 의도임을 깨달았다. 내가 물어볼 게 뭐였더라?

"응, 아니, 하지만… 궁금한 게… 그러니까…."

나는 여전히 부엌 소파에 앉아 있는 오스카르를 어깨 너머로 바라봤다. 오스카르는 휴대전화를 꺼냈다.

"만다가 담배가 당기는 모양이야. 너는 욘한테 담배가 있는지 궁금해할 거야, 그렇잖아?" 말린이 나를 구해 줬다.

운이 좋았다. 나는 무슨 말을 해야 할지 전혀 몰랐으니까.

"너 담배 피워?"

오스카르는 뭔가 실망한 것 같았다.

"가끔."

나는 쁵쁵거리는 목소리로 말했다.

사실 담배를 피워 본 적은 딱 한 번이었다. 내가 말린 집에서 잤을 때의 일이었는데, 말린이 자기 엄마에게서 담배를 슬쩍했었다. 내가 겪어본 것 중 최악이었다. 말린은 나만큼 기침을 많이 했는데도 담배를 좋아한다고 말했다. 그 후 우리는 담배 냄새가 날까 봐 두려움에 떨면서, 요구르트를 마시고 양치질을 여러 번 한 다음 옷에 향수를 잔뜩 뿌렸다.

"물론이지, 뒤쪽으로 나가자."

"만일 담배 대신 스뉴스를 하고 싶다면 나한테 있어." 오스카르가 말했다.

나는 오스카르의 눈을 보며 좀 강아지처럼 생겼다고 생각했다. 욘이 담배 한 갑을 꺼냈다. 어라, 욘이 늑대처럼 보인다.

"피울래?" 욘이 말했다.

말린은 욘의 뒤에 서서 어깨 너머로 '집중해'라고 말하는 듯한 몸짓을 했다.

"물론이지." 나는 군색하게 말했다.

"이게랑 팔씨름 안 해?"

오스카르가 나를 외쳐 불렀지만 나는 이미 부엌을 절반쯤 빠져나가고 있었다.

욘은 돌아보지도 않고 복도를 지나 거실의 테라스 문으로 걸어 갔다. 부모에게 꾸중 듣는 어린아이가 된 기분으로 내가 그 뒤를 따라갔다. 오스카르의 강아지 같은 눈빛이 내 안에서 불타올랐다. 다들 우리를 쳐다보는 느낌이 들었지만, 막상 주위를 둘러보니 베카와 레일라만 소파에서 나를 눈으로 좇고 있었다. 저 둘의 표정을 읽을 수 없었다.

우리는 밖으로 나갔다. 욘은 정원 소파에 앉더니 나에게 담뱃갑을 건넸다. 나는 담뱃갑을 받아 들고 그걸 열 때 익숙한 것처럼 보이려 애썼다.

"여기 담배 피우는 사람은 또 없어?"

"흠, 아마도." 나는 말하며 담뱃갑을 땅에 떨어뜨렸다.

"앉아, 초조해 보여." 욘이 말했다.

욘은 땅에 떨어진 담뱃갑을 집어 들더니 옆에 있는 나무 소파에 부느렀다. 발할 때 욘의 목소리 톤은 거의 지나칠 정도로 나긋나긋했지만, 술에 취해 그렇다고 나는 생각했다.

나는 소파에 앉았고 욘은 담배 두 개비에 불을 붙이더니 한 개비를 나에게 건넸다. 내가 담배를 받을 때 우리의 손가락이 서로 닿았는데 전기 충격을 받은 것 같은 느낌이 더는 들지 않아 놀라웠다. 사람들은 사랑하는 사람을 만질 때 그런 느낌이 든다고 생각하곤 한다는 내용을 읽은 적이 있는데.

"재밌는 파티인가?"

욘은 주위를 둘러봤다.

"아주 괜찮아." 나는 말하며 담배를 작게, 작게 한 모금 피웠다.

그 이상은 말하지 못했는데, 기침이 나와서 죽을 것 같았기 때문이다.

"부엌에 있던 똥멍청이는 누구야? 아는 사람이야?"

"응. 응? 아니, 아니야. 그냥 오스카르야, 같은 반이야."

나랑 그 똥멍청이가 지난 주말까지만 해도 스킨십을 했다는 건 이야기하지 않았다. 멍청함은 전염된다, 분명히 대부분 침을 통해. 그리고 만일 내가 감염됐다면 물론 욘을 감염시킬 수 있으리라. 만일 우리가 스킨십을 한다면.

욘이 너무 의미심장하게 코웃음을 쳐서 나는 내가 방금 혼잣말한 걸 소리 내어 말했나 스스로를 의심할 수밖에 없었다.

"왜 그러는데?" 나는 묻지 않을 수 없었다.

"아무것도 아니야, 넌 예쁘기만 해."

그때 전기 충격이 느껴졌다. 나는 지금까지 예쁘다는 말을 들어본 적이 없었다. 지난주에 오스카르가 한 말은 여기에 포함되지 않는다. 그리고 엄마 아빠가 한 말도 빼고. 어차피 내가 어린아이 때가 지난 후부터는 엄마 아빠도 그런 말을 전혀 엄청나게 자주 하지도 않지만.

"내가 예쁘다고 생각해?"

"물론이지."

욘은 여전히 코웃음을 쳤는데 욘이 그러지 않았으면 좋았을 것이다. 욘은 평소 모습일 때 더 멋있으니까.

"꽤 멋진 집이야." 느닷없이 욘은 우리 뒤에 있는 이게네 집 분홍색 벽을 보며 말했다.

"아주 예뻐." 내가 말했다.

내가 들고 있던 담배가 꺼졌지만, 나는 모른 척했다. 욘은 자기 담배를 크게 빨아들였고, 숨을 들이마셨고, 음향 효과와 같이 볼을 부풀렸다. 욘은 자기 담배를 끝까지 피우고 싶어 하는 것 같았다.

"우리 집만큼은 크진 않지만, 테라스는 우리 집보다 더 좋아."

"너희 집은 커?"

"그렇게 크진 않지만, 이 집보다는 커. 물론 건축가가 설계했고. 아빠는 다른 집은 용납하지 않았지."

건축가가 설계했다는 게 무슨 뜻인지 정확히 알지는 못했지만, 내가 사는 우리 작고 노란 목조 집은 그렇지 않다고 나는 확신했다.

"너희 아빠는 무슨 일을 하셔?"

나는 이미 구글 검색을 통해 한스 '하세' 홀름스텐이 무언가를 제조하는 회사의 대표라는 걸 알아냈다. 정확히 무엇을 제조하는지는 모른다. 어떤 종류의 기계일 테다. 욘의 아버지는 어디에나 있는 그런 사람으로 보였다. 그분의 이름을 검색했을 때 사진이 1,000장은 나왔다. 정치인들 같은 사람들과 악수하는 그런 사람.

"기업가야. 집의 차고에서 부업처럼 시작한 사업이야. 아빠는 교육도 전혀 받지 못했어."

"멋지다." 내가 말했다.

하지만 사실 나는 전혀 신경 쓰지 않았고, 욘이 나를 예쁘다고 생각한다는 사실에 대해 더 이야기하고 싶었다.

"나는 언젠가는 자기 사업을 시작할 생각이야. 그래서 창업 자금을 모으려고 지금 피자 코너에서 일하고 있어. 아빠도 내가 진짜 일을 해 보는 게 중요하다고 생각해서."

욘은 자기 담배를 비벼 껐다. 나도 똑같이 할 기회를 보고 있었다. 욘은 내가 담배를 거의 전혀 피우지 않았다는 사실을 알아채지 못한 듯 보였다.

"어떤 자기 사업?"

욘은 크게 웃음을 터뜨렸다.

"너 정말 되게 예쁘다." 욘은 말하더니 재킷 주머니에서 작은 휴대용 술병을 꺼냈다. "좀 마실래?"

나는 거절하고 싶지 않아서 병을 받아 들었다. 내용물에서 치약과 술 냄새가 났는데 나는 우리가 왔을 때처럼 했다, 그러니까 입술을 꾹 닫고 맛만 봤다. 냄새와 비슷한 맛인데 더 고약했다. 부엌에서 마셨던 술 같은 맛은 전혀 나지 않았다.

욘은 술을 크게 한 모금 들이키고는 술병 마개를 닫기 전에 작게 한 모금 또 마셨다.

욘이 나에게 키스했고 나는 이 현실에서 벗어나 다음 현실로 들어갈 준비를 했다. 하지만 아무 일도 일어나지 않았다.

눈을 살짝 뜨고 보니 욘의 감긴 눈과 얼굴이 내 눈앞에 있었지만 다른 모든 것도 보였다. 이게네 집 테라스, 5월의 하늘, 하늘을 향해 선 소나무까지. 나는 몸이 안 좋다는 느낌을 받았고 다시 눈을 감았다. 술 때문이겠지.

욘에게서 향수와 휘발유, 약간의 치약과 술 냄새가 났다. 욘의 혀는 크고 축축했다. 내 입에 혀를 정확히 집어넣지 못하는 걸로 봐서 내 생각보다 더 취한 게 분명했다. 나는 욘의 혀를 따라가면서 긴장을 풀려고 노력했지만 욘이 축축하고 출렁거리는 혀로 빠르게 핥아대서 나는 입을 닦기 위해 욘을 살짝 밀어내야 했다. 나는 욘이 실망하지 않도록 미소를 지었다.

"너 되게 섹시해."

욘은 그 말을 할 때 쉿 소리를 내고 나는 눈을 희번덕거리지 않으려고 노력해야 했다. 내가 감히 상상조차 할 수 없었던 것인데도 어리석은 느낌이 들 뿐이었다. 실감이 나지 않았다. 하지만 욘이 나에게 다시 키스했기 때문에 실감이 나는 것 같기도 했다.

욘은 한 손으로 내 목덜미를 잡았고 다른 손으로는 내 가슴 한쪽을 움켜잡고 밀가루 반죽을 하는 것처럼 세게 주물렀다. 나는 내 손을 어떻게 해야 할지 몰라서 얌전히 무릎에 손을 얹고 앉아 있을 뿐이었다. 욘이 계속 그렇게 주무를 때 심지어 내 가슴이 나에게 붙어 있지도 않은 느낌이었다. 할 수만 있다면 가슴을 그냥 끊어서 욘에게 줘 버렸을 것이다.

베카와 레일라가 창으로 우리를 보고 있는지 궁금했다.

"좋아?" 욘이 속삭였다.

"그래." 사실 전혀 좋지 않았지만 나는 그렇게 말했다.

나는 욘을 실망시키지 않고 싶었다. 더구나 욘이다. 나랑 앉아서 스킨십하는 건 욘이다. 이 일은 내가 몇 달 동안 꿈꿔 왔던 일이잖은가. 나는 되뇌었다. 이래야 하는 거다. 나를 위해, 그리고 말린을 위해.

욘은 다른 쪽 가슴으로 손을 옮기고 계속해서 세게 주물렀다. 나는 몸이 점점 뻣뻣하게 굳어 갔고, 앉아 있는 자세도 불편했다. 욘이 주무르는 가슴이 점점 아팠고, 내 목덜미를 잡은 욘의 손은 불필요하게 세게 잡고 있었다. 내가 조금 물러나자 욘도 하던 행동을 멈췄다. 대신 내 손을 잡더니 자기 사타구니에 가져다 댔다.

"입으로 해 줄래?" 욘이 작게 말했다.

나는 손을 거두고 욘에게서 조금 떨어졌다.

"뭐야?" 욘이 묻는다. 조금 날카로워진 목소리였다.

"별것 아냐, 난 진짜 모르겠어…."

"이게 네가 원했던 거 아니야?" 욘이 말했다.

"아니, 하지만 이건…."

나는 웃어 넘기려 했지만 웃음소리가 암탉 울음소리처럼 날카로웠다.

"너 진짜 되게 섹시해." 욘은 내 말을 끊고 다시 나를 가까이 끌어 당겼다.

나는 몸이 그 어느 때보다도 더 굳어 있었다. 사실 몸이 안 좋아서 울 것 같았다. 욘은 내 뺨을 어루만지며 부드럽게 뽀뽀했다. 우리가 처음 만난 날 저녁에 그랬던 것과 똑같이. 속삭이는 목소리 덕에 나는 조금 누그러졌다.

"넌 날 되게 흥분시켜."

욘은 내 손을 다시 자기 살로 당겼다. 욘의 단단해진 성기와 다시 아주 세게 내 목덜미를 잡고 있는 욘의 손이 느껴졌다. 옴짝달싹 하지 못하는 것 같은 느낌이 싫었다. 나는 손을 뿌리치고 일어섰다.

"이러고 싶지 않은 것 같아."

"어서, 너 나한테 흥분했잖아. 너랑 뚱뚱한 네 펑크족 친구는 항상 편의점 계단에 앉아서 나를 뚫어지게 보잖아."

"그렇게 말하지 마." 내가 말했다. "넌 우릴 전혀 알지도 못해."

이렇게 말하고 나는 가려고 몸을 돌렸지만, 욘은 내 손을 잡았다.

"미안, 미안, 미안, 그런 뜻이 아니라, 그냥 취해서."

나는 대답하지 않았지만 동시에 가 버리고 싶지도 않았다. 이 상황에서 내가 가 버리면 나와 욘 사이에는 아무 일도 생기지 않을 것이었다. 그리고 물론 나는 그러길 원했다. 나는 그럴 것 같나? 머릿속이 뒤엉켰다.

내가 생각할 여유는 말린과 오스카르가 다른 사람들과 함께 떼

거지로 테라스로 돌진하기 전까지만 허락되었다. 누군가가 외쳤다.

"경찰이다!"

27
경찰차의 경광등 불빛

경찰을 보면 나는 언제나 공포에 빠진다. 왜냐하면 내가 누군가를 죽였는데 경찰이 그 사실을 알고 있는 것 같은 느낌이 들어서다. 이게네 집에서 나오는 불빛으로 상황을 알아차렸다. 푸른 불빛이 창문과 가구 사이를 통과해 테라스에 있는 우리를 비추었다.

마치 다들 정확히 동시에 깨어나기라도 한 듯 사람들은 쥐처럼 뛰어다녔다.

"아오, 미친, 젠장."

욘이 내 손을 놓아 버렸다. 자기 재킷에 달린 에이시에이비 배지가 걱정되는 건지, 그리고 이전에 경찰에 잡혀간 적이 있는 건지 궁금했다.

아마도 그런 것 같았다. 내가 뭐라 말하기도 전에 욘은 말린과 오스카르 뒤에서 비틀거리며 나오는 푸그와 같이 사라져 버렸다.

"어떻게 해야 할까?" 내가 말린과 오스카르에게 물었다.

내 목소리는 떨렸는데 어쩔 수가 없었다. 지난 10분 동안에 내 이전 인생 전체에서 겪은 일보다 더 많은 일이 일어났다.

"숲으로 살짝 빠져나가자."

오스카르가 내 손을 잡고 나는 말린의 손을 잡았다. 우리는 함께 잽싸게 도망쳤다. 테라스에서 내려와 전나무 숲 사이로 들어갔다. 우리 뒤에서 푸른 불빛이 펄럭였다.

잠시 후 우리는 속도를 늦췄지만 계속 손을 잡고 걸었다.

오스카르의 손이 따뜻하고 안전하게 느껴졌다. 말린의 손도. 언제나 이렇게 걷고 싶다는 느낌이 들었다. 정확히 그때 오스카르가 손을 놓았다. 오스카르는 걸음을 멈추고는 주위를 둘러보며 멈춘 자리에서 한 발을 살짝 내딛고 나서는 한숨을 쉬었다.

"나 돌아가야 해."

"뭐 잊어버렸어?"

말린은 호흡이 가빴고 머리는 헝클어져 있었으며 맑은 정신과는 거리가 멀었다.

"아니, 하지만 이게가 괜찮은지 확인해야 해." 오스카르는 다시 한숨을 쉬었다. "젠장, 나는 아무런 도움이 되지 못할 거야."

오스카르는 그루터기를 발로 찼다. 그루터기 부스러기들이 우리 주위에 날렸다.

"이게는 아르아서 할 거야." 말린이 손짓하며 말했다.

'알아서'에서 'ㄹ' 발음이 어눌했다.

"나는 가야 해. 하지만 너희는 도망가. 쭉 직진하면 '숲속 빈터'가 나올 거야." 오스카르는 말하고 마지막으로 한숨을 쉬었다.

"우린 지금 비ㄴ터에 있잖아." 말린이 말했다. '빈터'의 'ㄴ'이 어눌하게 들렸다.

"아니, 유치원 말이야. 우리 엄마가 일하는 곳." 오스카르가 말했다.

"맞다."

나는 오스카르의 엄마가 유치원에서 일한다는 사실을 잊고 있었다. 우리가 거기 다닐 때 그분은 내가 가장 좋아하는 선생님이었다. 한번은 그네에서 떨어져서 무릎을 찧었는데 아빠가 데리러 올 때까지 그분의 품에 안겨 있었다. 론빼괴 새틱세세저럼 부드러웠고 좋은 향기가 났다. 우리가 스킨십을 할 때 오스카에게서 났던 향기와 똑같았다. 휘발유, 술, 점액질 그리고 역겨운 냄새가 코를 찔렀던 욘과는 정반대의 느낌.

"나중에 보자." 오스카는 말하고는 나무들 사이로 보이는 이게의 분홍색 집을 향해 돌아섰다.

"안녕." 나는 오스카르의 등판에 대고 말했다.

말린은 오랫동안 오스카르를 눈으로 좇았다. 그런 다음 흔들거리며 나에게로 돌아섰다.

"너!" 말린이 나를 가리키며 말했다.

나는 대답하지 않고 말린을 끌어당겨 유치원을 향해 걷기 시작했다.

우리는 유치원 마당에 있는 시소에 앉았다. 말린은 나보다 무거워서 시소가 바닥에 내려갔고 나는 공중에 떴지만 시소 높이가 너무 낮아서 두 발이 바닥에 닿았다. 말린은 파티에서 가져 온 맥주 한 병을 마시고 있었다.

"다 말해 줘!"

"다 말했잖아." 내가 말했다.

"그래서 좋았어?" 말린이 묻고 바닥을 발로 찼다. 말린이 올라가고 나는 내려갔다.

"모르겠어. 좋았고 좋았어. 욘이었어." 내가 말했다. "너한테는 무슨 일이 있었어?"

이제 내가 바닥을 발로 찰 차례였다. 욘하고 있었던 일을 어떻게 설명해야 할지 정말 모르겠다. 어떤 면에서는 역겨웠다고 말해야 하는데. 내가 뭔가 잘못해서 그렇게 됐는지 모르겠다.

말린에 대해 이야기하는 게 더 쉬웠다.

말린은 거의 약간 슬퍼 보인다.

"술이 마시고 싶어서 마셨어. 내가 마실 거라고 했잖아."

"아니, 그래서 푸그는?"

"음, 그래서 우리는 이야기를 좀 했어. 음악 취향을 포함해서 모든 취향이 다 맞았어. 안고 뽀뽀를 좀 해 보려고 했는데… 그때 푸그가 내 머리를 헝클어뜨렸어. 마치 내가 아기인 것처럼."

"푸그는 지난번에도 네가 귀엽다고 말했잖아."

"난 귀엽기를 원하지 않아, 섹시하고 싶어! 너처럼!"

"아니, 욘은 단지 내가… 응, 그렇게 됐어."

말린이 다시 땅을 차고 나는 아래로 내려갔다. 말린은 코웃음을 쳤다.

"'입으로 해 줄래?' 그건 무슨 빌어먹을 질문이지? 당장 미투할까? 아니면…."

"그냥 취했을 뿐이었을 거야. 나중에 사과했어."

욘이 말린을 뚱뚱하다고 한 건 말하지 않았다. 내 작고 작은 사악하기 그지없는 부분은 욘이 나이 스킨십를 하고 싶어 했고 말린에 대해 그런 말을 했다는 데 조금 흡족해했지만, 나는 말린을 슬프게 하고 싶지 않았다. 그리고 나의 가장 지배적인 생각은 기분이 나쁘다는 것이었다.

"너희 다시 만날 거야?"

"모르겠어. 어쩌면 욘은 지금 감옥에 있을지도 몰라."

"어라, 그거 꽤 멋지네. 다른 게 없다면 첫 번째 책을 위한 좋은 소재야." 말린의 발음은 여전히 어눌했다.

"하하."

"아니, 진지하게, 무슨 일인 거야? 넌 주말마다 새로운 남자랑 놀아나는데 난 푸그한테 뽀뽀도 한 번 못 받네. 그냥 빌어먹게 머리나 헝클어지고!"

말린이 맥주병을 땅에 던져서 병이 깨졌다.

"너 뭐 하는 거야?" 나는 시소에서 내려와 모래 놀이터 가장자리에 앉아서 말을 이었다. "말린, 고작 두 명이고 그중 하나는 오스카르야. 그건 포함되지 않잖아."

"누가 더 좋았어?"

말린은 흔들거리며 시소에서 내려왔다. 땅에 널린 유리 조각을 피하려고 사뿐사뿐 걸었다.

오스카르와의 스킨십이 훨씬 더 좋았지만 그렇게 말하고 싶지 않았다. 더구나 욘은 취해 있었잖은가.

"정말 비교할 수 없어." 내가 말했다. "너 말이야, 푸그와는 다른 아무 일도 없었어?"

"응, 푸그는 나를 좋아하는 거 같지만, 그냥 친구로만 좋아하는 거 같아. 너무 뻔해. 아마 난 스킨십 상대가 되기엔 못생겼을 거야."

"정신 차려."

나는 말린이 불필요하게 극적이고 못생긴 것과는 거리가 멀다고 생각하지만, 내 작은 사악하기 그지없는 부분은 한 번쯤은 내가 주도적으로 행동하는 사람이 되어서 조금 흡족해했다. 더 적극적이고 경험이 많은 쪽은 언제나 말린이었는데, 이제 남자 둘과 스킨십한 건 나다. 두 번째 스킨십은 내가 상상했던 대로 되지 않았지만.

"사실이잖아. 나는 팔자가… 네가 빌린 책 이름이 뭐였지? 아, 《백 년의 고독》그게 나야, 농담이 아니야."

"그만해, 나는 네가 푸그를 단념해야 한다고 생각하지 않아. 틀림 없이 둘이 똑같아, 푸그는 아마도 수줍어할 뿐이었지 않았을까?"

"빌어먹게 머리나 헝클어뜨리고…."

"푸그가 네 얼굴에 침을 뱉은 건 아니잖아."

"응, 아마도."

말린은 말을 그치고 내 옆에 앉았다. 말린은 모래 놀이터 테두리에 앉으려다 엉덩방아를 찧을 뻔했고, 딸꾹질을 하고는 웃기 시작했다.

"넌 욘의 성기를 손에 쥐고 있었다는 걸 기억해야 해."

"안 그랬어."

"만일 경찰이 오지 않았다면 계속했을 것 같아?"

그 생각을 하니 기분이 훨씬 더 나빠졌다. 나는 정말로 우리가 계속하지 않았기를 바랐다. 어떤 면에서는 경찰이 온 게 잘된 일로 여겨졌다.

말린은 다시 딸꾹질을 시작했다.

"있잖아, 만다, 난 네 삶이 샘나. 평범한 부모님이 있고, 너는 멋지고 날씬하고, 네가 원하는 모든 남자가 너를 원하고, 네 언니는 세상에서 가장 멋진…."

"야, 이제 그만해. 과장이 심하잖아."

"아니, 사실이야. 넌 다 있고 난 하나도 없어."

말린의 말은 틀렸다. 내 인생은 전혀 멋지지 않다. 하지만 그걸 말린에게 어떻게 설명해야 할지 알 수 없었다. 오늘 밤 일어난 일이 남의 눈에 멋져 보인다는 걸 알았고, 내가 반한 남자와 스킨십을 했으니 지금 세상에서 가장 행복한 사람이 되어야 한다는 것도 알겠는데, 어떤 이유에서인지 그렇지 않았다. 배 속에서 사라지지 않고 도사리는 덩어리가 있었고, 욘과 욘의 속삭이는 목소리를 생각할 때마다 덩어리가 커지고 몸은 훨씬 더 나빠지는 느낌이었다.

몸이 안 좋은 건 나만이 아니었나 보다. 말린이 느닷없이 돌아서서는 곧장 모래밭에 구토했다.

"하." 다 토한 말린이 가련하게 말했다. "이제 집에 가자. 그게 최선일 거야."

나는 대답으로 한숨을 쉬었다.

28
외출 금지

엄마가 내 방문을 왈칵 열고 외치는 소리에 잠에서 깼다.

"일어나, 일어나, 일어나. 라우라도 일어났어."

엄마는 일부러 문을 열어 두었디. 빙 안으로 늘어오는 소리는 이미 낮임을 알려 줬다. 라디오가 켜져 있었고 노래가 흘러나왔고 아빠가 그에 맞춰 흥얼거렸다. 누군가가 뭔가를 굽는 소리가 났다. 나는 코를 쿵쿵거렸다. 팬케이크다.

언니는 부엌 소파에 누워 책을 읽고 있었다. 엄마는 식탁에 태블릿 컴퓨터를 들고 앉아 스크롤을 내리고 있었다. 아빠는 딱 내가 생각했던 것처럼 스토브에서 팬케이크를 굽고 있었다.

"식탁 좀 차리렴." 엄마는 고개도 들지 않고 말했다.

"잠 좀 깨고요." 내가 투덜거렸다.

"맞아, 페트라, 우리 딸이 잠에서 깨어나게 하자고. 고작 열두 시 반밖에 안 됐잖아." 아빠가 말했다.

"하-하." 나는 말하고 접시를 꺼내기 시작했다.

"어제 재밌었어?" 언니가 묻는다.

"그저 그랬어." 나는 어깨를 으쓱이며 말했다. "언니도 거기 있었어?"

"경찰이 왔을 때 너흰 파티에 계속 있었니?" 엄마는 태블릿 컴퓨터를 내려놓으며 말했다.

아빠는 뒤집개를 휘두르며 돌아섰다.

"경찰이 온 걸 어떻게 아셨어요?" 언니가 말했다.

"페이스북에서 읽었어."

"물론이겠죠, 제가 왜 묻겠어요."

"아만다, 너희 거기 있었니?" 아빠가 묻는다.

"아니요, 우린 경찰이 왔을 때 나왔어요."

거짓말이 아니다. 엄밀히 말하면, 경찰은 집에 들어오지 않았다.

"흠."

"사실이에요. 왜 제 말을 못 믿으세요?"

"라우라, 너도 거기 있었니?" 엄마가 묻는다.

"물론 아니죠. 저는 파티하는 타입이 아니라고요." 언니는 계속 책을 읽으며 말했다.

"ㅋㅋ." 아빠가 말했다.

아빠가 그렇게 말하니 너무 어설프게 들렸다.

언니는 끙끙거렸다.

"저는 거기 없었어요. 라샤한테 좀 드라마 같은 일이 일어났거든요. 우리는 경찰이 도착하기 전에 파티에 도착하지도 못했어요."

"라샤한테 드라마 같은 일이 꽤 자주 일어나는 것 같다?" 엄마는 드라마 같은 일이라고 말할 때 손가락으로 따옴표 표시를 했다.

"장난 아니죠." 언니가 말했다.

언니도 라샤 언니만큼 드라마 같은 일이 많다고 나는 확신했지만 그 말을 뱉지는 않았다.

아빠가 팬케이크를 다 구웠고 우리는 앉아서 먹기 시작했다. 나는 큼직한 팬케이크에 잼을 발라 돌돌 말았다.

"헬레가 그러더라고요. 이게 집에서 일이 꼬였다고요." 언니가 말했다.

나는 파티에서 헬레 언니를 전혀 못 봤는데, 내가 욘과 같이 있는 모습을 헬레 언니가 봤는지 궁금했다. 못 봤기를 바랄 뿐이었다.

"네, 모르겠어요." 내가 말했다. "말했듯이 우리는 경찰이 오기 전에 나왔지만 아마도 꽤 난장판이었을 거예요."

"누군가가 모터 자전거를 몰고 이웃집 잔디밭을 가로질렀고, 그 집이 경찰에 전화했다고 들었어." 아빠는 말하고 고개를 저었다.

나는 어깨를 으쓱거렸다.

"아만다, 엄마는 네가 그런 파티에 가는 게 탐탁치 않아. 넌 겨우

9학년이야."

엄마는 포크와 나이프를 내려놓고 나를 진지하게 바라봤다.

"하지만 남의 집 잔디밭에서 모터 자전거를 운전한 건 제가 아니었잖아요. 전 모터 자전거도 없는 거 아시잖아요."

"요점은 그게 아니야." 아빠가 말했다.

아빠는 엄마의 손에 손을 얹었고 나는 팬케이크가 일종의 덫임을 깨닫기 시작했다. 엄마 아빠는 뭔가를 계획했다.

"더구나." 아빠는 말을 이었다. "너랑 말린이 그 파티장 구석에 앉아서 십자수라도 놓고 있었겠니."

"그런데요, 사실 탈선하지 않고도 파티를 즐길 수 있어요. 제가 알기로는 시내에서 온 패거리가 파티에 와서 난동을 부린 거였어요. 분명히 그 플로어볼을 하는 남자애들일 거예요. 걔네는 최악이거든요." 언니가 말했다.

"맞아요." 내가 거들었다.

"그래도 엄마는 네가 그런 파티에 가는 게 탐탁치 않아. 만약에 '최악의' 플로어볼 패거리가 있다면 특히. 그래서 엄마랑 아빠가 얘기를 좀 해 봤는데, 너희는 집에서 더 많은 시간을 보내야 한다고 결정했어. 어쨌든 여름 방학까지."

"네?" 내가 말했다. "외출 금지인가요? 자기 자식들에게 외출 금지령을 내리는 게 합법인가요?"

"외출 금지가 아니야, 우린 그저 가족으로서 함께 더 많은 시간을 보내고 싶을 뿐이지." 아빠가 말했다. "물론 말린을 만나고 학교와 도서관에도 갈 수 있어. 다만 밤에 뛰어나가지만 말라는 뜻이야."

"이건 너무 부당해요." 언니가 말했다. 언니는 아무 일도 안 했으니 당연한 반응이었다.

"너한테도 적용되는 거야." 엄마가 말했고 아빠는 조용히 고개를 끄덕였다.

"네? 전 그 파티 근처에도 가지 않았어요!" 언니가 외쳤다.

"아마도 가지 않았겠지. 하지만 그렇다면 이번 봄 들어서 처음으로 파티에 안 간 것 같은데." 아빠는 윙크하며 언니에게 말했다.

"지루한 인생에서 한 번 파티에 갔는데 이제 그걸로 벌을 받게 되는 거네요." 나는 눈이 타들어 가는 걸 느끼며 말했다.

너무 부당해서 울고 싶었다. 엄마 아빠는 파티에서 무슨 일이 있었는지 전혀 모른다. 엄마 아빠는 내가 방시실을 세 번이나 해야 했고 욘의 갈라진 목소리를 듣지 않으려고 이어폰을 귀에 꽂고 잠들어야 했다는 사실도 전혀 모른다.

"이건 정말로 완전히 정신 나간 짓이에요. 그러니까 외출 금지요?" 언니가 말했다.

"외출 금지가 아니야." 아빠가 다시 말했다. "주말에 자식들이 뭘 하는지 체크하고 싶은 건 완전히 정상적인 일이야. 너희가 갔던 파티에 경찰이 왔다는 소식을 들었을 때 우리가 얼마나 걱정했는지 너희도 이해할 수 있지 않니?"

이렇게 말하며 아빠는 내 어깨에 한 손을 얹었지만 나는 어깨를 흔들어 아빠의 손을 떨쳐 버렸다. 행복한 가족 놀이를 할 기분이 아니었다. 대신 나는 일어나 부엌에서 쿵쾅거리며 나갔다. 다시 방문을 쾅 닫기 전에 나는 소리를 질렀다.

"진짜 문제아가 될 거예요! 그러면 그게 얼마나 재미있는지 엄마 아빠도 볼 수 있겠네요!"

복도에서 화난 발소리가 들려왔다. 발소리가 방에 도착하기 전에 겨우 침대에 몸을 던졌다. 아빠다.

"우리는 그렇게 문을 쾅 닫지 않아." 아빠가 들어오며 말했다.

아빠가 화난 게 느껴졌다. 아빠는 절대 화를 내지 않는 사람인데.

"네에." 나는 베개에 대고 말했다.

"그래, 우리는 그렇게 하지 않아." 아빠가 말했다.

그런 다음 나가며 방문을 열어 두었다.

당연히.

나는 오후 내내 방을 떠나지 않았다. 아빠가 내게 차를 갖다 줘도 고맙다고 말하지 않았다. 대신 이어폰 볼륨을 올렸다. 내가 얼마나 화가 났는지 아빠가 들을 수 있도록. 아빠는 아무 말도 하지 않지만, 차 한 잔은 아빠가 사과하는 방법이라고 나는 생각했다.

말린이 메시지를 보냈다. 욘에 대한 이야기를 더 말해 달라는 거였다. 집으로 돌아오는 길에 여러 번 이야기해 줬는데도 말린은 다시 알고 싶어 했다. 말린이 가지 사진을 보내며 그게 욘의 성기보다 더 컸는지 작았는지 물어봤고 나는 답을 하지 않았다.

하지만 정작 내가 그 생각을 멈추지 못했다. 배 속의 덩어리는 사라지지 않고 계속 커져만 갔다. 나는 그 덩어리를 머릿속에서 메아리치는 욘의 갈라지는 목소리에 맞춰, 녹색 촉수가 심장을 감싸고 있는 조소하는 표정의 핼러윈 호박이라고 상상했다.

욘과 같이 있는 게 왜 그렇게 힘들게 느껴지는지 알 수가 없었다. 어쩌면 욘이 한 짓은 완전히 정상일지도 모른다. 언젠가 말린과 나는 두 남자가 한 여자를 때리는 성인물 영상을 본 적이 있다. 여자는 좋아하는 것처럼 보였는데, 어쨌든 신음 소리를 많이 냈다. 아마도 나만 멍청하고 미성숙할지도 모른다.

욘은 나보다 두어 살 더 많고 분명히 많은 여자와 잤을 테니, 아마도 자기가 어떻게 해야 할지 알고 있을 것이다. 그리고 이마도 그 여자들은 입으로 해 주는 거 외에 세상에서 다른 것은 원하지 않았을 것이다. 아마, 내가 했으면 엄청 재미있고 좋았을지도 모른다. 그러나 나는 그런 일을 해 본 적이 없었다.

솔직히 나는 내가 무엇을 좋아하는지 전혀 모르고 비교할 대상도 없었다. 아, 오스카르와의 모닥불 스킨십을 빼면. 바지를 통해 오스카르의 성기가 느껴졌는데도 느낌이 완전히 달랐다.

하지만 왜 그때 기분이 더 좋았는지 생각해 보면, 그저 오스카르를 아주 오랫동안 알고 지냈기 때문이 아니었을까? 100년 전 캠프에서의 첫 스킨십을 포함한다면 우리가 처음 그런 것도 아니었잖은가.

그럼에도 불구하고 생각을 놓지 못했다. 오스카르는 내 브래지어에 거의 손을 대지 않았는데도 싱숭생숭하게 느껴졌다. 반면 욘이 피자 반죽 주무르듯 내 가슴을 주무를 때는 외계인이 내 가슴을 주무르는 것 같아서 그저 미칠 것만 같았다. 하지만 스킨십할 때의 기분에 대해서 내가 뭘 알겠는가? 성관계는 자기에게 달라붙은 외계인과 함께 있는 것 같은 느낌일지도 모르는데.

엄마는 우리가 '우리 자신의 몸과 성관계에 대해 편안한 태도'를 가져야 한다며, 우리가 엄마와 뭐든 이야기할 수 있어야 한다고 말했지만 나는 엄마에게 물어볼 수 없었다. 대신 엄마가 나와 언니에게 준 안전한 성관계와 동의에 관한 많은 소책자를 훑어봤다. 하지만 좋은 성관계나 스킨십의 느낌이 어떤지 아는 방법은 어디에도 나와 있지 않았다.

욘은 그게 좋다고 생각한 게 분명했다. 그렇지 않으면 내게 구강성교를 원하지 않았을 테니까. 그리고 만일 욘이 그게 좋다고 생각했다면, 좋은 게 맞을 것 같다는 생각이 들었다.

아니면?

29

깨진 유리와 선글라스

월요일 아침. 자전거를 타고 말린이 기다리며 서 있는 곳에 도착했다. 날씨가 꽤 흐린데도 말린은 선글라스를 쓰고 있었다.

"숙취야." 이유를 묻자 말린은 말했다.

나는 전혀 그런 느낌을 받을 수 없었고 말린도 자기가 말하는 것만큼 몸이 안 좋은 것 같지는 않아 보였지만 아무 말도 하지 않았다. 생각해 보니 나도 선글라스를 썼어야 했다. 파티가 끝나고 학교에 가려니 조금 초조한 느낌이 들었기 때문이다.

"화장했어?" 말린이 나를 보며 물었다.

"평소보다 더 하진 않았어." 내가 말했다.

하지만 그건 사실이 아니다.

평소보다 화장을 더 많이 하고 양치질도 여러 번 했다. 그리고 어젯밤에는 사우나에 한 시간 이상 앉아 매니큐어를 다시 발랐고 마스크팩을 했다. 사실 우리가 써서는 안 되는 엄마의 가장 비싼 보디로션으로 온몸을 매끄럽게 했다. 아예 내 살갗도 모두 벗겨내고 그냥 사라지고 싶었다.

욘은 연락이 없었고 어디에도 새로운 글을 올리지 않았다. 나도 아무것도 올리지 않았다. 오스카르는 어제 내 컨디션이 어땠는지 메시지를 보내 물었지만 나는 답하지 않았다. 욘에게 메시지를 보내 안부를 물을까 생각해 보기도 했다. 그러면 아마도 기분이 나아지지 않았을까. 하지만 그런 일은 일어나지 않았다. 그럴 뻔할 때마다 애써 참고 무시했다. 나는 화제를 돌렸다.

"다들 파티에 대해 뭐라고 할지 궁금해."

"완전히 새로운 학교에 가는 것 같은 기분이야. 아마 고등학교 입학 후 월요일마다 분명히 이런 기분이 들 거야." 말린이 말했다.

"그럴 것 같아?"

"그런데 베카가 7학년 누구랑 스킨십했다는 얘기 들었어?" 말린이 말했다.

"사실이야?"

"응, 로시라는 남자애 알지? 옌니 동생. 딱 보기에도 꽤 멋있잖아."

"하지만 그래도, 너무 어려. 7학년이야."

말하다 보니 내 소문이 걱정되었다.

"나랑 욘이 스킨십하는 걸 본 사람이 있을 것 같아?"

말린은 어깨를 으쓱거렸다.

"그럼 없겠냐. 하지만 아무도 신경 쓰지 않을 거야. 베카는 스킨십을 했어. 너도 스킨십을 했어. 다들 스킨십을 했어, 나만 빼고." 말린이 우울하게 말했다. "나는 누구와도, 심지어 7학년과도 스킨십을 할 수 있었는데."

"다음번에 하겠지. 너랑 푸그는 이제 아주 가까워." 내가 말했다.

"글쎄, 아무도 나와 스킨십하고 싶어 하지 않아." 말린이 목을 긁으며 말했다.

말린은 자기가 얼마나 못생겼는지 혹은 행동이 어색한지에 관해 농담하곤 하지만, 이건 다른 문제다. 나는 완벽한 삶을 살고 있고 자기는 그렇지 않다는 토요일의 장황한 이야기가 불현듯 기억났다. 나는 물론 완벽한 삶 따위와 거리가 멀지만, 어쨌든 스킨십을 할 수 있었으니 어떤 면에서는 말린을 격려하는 게 내 책임인 것처럼 느껴졌다.

"푸그는 분명히 그냥 수줍은 사람일 뿐이야." 내가 말했다. "겉으로는 그렇게 딱딱한 사람이 사실은 세상에서 가장 부드럽거나 겁많은 사람인 건 꽤 전형적이지 않아? 아마 너랑 푸그는 다음 파티에서 스킨십할 거야. 푸그는 물론 너를 좋아해, 느낌이 온다고!"

"그런 것 같아?"

말린의 얼굴이 환해진다.

"당연하지! 우선 둘 다 펑크족임이 분명하잖아. 넌 네 개성을 이해하는 사람이 필요한데 푸그는 완벽해. 그리고 푸그가 너한테 귀엽다고 했다며."

말린은 고개를 끄덕였다.

"그럼 우리는 더블 데이트를 할 수도 있겠네. 너하고 욘이랑, 나하고 푸그랑." 말린이 말했다.

"그래, 아마도." 그렇게 말하자 배 속의 핼러윈 호박이 다시 나타났다.

주말 동안 무슨 일이 일어났다는 게 느껴졌다. 반 분위기가 새롭고 활기찼다. 여름 방학이 이미 시작된 것 같았다. 파티 주최자 이게는 부모님이 크게 화를 내며 부서진 모든 것에 대한 대가를 치르게 했다는 이야기를 하면서도 즐거워했다.

"하지만 별것 아니었어." 이게를 둘러싼 무리 속에서 이게가 말하는 소리가 들렸다.

그러면서 이게는 자기가 경찰과 어떻게 이야기했는지 떠들었는데 마치 자기가 경찰과 조금 싸운 것처럼 이야기를 꾸몄다.

말린과 내가 서서 이게의 말을 듣고 있을 때 오스카르가 어슬렁어슬렁 걸어오는 모습이 보였다. 바로 그 순간 나는 토요일에 욘이 나타나기 직전 내가 오스카르의 머리를 손가락으로 훑던 기억이 났다. 오스카르는 심지어 한 팔로 나를 감싸고 있었고, 우리는 가까웠다. 양심의 가책이 들었다. 어쨌든 그날 오스카르와 스킨십하지 않아 다행이었다.

오스카르는 나를 봤지만 나에게는 별다른 관심을 기울이지 않고 모든 사람에게 인사했다. 나도 오스카르를 가볍게 봐 넘기려고 애썼다. 대신 말린이 목을 더 긁지 못하도록 말린의 손을 움켜잡았다.

자신이 경찰에게 얼마나 건방지게 굴었는지 이게가 자랑을 계속하자 오스카르가 말을 막았다.

"내 기억이랑은 다른데? 경찰이 너희 엄마에게 전화할 거라고 말했을 때 너는 거의 서서 울었잖아."

이게가 움찔했다. 그러자 오스카르가 이게의 옆구리를 쿡쿡 찌르며 웃었다.

"에이, 그래도 괜찮았잖아." 오스카르가 말했다.

이게는 멋쩍게 미소 지었다

"응, 괜찮았어. 난 어제 엄마 아빠가 날 죽일 거라고 생각했거든."

"응, 우리 부모님도 별로 기뻐하지 않았어." 베카는 한숨을 쉬었다. "경찰이 왔다는 소식을 들으셨거든. 약물과 그 외의 가능한 모든 위험한 것들에 대한 세상에서 가장 긴 연설을 하시더라." 베카는 말을 하며 오스카르의 시선을 찾는 눈치였다.

"나도. 나는 외출 금지 먹었어." 내가 말했다.

베카는 나를 부루퉁하게 쳐다보며 입을 열었다.

"파티에 왔던 약쟁이 중 가장 대단한 약쟁이랑 스킨십한 게 너 아니었어?”

베카의 말에 나는 창으로 찔리는 느낌을 받았다. 창을 맞은 핼러윈 호박이 악취와 역겨운 느낌을 내뿜으며 터졌다. 욘의 갈라지는 목소리가 내 머릿속을 울렸다. 욘이 나를 단단히 붙잡았던 손길이 내 목덜미에서 느껴졌다.

오스카르는 내 대답에 매우 관심 있어 하는 것 같았다. 나는 역겨운 느낌을 삼켰다.

“무슨 말이야?” 나는 베카에게 물었다.

“너랑 욘이라는 그 남자, 어쨌든 테라스에서 아주 오붓한 시간을 보내고 있는 것처럼 보였어. 둘 사이에 무슨 일이 있었니, 아니면 뭐 다른 거?”

“그렇다고 해도 그게 너랑 무슨 상관인데.”

“아니, 우린 그냥 아는 사이야.”

나와 말린이 동시에 말했다.

“나는 그냥 아는 사람하고는 스킨십하지 않아.” 베카는 예쁘지만 치명적인 미소를 지으며 말했다.

오스카르가 이게에게 돌아서며 말했다.

“토요일에 몇 명이나 왔어?”

“너무 많아서 정확히 모르겠어.” 이게가 자랑스럽게 대답했다. “내가 아는 건 거실에 들어갔더니 플로어볼 선수의 동생이 나한테 거기서 뭐 하냐고 물었다는 것뿐이야. ‘난 여기서 살아. 그러는 넌 여기서 뭐 해?'라고 대답했지."

모두가 웃었고 그때 학교 종이 울렸다.

"전설적인 파티였어." 오스카르가 말하고는 이게를 한 팔로 감싸고 입구를 향해 걸어가기 시작했다. "너무 취해서 아무것도 기억나지 않는 게 안타까울 뿐이야."

오스카르가 파티에 대해 아무것도 기억하지 못해서 마음이 놓였다. 우리가 부엌 소파에서 껴안고 있었던 게 부끄럽기 때문이다. 그리고 부엌을 나가서 욘과 스킨십을 한 것, 그리고 그게 너무 나빴다는 것도 부끄럽다. 어쨌든 오스카르가 기억하지 못해서 좋다.

"오스카르가 거짓말한다고 생각하지 않아?" 토르비엔 선생님이 교실에 들어오는 동안 말린이 속삭였다.

"아마도, 하지만 그건 오스카르가 가볍게 넘어가고 싶어 한다는 뜻이야. 그것도 아주 괜찮아." 내가 속삭였다.

"여러분, 주말 잘 보냈습니까?" 토르비엔 선생님이 물었다.

아무도 대답하지 않았다.

"그러니까 우리는 교무실에서 여러분의 주말에 대해 많이 들었습니다." 선생님은 너무 움츠러들어 의자에서 미끄러질 지경인 이게를 물끄러미 보며 말했다.

"음, 그래요. 선생님은 여러분이 젊다는 걸 알아요. 삶과 삶이 제공하는 것에 대해 호기심이 많다는 것 역시 알고 있습니다. 하지만 여러분은 아직 미성년자고 음주는 명백한 불법입니다."

'음주는'이라고 말할 때 선생님은 예사롭지 않게 땀에 젖어 보였다. 다들 의자에서 꿈틀거렸다.

"파티에서 일어난 기물 파손 사건에 연루되어 이웃들에게 피해를 준 사람이 없기를 바랍니다."

"어떤 파손 사건이요?" 베카가 묻는다.

"네가 다른 일로 바쁠 때 벌어진 일." 엘리안이 맨 뒤에서 외치더니 뽀뽀 소리를 냈다.

다들 웃었다. 오스카르의 웃음소리가 가장 컸다. 책상을 내려다보는 베카가 안쓰러울 지경이었다. 동시에 저 소리의 대상이 내가 아니라서 다행이었다.

"이웃들 잔디밭이 망가졌고 이런저런 물건들이 이웃들 집으로 날아간 게 분명합니다." 토르비엔 선생님이 김 서린 안경을 바로 잡으며 덧붙였다. "선생님은 여러분 중 누구도 그렇게 무례하고 무책임한 사람은 없다고 믿고 싶습니다."

"사실 그렇게 위험하지는 않았어요. 잔디밭에서 모터 자전거를 탄다고 잔디밭이 망가지진 않잖아요." 오스카르가 말했다.

"여러분은 아직 무엇이 위험하고 위험하지 않은지 판단할 만큼 성숙하지 못한 것 같습니다." 토르비엔 선생님이 말했다.

"더구나 누군가가 유치원 '숲속 빈터'의 마당을 파손했어요. 유치원에선 아침 내내 깨진 유리를 주워야 했습니다. 하지만 다행히 거

기엔 감시 카메라가 설치되어 있어서 곧 누가 그랬는지 밝혀질 겁
니다."

　나는 배가 차가워졌고 선글라스를 벗은 말린을 힐끗 봤다. 말린
의 얼굴이 하얗게 질려 있었다. 분명 아침까지는 컨디션이 나쁘지
않았는데 이제 나쁜 게 확실했다.

30
새롭고 멋진 나

"아마 우릴 못 알아볼 거야."

말린과 나는 다시금 모두의 화장실 바닥에 앉았다. 우리가 조용히 있고 싶을 때 언제나 찾는 곳이다. 지금이 바로 그때다.

"맞아, 이런 헤어 스타일은 엄청나게 흔하니까. 그렇지?" 나는 작게 말하며 말린의 축 처졌지만 여전히 빗질이 거꾸로 된 방울 머리를 찔렀다.

"어두웠잖아, 감시 카메라에 잘 찍히진 않았겠지." 말린이 말했다.

말린은 앉아서 어린아이처럼 자신을 껴안고 몸을 앞뒤로 흔들었다. 계속 긁었는지 목은 빨갰다.

"그리고 사실 우리가 무슨 짓을 크게 한 건 아니잖아." 내가 말했다.

내 입은 그렇게 말했지만 내 몸은 다른 이야기를 했다. 누군가가 내 두 다리와 머리를 잡고 몸통을 꽉 조이는 끈으로 비틀어 묶는 것 같은 느낌에서 벗어날 수 없었다.

"응, 그렇지." 말린이 말했다. "네 말이 완전히 맞아. 작은 맥주병 하나 깨진 것 가지고 기물 파손이라고 할 순 없겠지? 물론 그럴 의도도 아니었고."

"작은 맥주병 하나랑 모래밭에 한 구토."

"우린 아무것도 안 부쉈잖아!"

"응, 하지만 그래도. 그리 좋은 일은 아니긴 해."

"만일 우리가 들킨다면 난 엄마한테 죽을 거야." 말린이 자기 머리를 감싸 쥐며 말했다.

"이제 진정해, 진정." 내가 말했다.

나는 언젠가 약쟁이 무리를 다룬 영화를 본 적이 있었다. 약에 취하면 멍한 표정을 짓고 껌을 씹으며 서로에게 소리를 지르는 장면이 생각났다. 지금 우리, 나와 말린이 비슷한 느낌이다. 나는 웃음이 나올 것 같았지만 계속 몸을 흔드는 말린이 좀 너무 딱했다.

"만일 우리가 거부한다면 경찰은 우릴 체포할 수 없어. 그러니까 진정해." 내가 말했다.

"정말이야?"

말린이 나를 올려다봤다. "그런 게 어떻게 가능한지는 모르겠지만 아주 좋네."

화장실 문을 두드리는 소리가 들렸다. 말린은 흔들기를 멈췄다.

"우린 아무것도 하지 않았어." 나는 말린의 눈을 똑바로 바라보며 말했다.

"아무것도 하지 않았어." 말린이 따라했다.

다시 문을 두드리는 소리가 들렸다.

말린이 일어나는데 선글라스가 바닥에 떨어졌다. 선글라스를 주우려고 허리를 굽히자 열려 있던 책가방에서 책이 두어 권 떨어졌다.

"젠장." 말린은 완전히 울상이 되어 말했다.

내가 아는 말린이 아닌 듯했다. 내가 이런 상황에서 당황한 사람이 아닌 침착한 사람이 되는 것은 익숙하지 않다. 사실 나는 내가 얼마나 침착한지 모르겠지만, 말린의 상태와 비교하면 어쨌든 침착한 편이었다.

"이제 진정해." 나는 말린의 책들을 집어 들고 화장실 문을 열었다.

밖에는 8학년 엘라가 부루퉁한 표정으로 휠체어에 앉아 있었다.

"너희가 쓸 수 있는 화장실은 따로 있잖아." 엘라는 말하고는 휠체어를 타고 들어가서 쾅 소리가 나게 문을 닫았다.

"미안해." 말린은 외쳤지만 아무 대답도 듣지 못했다.

말린은 나를 향해 죄책감 가득한 찡그리는 표정을 지었다. 우리가 모두의 화장실에서 너무 많은 시간을 보내는 것에 대해 엘라가 우리에게 부루퉁하게 구는 건 처음이 아니다.

"엘라는 학교 전체에서 휠체어를 타는 유일한 학생인데, 자기만의 화장실도 가질 수 없어." 내가 말했다.

그런 다음 나는 말린의 손을 잡고 걷기 시작했다. 대개 무슨 일이 있든지 말린이 멋진 리더지만 지금은 내가 리더다.

새로운 나. 내가 원하는 사람과 스킨십하는 나. 보안 카메라에 찍혔지만 경찰을 피해 빠져나가는 나. 아마도 이런 게 뉴욕 맨디가 아닐까.

옷을 다르게 입기 시작해야 한다. 코트를 걸치고 굽 높은 부츠를 신어야 한다. 스트레스를 받으면서 전화 통화를 해야 한다. 우선 하이힐 신고 걷는 법부터 배워야 한다. 그리고 비녀로 머리를 올려야 한다. 샴푸 광고에서처럼 나중에 뽑아서 머리를 흔들 수 있도록.

머리 끈을 풀고 느린 동작으로 머리를 흔들어 봤기만 어지럽기만 했다. 그리고 머리는 여느 때와 같은 모습이었다.

머리를 다시 묶는데 오스카르가 모퉁이에서 나타났다. 오스카르의 양손에는 아이스하키 스틱이 들려 있었고 앞쪽 바닥에는 빈 스뉴스 케이스가 있었다.

오스카르의 머리에 얹은 내 양손과 나를 감싸 안았던 오스카르의 양팔에 대한 기억이 떠올랐다. 이상하게도 욘에 대한 기억보다 덜 역겨운 느낌이 들었다.

"있잖아…." 오스카르는 말을 꺼내다가 조용해졌다. 아무도 듣지 않는지 보려고 주위를 둘러봤다. 그리고 속삭였다.

"'숲속 빈터' 유치원에는 감시 카메라가 없어. 그냥 사람들이 하는 말일 뿐이야."

"그걸 어떻게 알아?" 말린이 눈을 크게 뜨고 물었다.

"쟤네 엄마가 거기서 일하셔." 내가 말했다.

"응. 정확히는 표지판만 있고 카메라는 없어. 너무 비싸거든. 그리고 지금 어른들은 우리에게 겁을 주려는 거야. 엄마가 그 일에 대해 말하는 걸 들었어. 그래서 너희는 걱정할 필요가 없어…. 응, 만일 거기서 무슨 일이 있었다면 말이야."

"고마워." 나는 낮은 목소리로 말했다.

"다른 누구한테도 말하지 마. 그러니까, 사랑해, 오스카르!" 말린이 말했다.

나는 불안해서 죽을 지경이었다.

"그러니까 너희가 거기 있었어?"

말린이 고개를 끄덕이고 덧붙였다.

"하지만 우린 그저 시소를 탔을 뿐이고, 그런 다음 집에 갔어."

말린은 맥주병과 구토에 대해서는 언급하지 않았는데, 내 생각에도 그게 현명했다.

"너희만이었어?"

내가 상상하는지 아니면 오스카르가 서 있는 곳에서 약간 초조한 것처럼 보이는지 나는 모른다. 아마도 그저 다른 사람들이 모두 신경쇠약이라고 생각하는 내 새롭고 멋진 나일 것이다.

"어쨌든 나는 거기서 아무도 못 봤어." 말린이 말했다. "넌 봤니?"

나는 아무 대답도 하지 않지만, 어깨를 으쓱거렸다. 힘을 빼고 멋지게.

"그 욘이라는 사람이 나중에 거기 왔을지 궁금해서 그랬어."

그 이름을 들으니 뭔가 찔리는 느낌이었다.

"아니, 욘은 안 왔어."

"그렇구나, 하지만 잘됐네." 오스카르가 말했다. "생각만 했을 뿐이야."

"오스카르, 대체 어디 있는 거야?"

엘리안이 외치는 소리가 들렸다.

오스카르는 우리에게 고개를 끄덕이고는 아이스하키 스틱과 스뉴스 케이스를 들고 모퉁이 뒤로 사라졌다. 새롭고 멋진 맨디도 함께 사라졌다.

반면 말린은 다시 즐거워졌다. 내 앞에서 안도를 표현하는 승리의 춤을 추기 시작했다.

"이제 미술 시간이지? 내 자화상을 그릴 거야."

말린은 내 팔을 잡고는 서투르지만 큼직한 걸음으로 미술실을 향해 걷기 시작했다.

나는 그 뒤를 따라갔다.

질서는 회복되었다.

$$31$$

불타는 휴대전화

그날 저녁 늦게 오스카르로부터 메시지를 한 통 받았다.

나는 《백 년의 고독》 대출을 갱신했다. 다시 읽어 보기로 결심했다. 주말이 지나면 욘에게 돌아갈 길을 찾기 위해 뭔가 해야 했다. 내가 느끼는 이 우스꽝스러운 역겨움을 없애기 위한 뭔가를. 혼란스러워하는 걸 멈춰야 하고, 욘을 거절하지 않아야 하고, 오스카르 생각도 그만해야 한다고 생각했다. 당연히 오스카르와 스킨십도 그만하는 것까지 포함이다. 특히 내가 더는 오스카르를 원하지 않을 때는.

> 안녕?

오스카르가 쓴 건 그게 다였다. 잘못 보낸 게 틀림없다고 생각해서 나는 답장을 안 하고 뒀다. 다시 메시지가 왔다.

> 자니?

깨어 있는데도 나는 이렇게 메시지를 보냈다.

> 거의

> 그거 좋은 책이야?

처음에는 내가 책을 읽고 있다는 사실을 어떻게 알았는지 이해하지 못했지만, 한 시간쯤 전에 욘에게 돌아가는 첫걸음으로 SNS에 책 사진을 올렸다는 사실이 생각났다. 책과 그 옆에 찻잔이 놓여 있는 멋진 사진이었다. 말린은 사진이 '지적'으로 보인다고 댓글을 달았다. 욘은 아직 '좋아요'를 누르지 않았지만, 오스카르는 '좋아요'를 눌렀다.

> 나 스토킹하니?

나는 답장을 보내고 꽤 만족했다. 적당히 까칠하다.

오스카르는 답장으로 윙크하며 웃는 많은 이모지를 보냈다. 그에 대해 답장하지 않자 오스카르는 다시 메시지를 보내 좋은 책인지 되물었다.

> 그저 그래

나는 메시지를 보냈다.

> 사진에서는 책이 두꺼워 보였어

> 그리 무시무시하진 않아

나는 답장하고 책등 사진을 보냈다.

오스카르는 겁에 질린 모습의 남자 사진을 보내고 바로 메시지를 보냈다.

> 최악의 벽돌이네

> 사실 고전이야

나는 어디까지 읽었는지 확인하며 답장을 보냈다. 32쪽까지 읽었다.

> 나는 책을 그리 많이 읽지 않아

> 그럼 대신 뭘 해?

> 만화 보기, 아이스하키, 체스, 친구들과 어울리기

> 다들 하는 그런 일

> 지금은 그냥 침대에 누워 있어

오스카르는 메시지를 보내고 자기 사진을 보냈다.

웃옷을 벗은 채 침대에 누워 있는 사진이었다. 침을 꼴깍 삼켰다.

몸매가 꽤 멋지다. 아이스하키를 해서 그런 게 분명했다.

나는 시선을 돌릴 다른 걸 찾아야 했다. 오스카르의 침대보는 꽃이 만발해 있는데, 진짜 촌스러운 침대보다. 간신히 답장했다.

> 침대보 멋지네

> ㅋㅋ우리 엄마 취향이야 알잖아

> 그 책 드라마로도 나왔어?

> 그럼 같이 볼 수 있을 텐데

> 모르겠어 아마 아닐걸

나는 오랫동안 생각한 후에 메시지를 보냈다.

나는 더는 오스카르와 스킨십하지 않을 것이다.

> 아타깝네

오스카르가 답장을 보냈다.

> 너도 다른 사람들처럼 책 좀 읽어

> 그래야겠지

그러고 나서 다시 윙크하는 이모지.

바로 메시지 알림이 울렸다. 나는 오스카르의 작업 거는 메시지에 답장할 수 없었다. 이번에는 오스카르가 보낸 게 아니었다.

262

욘이다.

'입을 못 다문다'라는 말은 언제나 그냥 하는 말이라고 생각했는데, 휴대전화 화면에서 욘의 이름을 봤을 때 정말로 마치 턱 전체가 바닥에 떨어지는 듯한 느낌이 들었다.

> 경찰이 너 잡아갔어?

믿을 수가 없었다. 평생 단 한 명의 남자도 나에게 메시지를 보내지 않는데 같은 날 밤에 두 남자, 더구나 최근에 스킨십했던 두 남자에게 메시지를 받았다. 심상치 않은 일이 일어나고 있었다.

답장을 보내기도 전에 메시지가 한 통 더 왔다.

> 정말 재미있었는데 방해받아서 아쉽네

다시 욘이었다.

사실 오스카르와 욘이 친구 사이인데 같이 앉아 있고 나를 괴롭히느라 이러는 거면 어쩌지? 배 속의 덩어리가 전무후무하게 커지는데, 욘을 생각해서 그런 건지 욘과 오스카르를 같이 생각해서 그런 건지 판단이 서지 않았다.

> 언제 만나서 그 책에 대해 더 얘기해 줄 수 있겠지?

이번엔 오스카르에게서. 나는 휴대전화를 이불에 던질 수밖에 없었다.

휴대전화가 생긴 이후로 말린에게서 받은 100만 통도 훨씬 넘는 메시지와 가족한테서 받은 몇 통 말고 다른 메시지는 받은 적이 없었다. 그 휴대전화에서 재미있는 일이 일어난 적은 전혀 없었다. 그리고 지금 이 일. 내가, 아니면 휴대전화가 불타 버릴 것 같은 느낌이 들었다.

어딘가에 불이 난 게 분명하더라도 나는 다시 휴대전화를 들고 말린에게 전화를 걸었다. 말린은 바로 영상 통화로 바꾸었다.

"뭐 하는 거야?" 내가 물었다.

말린은 자기 방의 바닥에 앉아 뭔가를 하고 있었다.

"바비 인형을 십자가에 못 박고 있어." 말린은 차분하게 말하며 머리를 짧게 자르고 얼굴에 검은 잉크를 칠한 벌거벗은 바비 인형을 보여줬다.

"왜 그러는 거야?" 내가 말했다.

저게 펑크와 관련이 있겠거니 했지만 그래도 이해가 안 됐다.

"예술 프로젝트야. 이걸로 멋진 연작 사진을 만들거나, 아니면 영화를 만들 수도? 나중에 네 도움이 필요할 수 있어."

"욘이 나한테 메시지를 보냈어."

"뭐?!" 말린은 소리를 지르며 바비 인형을 방 저 멀리에 던졌다. "정확히 뭐라고 썼어?"

나는 말린에게 욘이 보낸 메시지에 관해 이야기했다.

"뭐라고 답장했어?"

말린은 흥분해서 헐떡거렸다.

"아직 아무 답장도 안 했어." 내가 말했다.

"하지만 물론 답장해야지. 지금 해!"

"하지만 뭐라고 답장해야 하지? 더구나 오스카르가 나랑 놀고 싶다고 메시지를 보냈어."

말린이 화재 경보기처럼 울부짖기 시작했다.

바로 그때 문이 열리고 나는 말린이 보이지 않도록 서둘러 휴대전화 화면을 숨겼다. 엄마는 문가에 서서 피곤한 표정으로 나를 봤다.

"아만다, 안 잘 거야?" 엄마가 말했다.

"아뇨, 곧 잘게요."

엄마는 눈을 희번덕거렸다.

"이제 불을 끄렴." 엄마가 말했다.

문을 닫기 직전에 엄마가 더 높은 목소리로 말을 덧붙였다.

"말린, 잘 자렴!"

전화기에서 말린이 킥킥거리는 소리가 들렸다.

"욘에게 뭐라고 답장해야 하지?" 엄마가 문을 닫고 나가자 내가 말했다.

"그냥 완전 평범한 말. '응, 사실 아쉬웠어' 같은 거. 좀 작업 거는 것 같지만 동시에 편안하게."

"알았어, 그렇게."

"욘이 답장을 보내면 나한테 바로 알려 줘." 말린은 말했다.

전화를 끊고 나는 말린이 말한 그대로 답장을 보냈다. 메시지를 보내기 전에 잠시 망설였다. 그런 다음 그냥 보내 버렸다. 메시지에 읽음 표시가 떴다.

나는 휴대전화를 베개에 올려놓고 계속 뚫어지게 봤다. 다시 불이 켜지기를 기다리면서.

휴대전화는 밤새도록 어두웠다.

32
새로 칠한 손톱

한 주가 갔다. 이게의 파티 후에 들떴던 분위기도 가라앉았다. 욘은 내 메시지에 전혀 답장을 보내지 않았다. 오스카르는 다시 자기 강아지 사진을 좀 보내며 책 읽기는 어떻게 되어 가고 있는지 물었다. 나는 짧지만 친절하게 답장을 보냈다. 말린의 말대로 오스카르가 정말 나에게 반한 것 같아서 기분이 좀 좋지 않았다. 내가 오스카르를 속인 것 같은 기분이었다.

토요일 저녁, 엄마 아빠는 영화관에 갔고 언니와 나는 언니 컴퓨터 앞에 드러누워 유튜브에서 옛날 뮤직비디오들을 봤다. 언니는 오늘만큼은 예외적으로 아무 데도 안 갈 거였는데, 우리가 아직 일종의 외출 금지 상태라서 그랬을 거다.

"월요일부터 내 새로운 삶이 시작될 거야." 언니는 방금 짙은 보라색으로 칠한 손톱을 후후 불며 말했다.

언니는 월요일마다 새로운 삶을 시작하곤 해서 나는 그게 무슨 뜻인지 전혀 묻지 않는다. 대개 채소를 더 많이 먹겠다거나, 책을 더 많이 읽겠다거나, 파티에 자주 가지 않겠다는 뜻이다. 아무것도 변하지 않는데 왜 언니는 줄곧 다시 시작하려고 하는지 나는 모른다. 더구나 언니는 아주 재미있는 삶을 사는 것 같다. 나와는 다르게.

"내가 못 칠하는 쪽 손 좀 칠해 줘." 언니가 말했다.

나는 군말 없이 매니큐어를 받아 들었다.

"손톱 밖으로 삐쳐 나가지 않게."

"좀 가만히 있어 봐." 내가 말했다.

컴퓨터 화면에서는 머리는 기름지고 윗옷을 벗은 남자가 폭포 아래에서 춤을 추고 있었다. 노래가 꽤 좋아서 나는 후렴구를 따라 흥얼거릴 수밖에 없었다. 말린은 이런 음악을 싫어하기 때문에 그 노래를 들으면 나를 죽도록 조롱할 거다. 언니는 아무 말도 하지 않지만, 흥얼거리지도 않았다.

"누군가가 너를 멋있다고 생각했다고 가정해 봐." 언니가 말했다.

그때 바깥문이 열리고 말린의 목소리가 들렸다.

"야아."

"여기야." 내가 부르자 말린이 언니 방으로 들어왔다.

말린의 얼굴은 빨갰고 이마는 땀투성이였다.

"무슨 일 있었어?" 내가 말했다.

"아빠 집에 있었는데, 아빠가 이사할 거라고 했는데….."

말린은 마치 마라톤을 뛴 것처럼 가쁜 숨을 몰아쉬며 작은 원을 그리며 걸었다. 말린의 목에는 새로 긁은 자국이 나 있었고 그 어느 때보다도 빨갰다. 나는 일어나서 말린을 내 방으로 데리고 갔다. 언니는 자기 방에 남아서 손톱을 후후 불며 앉아 있었다.

"아빠가 어디로 이사하신대?" 나는 문을 닫고 나서 물었다.

나는 제대로 된 대답을 듣지 못했다. 말린은 내가 알아들을 수 없는 말을 중얼거리며 계속 원을 그리며 걸었다. 점점 더 빨리 걸었다. 나는 말린을 진정시키려고 말린의 어깨를 잡아 보려 했지만 말린은 나를 흔들어 떼어내 버렸다.

"말린, 무슨 일이야? 아빠 때문이야?"

내 목소리는 작았고 말린은 내 말을 전혀 듣지 못하는 것 같았다. 말린의 양손이 스웨터의 목선까지 올라갔고 이내 목을 긁었다. 나는 구글에서 말린의 증상을 검색하고 싶었지만, 휴대전화를 꺼낼 엄두가 나지 않았다. 움직일 엄두조차 나지 않았다.

말린은 원래 극적인 성격이지만 이건 전혀 달랐다. 전에는 이런 모습을 본 적이 없었다. 말린이 악마에 씌었다고 생각될 정도였다.

"무슨 일이 있었는지 말해 줘." 내가 말했다.

말린은 겨우 침대에 앉았다. 하지만 계속 목을 긁었다. 말린의 손톱은 목에 붉은 줄무늬를 남겼고 나는 말린의 동맥이 찢어질까 봐 겁이 났다.

"말린, 제발 그만해." 나는 속삭이면서 말린의 한쪽 손을 잡았다.

나는 다른 쪽 손도 잡아 보려 했지만 경련하며 움직이기를 거부하는 바람에 실패했다. 말린은 모두의 화장실에서 그랬던 것처럼 앉은 자리에서 몸을 앞뒤로 흔들었는데 이번에는 더 심각했다.

내 심장은 폭탄처럼 똑딱거렸다.

나는 소리를 지를 엄두도 내지 못하고 벽을 두드렸다. 언니를 불러야 했다. "똑 또독 똑똑, 똑똑."

이내 발소리가 들렸고 언니가 내 방문을 열어젖혔다. 나는 거의 울상이 된 채 말했다.

"무슨 일인지 모르겠어. 아빠와 무슨 일이 있는 것 같은데."

언니는 아무 말도 하지 않고 말린 앞에 앉았다. 언니는 말린을 양팔로 감싸고 꼭 안았다. 움직이지 못하게 하는 대신, 여전히 몸을 흔드는 말린을 따라 언니도 같이 몸을 흔들었다.

"구급차를 불러야 할까?" 내가 물었다.

언니는 고개를 젓고는 대신 자기가 어제 뭘 했는지를 조용한 목소리로 천천히 이야기하기 시작했다. 아침에 마신 오렌지 주스, 학교 가는 버스, 수학 수업, 누군가에게 산 중고 교재 등 시시콜콜한 일을 모두 말해 줬다.

언니는 줄곧 같은 어조로 말하며 말린을 놓지 않았다.

내 맥박은 조금 진정되었지만, 여전히 움직일 엄두가 나지 않았다. 언니는 지금 말린을 안고 있는 것처럼 나를 안아 준 적이 단 한 번도 없다는 생각이 나를 때렸다. 무엇을 느껴야 할지 몰랐다.

언니는 이야기를 계속했다. 저녁이 되어 잠자리에 들 때까지 있었던 일을 계속 이야기했다.

말린은 흔들림을 멈췄다. 말린의 손과 목이 언니의 포옹에 가려져 있었지만 나는 말린이 더는 경련을 일으키지 않는다는 걸 알아챌 수 있었다.

대신 말린은 조용히 체념한 채 울기 시작했다. 나는 어떻게 해야 할지 모르겠고, 무슨 일이 일어나고 있는지 여전히 이해하지 못했다. 나는 언니를 봤다. 언니는 더는 말하지 않고 그저 앉아서 말린을 안고 있을 뿐이었다.

"혹시 차를 좀 끓여야 할까?" 마침내 내가 물었다.

내가 알맞은 말을 찾았다는 느낌이 들었다. 언니는 무슨 뜻인지 모를 표정을 지었다.

"기분이 좀 나아졌니?" 언니는 포옹을 풀며 말린에게 물었다.

말린은 고개를 끄덕였지만 아무 말도 하지 않고 고개도 들지 않았다. 말린의 커다란 방울 머리는 바로 떨어질 꽃잎처럼 축 늘어져 있었다.

"무슨 일이 있었던 거야?" 내가 다시 물었다.

말린은 한숨을 내쉬는데 한숨에 경련이 섞여 있었다. 수년 동안 말린이 제대로 우는 모습을 본 적이 없었다. 마침내 말린이 고개를 들어 나를 봤다. 말린의 얼굴은 그동안 본 적 없는, 처음 보는 얼굴이었다.

"가끔 이래." 말린이 너무 조용히 말해서 말이 거의 들리지 않았다.

언니가 말린의 등을 쓰다듬었다. 나는 그저 그 자리에 앉아서 언니가 가진 그 분명하고 위로가 되는 기술을 나도 가질 수 있기를 바랐다. 나는 말린의 무릎에 손을 얹었다. 무릎은 따뜻하고 땀에 젖은 납처럼 느껴졌다.

"아빠 때문이야?" 내가 다시 물었다.

"아마 그 때문만은 아닐 거야." 언니는 침착하게 말했다.

언니의 말에 기분이 조금 상했다. 왜 언니가 나보다 말린을 더 잘 아는지?

"아빤 그저… 정말로 나를 전혀 신경 쓰지 않아." 말린이 말했다. "아빤 이사할 거야."

"너희 아빠가? 새로운 집으로?"

"새로운 도시로."

"이런."

"나쁘다 진짜." 언니가 말했다.

말린은 살짝 미소를 짓고 언니는 말을 이었다.

"그런데 네 아빤 지금 네가 어딨는지 아셔?"

"몸이 안 좋아지기 시작해서 자전거를 타고 집에 가겠다고 말했어요."

"어쨌든 네 엄마께 연락해야 해." 언니는 말하며 바닥에서 일어났다. "내가 대신 해 줄까?"

언니의 말은 예사롭지 않게 책임감 있게 들렸다.

"아뇨, 엄마한테 문자 보낼게요. 여기서 자도 돼요?"

"물론이지."

우리는 언니 방의 바닥에 우리 둘을 위한 잠자리를 만들었다. 말린은 아무 말도 하지 않고 언니의 컴퓨터에서 계속 흘러나오는 뮤직비디오들을 보며 살짝 웃었다. 교통 체증 한가운데서 모자를 쓴 남자가 노래하는 영상만 빼고. **모두가 아파한다네.** (미국 록 밴드 아르이엠(R.E.M)dl 1992년 발표한 노래〈모두가 아파한다네(Every body hurts)〉의 가사.) 이 대목에서 말린은 조금 더 울었다.

"저 남자 토르비엔 선생님 닮지 않았어?" 내가 생각해도 억지였지만 되는 대로 말했다.

그러자 말린이 웃었고 다시 괜찮아진 느낌이 들었다.

말린이 잠들자 나는 언니에게 속삭였다.

"뭘 해야 할지 언니는 어떻게 알았어?"

"공황 장애를 겪는 사람은 말린만이 아니야." 언니는 어둠 속에서 속삭이며 대답했다.

㉝
공황 장애

"목을 그렇게 긁곤 해?"

우리는 놀이터 그네에 앉아 있었다. 내가 겪은 일요일 중 가장 일요일다운 일요일이었다. 완연한 봄이어야 하는데도 하늘은 잿빛이며 진득진득했다. 말린도 잿빛이며 진득진득해 보였다.

"가끔." 말린은 어깨를 으쓱거리며 말했다. "아주 자주 그러진 않아. 가끔은 또 다르고."

"뭐가 달라?"

"아니… 꼬집고 때리고 그래. 한 번은 바늘로 긁어 본 적이 있는데 너무 우스꽝스럽게 느껴졌어. 그리 펑크족답지 못했어."

말린은 웃었지만 내 속은 차가워졌다. 말린의 다리에 작게 터진 자리들을 본 기억이 났다.

"자살하고 싶어? 아니면 뭐야?"

"아니, 세상에, 너 바보야?" 말린은 말하고는 까마귀처럼 크고 날카롭게 웃었다.

내가 따라 웃지 않자 말린은 웃기를 그치고 설명하려 했다.

"알잖아, 정말 화가 나면 주먹을 불끈 쥐어야 하거나, 그럴 때가 있잖아…. 그런 거랑 비슷해. 어떻게든 몸에서 빠져나가야 해."

"너한테 공황 장애가 있다고 언니가 말했어." 내가 말했다.

"그런 셈이야." 말린이 말했다.

"왜 아무 말도 하지 않았어?"

차분하게 말하고 싶었지만 약간 화가 났다. 분명히 모종의 공황 장애 비밀을 지닌 말린과 언니에게, 그리고 아무것도 이해하지 못하는 나 자신에게. 그에 대해서도 다른 것에 대해서도 이해하지 못하는 나.

"아니 어떻게 말을 해? '안녕하세요, 제 이름은 말린이고 저는 머리가 어떻게 됐어요.' 뭐 이래야 해?"

"그것도 하나의 예시겠네." 나는 그네 밑의 자갈을 발로 차며 말했다.

"그저 기분이 너무… 그런 거에 대해서 꼭 말해야 해? 나는 늘 몸이 안 좋은 사람 취급을 받고 싶지 않아. 이미 모든 사람이 나를 미쳐 돌아버린 감정적 재앙 덩어리쯤으로 생각한다고 느껴진단 말이야." 말린이 말했다.

"그건 전혀 사실이 아니야. 나처럼 지루한 거보단 낫지."

"고집 좀 꺾어." 말린이 나를 떠밀며 말했다.

"그게 다야." 내가 말했다.

눈꺼풀 뒤에서 불이 타오르는데 너무 싫은 느낌이었다. 나는 말린이 눈치채지 못하게 더 빨리 그네를 탔다.

"만다, 넌 재미없는 사람이 아니야. 너한테는 메시지를 보내는 남자가 둘이나 있잖아." 말린이 말했다.

"소용없어. 진짜가 아니야."

사실이라고 해도 진짜처럼 느껴지지 않았다. 욘과 오스카르는 완전히 종류가 다른 머저리들인데도 나는 둘 때문에 배 속에 덩어리를 키웠다.

"아무도 나에게 메시지를 보내지 않아." 말린이 말했다.

"하지만 다들 네가 학교에서 가장 멋지다고 생각해!" 내가 말했다. "멋진 말린, 그리고 그 옆에 지루한 애가 하나 있었는데 음, 그 친구 이름이 뭐였더라?"

말린은 다시 까마귀처럼 깍깍거리며 웃었다.

"아무도 내가 멋지다고 생각하지 않고 기껏해야 나를 무서워하고 최악의 경우에는 역겹다고 생각해."

"역겹다고 하니 말인데." 나는 조심스럽게 운을 떼웠다.

"솔직히 말해서 욘과 스킨십하는 것도 완전히 역겨웠어."

"뭐? 욘에게 반한 거 아니었어?"

"나도 그렇게 생각했어. 하지만 모르겠어, 욘과 스킨십하는 건 엄청 역겹게 느껴졌어. 어쩌면 내가 뭘 잘못했겠지."

"네가 대체 뭘 잘못했겠어."

말린은 생각에 잠긴 채 모래를 발로 찼다.

"모르겠어, 그냥 너무… 잘못됐어. 사실 더는 욘에게 집중하고 싶지 않은 것 같아. 그럼 화낼 거야?"

"내가 왜 화를 내겠어?"

"아, 그치. 화는 아니겠지. 네가 슬퍼할 것 같아. 푸그와 그 모든 것들 때문에. 그게 우리 계획이었잖아."

"아니 맙소사, 나한텐 공황 장애가 있겠지만 그래도 내가 그리 엉망진창은 아니겠지? 하지만 스킨십하기 역겨운 사람한테 집중하면 안 되는 건 당연한 일이야."

말린이 그렇게 말해 주니 나는 그네를 타고 날아갈 것 같은 기분이 들었다. 갑자기 모든 게 자명해졌다. 내가 왜 스킨십하기 역겨운 사람에게 집중해야 하지? 나는 고개를 뒤로 젖혀 내 말총머리가 그네 밑의 모래를 쓸게 했다. 그런 다음 말했다.

"너, 웃지 않는다고 약속해 줘. 그러니까, 오스카르와 스킨십하는 게 훨씬 더 좋았어."

말린은 진짜로 크게 웃었다. 나도 따라서 웃을 수밖에 없었다.

"그럼 걔한테 반했어? 걔가 너의 진짜 로맨스야?"

"아니, 사실 그런 것 같지 않아. 난 로맨스에 지쳤어."

우리는 잠시 자전거를 타기로 결정했다.

아무 말 없이 한참 페달을 밟았다. 학교에 도착해서 나는 침묵을 깼다.

"오랫동안 공황 장애를 앓았어?"

"모르겠어." 말린이 말했다. "작년에서야 그게 뭔지 이해했어. 하지만 가끔은 병명도 모른 채 영원히 앓고 있는 것처럼 느껴지기도 해. 더 어렸을 때 스트리트 댄스나 그런 거 하러 자전거를 타고 가다가 영문도 모르고 위에 경련이 났던 기억이 나. 그때는 그냥 집에 있는 엄마에게 가고 싶었는데 이제는 그럴 수 없잖아."

"나는 전혀 아무것도 알아채지 못했어." 내가 말했다.

말린은 어깨를 으쓱거렸다.

"내가 아무 말도 안 했잖아."

"그렇게 될 때 기분이 어때?"

"죽을 것 같아. 매번 나는 죽을 거라고 완전한 확신에 빠져. 그런데 지나가고 나면 느낌이… 언제 그랬냐는 듯이 전혀 그렇지 않은 것처럼 느껴져. 그래서 공황 장애에 대해 이야기하는 게 너무 이상해. 자기가 겪은 일을 정말로 믿지 못하는 것처럼 말이야. 못 믿겠으니까."

나는 고개를 끄덕였지만, 사실 이해했는지 잘 모르겠고 어쨌든 끔찍하게 들렸다.

"너희 아빠랑 그렇게 나빴는지 몰랐어." 내가 말했다.

"아빠 때문만은 아니잖아."

말린은 나를 향해 다정하게 미소 지었지만, 그래도 나는 똥멍청이가 된 느낌이었다.

"하지만 아빠는 일을 어렵게 만들어." 말린이 말했다. "그러니까 빌어먹을 아저씨인 거고."

이제 내가 다정하게 미소 지을 차례였다.

말린의 아빠는 사실 빌어먹을 아저씨가 맞는 것도 같다. 말린은 어제 자기 엄마가 아빠에게 크게 화를 내며 전화를 걸어 한바탕 퍼부었다고 이야기했다. 다른 도시로 이사한다는 말을 안 했을 뿐만 아니라, 그 말을 들은 말린에게 아무 질문도 하지 않고 혼자 자전거를 타게 내버려 두었기 때문에. 말린의 아빠는 오늘 아침 전화를 걸어 말린과 이야기를 나누고 싶어 했지만 말린은 거부했다.

"그럼 어디로 이사 간다는 거야?" 나는 묻는다.

"헬싱키."

"하지만 너도 대도시에서 살고 싶어 하잖아. 어쩌면 언젠가 우리가 같이 너희 아빠를 만나러 갈 수 있겠지?"

헬싱키는 사실 그리 나쁘지 않은 것 같았다. 뉴욕은 아니지만 그래도 여기보단 나아 보였다.

"글쎄, 그럴 수 있을까." 말린이 슬픈 목소리로 말했다. "이제 돌아갈까?"

우리는 도랑 제방 끝까지 내려가 유턴해서 자전거를 타고 집으로 돌아가기 시작했다.

"일주일 후면 봄 노래(매년 4월 30일에 열리는 봄이 온 것을 기념하는 축제인 '발푸르기스의 밤'에 부르는 노래.)를 부를 거라는 게 믿기지 않아." 말린은 스웨터 소매에 양손을 집어넣으며 말했다.

"한 달 후면 졸업한다는 게 믿기지 않아." 내가 말했다.

"우리가 가을에 고등학교에 입학한다니 믿기지 않아."

"합격을 해야 입학하지."

"다들 합격할 거야." 말린이 말했다.

우리는 이미 봄 방학 전에 고등학교에 지원했다. 이제 곧 여름 방학이 시작되면 합격 여부를 알 수 있다. 속이 울렁거렸다. 말린은 합격하고 나는 떨어지면 어쩌지? 혹은 그 반대라면. 사실 대부분은 무사히 합격한다. 그렇지 못한 사람을 나는 들어 본 적이 없다.

"난 아빠랑 같이 있고 싶지 않아." 말린이 느닷없이 말했다 "그런데 아빠는 나와 같이 있고 싶어 하고 나에게서 떠나지 않았으면 좋겠어. 아빠는 아빠고 나는 자식이니까 그래야 해."

언제나 나는 말린이 호화로운 삶을 살고 있다고 생각했다. 말린의 엄마 아빠는 말린을 신경 쓰지 않아서, 그래서 말린이 원하는 대로 할 수 있으니까. 그에 비하면 우리 엄마 아빠는 꽤 히스테리컬하지만, 어쨌든 엄마 아빠는 거기 있다.

나는 말린이 전화하기 전에 간신히 집에 도착했다. 휴대전화 속 말린의 얼굴은 모처럼 즐거워 보였다.

"한 가지 생각을 해 봤어." 말린이 말했다.

"뭔데?"

"만일 우리가 욘과 푸그에게 더는 집중하지 않을 거라면…."

"너 푸그는 어쩌고?" 나는 놀라서 물었다.

"나는 아무 일도 없었잖아. 어쨌든, 이 동네를 뜨려면 우리는 새로운 계획이 필요해. 100년 동안 자전거만 타고 돌아다닐 순 없잖아. 이제 고등학교에 입학하고 곧 집을 떠나야 해. 그래서 이런 생각을 해 봤는데…."

말린은 잠시 뜸을 들였다. 나는 다음에 말린이 무슨 말을 할지 몰라 초조했다.

"뉴욕에 같이 가도 될까?"

나는 처음에는 완전히 침묵했다가, 그런 다음 큰 소리로 울부짖었다.

"물론이지! 같이 가야 해! 뉴욕의 만다와 말린!"

말린은 웃고 나서 정치인의 목소리를 켰다.

"우리가 이제 용돈과 여름 단기 일자리로 번 돈 그리고 그 외의 모든 것을 저축하기 시작한다면 뉴욕으로의 이사는 불가능한 일도 아닙니다."

처음으로 뉴욕이 실제로 일어날 수 있는 일처럼 다가왔다.

"뉴욕, 우리가 간다!" 말린은 있는 힘을 다해 외쳤다.

34
올해의 아무것도 아닌 사람

며칠 동안 우리는 뉴욕 외에 다른 이야기는 하지 않았다. 말린은 자기 집 식료품 저장실에서 유리 단지를 하나 슬쩍해 왔다. 말린은 쓰레기통에 오트밀을 모두 쏟아 버렸고 단지는 저금통으로 8도기 바뀌었다.

사실은 공동 계좌를 열고 싶었지만 너무 복잡했다. 그다음 문제는 우리 둘 다 동전이 없어서 돈을 바꾸러 편의점으로 달려가야 한다는 것이었다. 우리가 헬레 언니에게 계획을 이야기하고 헬레 언니는 정말 멋진 아이디어라고 생각하며 시작에 보태라며 동전을 몇개 더 줬다. 헬레 언니는 우리가 뉴욕으로 이사하면 방문하겠다고 약속도 했다.

말린은 내가 엄숙하게 처음으로 동전들을 단지에 넣을 때 〈뉴욕,

뉴욕〉(1997년 미국 영화〈뉴욕, 뉴욕, 뉴욕(New york, New york, New york)〉의 주제가.)을 부르겠다고 고집을 부렸다.

우리는 뉴욕을 배경으로 하는 모든 텔레비전 연속극과 영화를 봤다. 말린은 예산, 실행 계획, 기다란 주소 목록들을 작성했다. 내가 주로 한 일? 그저 그곳에 가고 싶다는 꿈을 꿨다. 내가 어떤 사람이 될지, 우리가 누구와 어울릴지에 대한 꿈. 이제 내 환상 속에서 거리를 걷는 건 더 이상 나 혼자가 아니라 나와 말린이기 때문이다.

오스카르는 더 이상 메시지를 보내지 않는데 좋은 일이라고 여겨졌다. 오스카르는 학교에서 나를 무시하거나, 아니면 무시하는 척했다. 가끔 반이 조용할 때면 오스카르가 나를 쳐다보는 소리를 들을 수 있을 지경이었다.

욘에게서도 연락이 없는데 훨씬 더 좋은 일이었다.

말린은 공황 장애에 대해 더는 아무 말도 하지 않았고 나도 묻지 않았다. 말린이 여느 때와 같아서 좋다고 생각했다. 물론 공황 장애가 있다는 사실을 알기 전에도 나는 말린이 여느 때와 같았다고 믿었다. 말린만이 공황 장애를 하는 건 아니라고 했지만, 또 누가 공황 장애를 앓고 있는지 물어보면 누구나 다 앓고 있다고만 말할 뿐이었다. 또한 언니는 말린이 공황 장애를 앓고 있다는 사실에 조금도 놀라지 않았고 실은 오래전부터 눈치채고 있었다고 말했다. 어떻게 이런 사실을 다 아는지 물어보려고 했지만 언니는 그에 대해 좋은 대답을 해 주지 않을 게 뻔하다. 아마 내가 더 멍청하다고 느끼도록

지어낸 이야기겠지.

사실 나는 공황 장애를 겪지 않아서 기뻐해야 할 텐데, 오히려 소외된 느낌이었다. 언니와 말린은 서로 만날 때 마치 비밀을 공유하는 것처럼 특별한 방식으로 인사하기 시작했다. 몇 년 전 말린이 나보다 먼저 월경을 시작했을 때 언니와 엄마, 그리고 세상의 모든 여성이 내가 가입할 수 없는 클럽에 가입한 것처럼 느껴졌을 때와 대략 비슷한 느낌이었다.

금요일 오후에 우리는 학교에서 봄 노래를 불렀다. 우리 모두 운동장에 서서 〈겨울이 끝났다네〉 같은 옛 노래들을 불렀는데, 목청 높여 부르는 건 주로 선생님들이다. 우리는 서서 햇볕을 쬐고 싶을 뿐이었다. 정말로 밖이 따뜻했다.

그런 다음 선생님들이 9학년 학생 중에서 올해의 봄 소녀를 뽑았는데, 성 비르기타 프레드리카가 화환을 받자 베카가 실망하는 모습이 보였다.

"이건 성 루치아 축일에 '올해의 성 루치아'로 뽑혀서 촛불 관을 쓰는 것보다 더 우스꽝스러운 일이야." 말린이 내 귀에 속삭였다.

100퍼센트 동의했다. 프레드리카는 모든 사람이 자기를 볼 수 있도록 의자 위에 서 있어야 하는 처지에 놓였다.

"왜 봄 소년은 없나요?" 말린이 선생님들에게 외쳤다.

그러자 오스카르 패거리가 엘리안을 앞으로 밀치더니 본인들을 봄 소년으로 뽑아 달라며 웃고 울부짖기 시작했다. 심지어 토르비엔 선생님조차도 빙긋이 웃었다. 말린은 고무되어 계속 외쳤다.

"저기요, 좀 평등하게 해 주세요!"

교장 선생님은 말린에게 날카롭게 쉿! 하고 말하고 웃음소리는 사라졌다.

프레드리카는 곱슬곱슬한 머리에 화환을 후광처럼 두른 채 서 있었고 조금 창백해 보였다. 나는 불현듯 프레드리카가 딱하게 느껴졌다. 의자에 서 있는 모습이 즐거워 보이지 않았다. 나라도 저렇게 서 있고 싶지 않다. 물론, 나는 절대 올해의 봄 소녀로 뽑히지 못했을 것이다.

하지만 나는 학교에서 인기 있는 사람이 되고 싶지 않으니 상관없다. 가수나 배우나 작가 중 학교에서 인기 있었던 사람은 없었다. 그 사람들이 어떻게 학교에서 괴롭힘을 당했는지, 어떤 루저였는지 설명한 글들만 읽었다. 나중에 자서전을 쓰면 그게 더 좋은 이야깃거리다. 아니면 자기 삶에 대한 영화를 만들거나.

문제는, 나는 괴롭힘 역시 전혀 당하지 않았다는 점이다. 초급 과정 때 오스카르가 피리를 부는 나를 조금 약 올렸지만, 그 후 나에게 반했기 때문에 그걸 괴롭힘에 포함할 수 없다. 베카와 레일라가 가끔 나와 말린을 '자전거쟁이들'이라고 부르지만 그것도 직접적인 괴롭힘은 아니잖은가.

나는 공황 장애도 앓지 않고 괴롭힘도 당하지 않으며 인기도 없다. 사실 나는 그저 정말 아무것도 아니다. '올해의 아무것도 아닌 사람'으로 뽑혀서 화환을 받을 수도 있다.

하지만 학교에서 아무것도 아니었던 사람의 인터뷰는 읽어 본 적이 없다. "네, 저는 학교에서 아무것도 아니었고 아무도 제가 누군지 몰랐지만, 이제는 모두가 알아요!"

사람들이 절대 읽지 않을 인용문이다.

"곧 우린 졸업할 거고 나는 전혀 괴롭힘을 당하지 않았어."

봄 노래 합창이 끝나고 집으로 자전거를 몰고 갈 때 나는 말린에게 말했다.

여름 날씨처럼 더워서 나는 자전거 바구니에 재킷을 구겨 넣었다.

"넌 정말 머리가 어떻게 됐구나." 말린이 말했다.

말린은 아스팔트 위에서 꿈틀거리는 뱀처럼 천천히 지그재그로 자전거를 탔다. 우리 중 누구도 서둘러 집에 가지 않았다.

나는 굳이 공황 장애를 앓고 싶다는 말은 하지 않았지만, 가수와 배우가 학교를 다닐 때 겪어야 하는 일에 대한 내 생각을 설명했다.

말린은 한동안 말이 없었다.

"알겠어." 드디어 말린이 입을 열었다. "하지만 첫째, 너는 아무것도 아닌 사람이 아니야. 너는 아무것도 아닌 사람과는 거리가 멀어. 우리는 그 점에 대해서 이전에 이야기하기도 했어."

"둘째…?" 내가 참을성 없이 말했다.

"둘째." 말린은 침착하게 말을 이었다. "학교에서 괴롭힘을 당했다고 말하는 모든 유명인이 정말 괴롭힘을 당했다고 생각해? 만일 그 유명인들의 옛 반 친구들에게 물어보면, 그 사람들은 친구들을 가장 심하게 괴롭힌 건 다름 아닌 그 유명인들이었다고 말할 거라는 데 걸겠어."

"하지만 만일 그렇다면 그런 사실이 밝혀져야겠지? 다들 유명인에 관한 험담을 하고 싶어 하잖아?"

말린은 어깨를 으쓱거렸다.

"어쨌든 나는 그렇다고 생각해. 그러니 만일 네가 네 자서전에 괴롭힘에 대해 아주 기꺼이 쓰고 싶다면, 우린 뉴욕에 도착할 때 우리가 학교에서 엄청나게 괴롭힘을 당했다는 이야기를 지어낼 수 있을 거야."

나는 웃었다. 그 생각은 안 해 봤다. 거짓말을 할 수도 있구나.

"우리가 못 지어낼 이유가 뭐가 있겠어." 내가 말했다.

"맞아! 이상한 부모님을 피해 가출했다거나, 아니면 사이비 종교 같은 데 입교해서 겪은 최악의 모험담을 술술 이야기할 수 있어. 거기선 아무도 우리를 모르고 뉴욕에서 누군가가 이 동네에 와서 진실을 알아낼 것 같지도 않잖아." 말린은 길게 말하더니 덧붙였다.

"우리는 정말로 완전히 새로운 사람이 될 수 있어."

마음속이 간질간질했다.

35
소아성범죄자 목사와 타코

저녁 식사로 타코를 먹었다. 엄마는 주말에 쉬기 때문에 아빠와 맥주를 마셨다. 언니는 당연히 자기도 한 병 마셔도 되냐고 물었고, 아빠는 한 병 주는 척하다가 언니의 손가락이 닿자마자 병을 뒤로 뺐다. 그런 다음 아빠는 킥킥 웃었고, 아빠와 엄마 모두 맥주를 과장하여 즐기는 척했다.

"그래서 봄 소녀는 누가 됐어?" 언니가 이미 속이 꽉 찬 타코에 과카몰레를 얹으며 말했다.

"우리의 성 비르기타. 베카는 자기가 될 줄 알았나 봐. 그게 나한테까지 티가 났어."

"봄 소녀는 언제나 선생님들이 좋아하는 학생이 돼." 언니가 말했다. "바로 그 점이 문제야. 제정신이 아닌 전통이라고."

언니가 타코를 한 입 베어 물자 타코 껍질이 통째로 부서졌다.

"그 애 이름이 정말로 성 비르기타니?" 아빠가 타코를 우걱거리며 물었다.

"네, 실제로 그렇게 세례를 받았어요." 내가 대답할 겨를이 있기도 전에 언니가 말했다.

"캇쿨라의 성 비르기타 3세."

아빠는 찡그리는 표정을 지었고 언니는 웃었다.

"걔 이름은 프레드리카 스투레예요. 걔네 엄마가 목사님이에요." 내가 말했다.

"그렇구나. 걔네 엄마가 꽤 좋은 분이지? 현대적으로 보이는 분이야." 엄마가 말했다.

"엄마가 그걸 어떻게 알아요? 엄마는 교회에 전혀 안 가잖아요?" 언니가 말했다. "어쩌면 그분이 다섯 살배기 애들을 건드리는 그런 목사일지도 모르는데요?"

나는 코를 씨근거렸다.

"아니, 라우라." 엄마가 말했다. "그런 농담은 하면 안 돼."

"엄마 아빠 미성년자에게 맥주를 주는 거에 대해선 농담할 수 있지만, 나는 소아성범죄자 목사에 대해 농담해선 안 된다, 뭐 그런 거예요?"

"맞아." 아빠는 말했다.

"더구나 그게 사실이 아닌데 그런 말을 하면 목사님 평판이 손상

될 수 있어." 엄마가 말을 덧붙였다.

언니는 어깨를 으쓱거렸다.

"왜냐하면… 그건 사실이 아니잖니? 알잖아, 엄마랑 얘기할 수 있는 건…."

엄마는 걱정스러운 눈치였지만, 사실 조금은 호기심을 보이는 것 같기도 했다. 엄마는 살인자, 소아성범죄자, 제정신이 아닌 사람들에 관한 다큐멘터리와 책을 좋아하는데, 사실 나는 엄마가 여기서 그런 일이 일어나기를 바라는 건 아닐까 하는 생각이 가끔 들기도 했다. 물론 우리 가족에게 그런 일이 일어날 거라 바란다는 말은 아니고, 우리가 아는 누군가에게 말이다.

"그게 사실이라면 당연히 조사받아야 하잖니." 엄마는 거의 몽환적인 표정으로 말을 늘어놓았다. "만약 권위를 가진 사람이 그걸 이용하면…."

"아니 맙소사, 엄마!" 나는 말하고 애써 웃었다. "만일 성 비르기타보다 더 거룩한 사람이 있다면 그건 성 비르기타의 거룩한 엄마예요."

아빠는 엄마를 보고 고개를 저었다.

"이제 소아성범죄자 이야기는 그만하자." 아빠는 말했다. "하지만 만일 누군가 너희나 너희 친구들을 건드린다면, 그땐 그저 말해주기만 하면 아빠가 혼쭐을…."

아빠는 폭력을 연상케 하는 몸짓을 했다. 언니는 아빠를 뚫어지게 봤다.

"엄마 아빠 참 이상하시네." 언니가 말을 이었다. "엄마, 엄마는 형사 놀이를 할 수 있게 소아성범죄자가 여기서 난리 치기를 바라고, 아빠는 총에 환장한 미국인처럼 행동하고 있어요. 그럼 저는 누가 저를 건드려도 말하지 못할 거예요."

"어떻게 그런 말을 할 수 있니? 엄마가 그런 걸 바라지 않는 건 당연하지!"

엄마는 화난 모습이었지만, 동시에 약간 죄책감을 느낀 모습이기도 했다.

"아니면 바랄지도?" 아빠가 타코 뒤에 숨어서 나지막하게 말했다.

엄마는 아빠에게서 눈을 떼지 않으면서 아빠의 팔을 찰싹 때렸다.

말린과 같이 뉴욕으로 이사해서 새로운 정체성을 만들어 낸다면 우리 가족에 대해서도 거짓말을 해야 할지도 모른다는 생각이 들었다. 물론 우리 가족은 특별하지만 그렇게 흥미롭지는 않다. 뉴욕과 안 어울린다.

좀 슬프게 느껴졌다.

"고등학교 졸업하고 뭘 할 거야?" 텔레비전 앞에 누워서 아이스크림을 먹을 때 언니에게 물었다.

아직 해가 있어서 엄마 아빠는 맥주를 들고 테라스에 앉았다.

"어쨌든 갭 이어(학업을 잠시 중단하고 자신이 하고 싶은 일을 하면서 흥미와 적성을 찾아가는 기간)를 가질 거야."

"그다음엔?"

"모르겠어, 뭔가를 공부할까 싶어. 아마도 프랑스어."

"프랑스어?" 나는 놀라서 말했다.

언니가 고등학교에 입학했을 때 교환학생으로 프랑스에 가고 싶어 했지만, 비용이 너무 비쌌고 엄마는 교환학생 말만 나와도 초조해서 실현되지 않았던 게 기억났다. 하지만 누가 감히 프랑스어에 도전하겠는가? 평소에도 꽤 멋진 우리 언니는, 할 줄 알면 멋져 보이는 세상의 모든 언어 중에서 프랑스어를 선택했다.

"그게 왜?"

언니가 짜증스러워하는 것 같아서 나는 더는 묻지 않았다.

우리는 오랫동안 아무 말도 하지 않았다. 언니는 초코 크런치 아이스크림을 다 빨아 먹었고 초코 크런치 알갱이들이 언니 잇새에서 대각거렸다. 텔레비전에서는 누군가가 웃었다. 아빠가 들어와 부엌에서 맥주를 더 꺼내 갔다. 아빠가 트림하는 소리가 들렸다. 아빠는 나가는 길에 말없이 거실을 쳐다봤다. 우리도 아무 말 하지 않았다. 아빠가 다시 나가자 언니가 말하기 시작했다.

"프랑스 남부의 작은 마을로 이사해서 공동 주거 주택에 살면서 연애 소설을 번역하면서 먹고살고 싶어. 연애 소설이 아니라도 괜찮아. 형편없는 책이라도 번역만 하면 돼. 번역가가 부족한 것 같거든. 그러면 나는 종일 앉아서 와인을 마실 수 있어. 나랑 강아지랑 둘이서. 하지만 언젠가 나는 내 책을 쓰고 싶어. 그건 부업으로 할 수 있겠지."

언니는 나에게 이런 얘기를 전혀 하질 않았다. 나는 언니가 말을 끝낼 때까지 숨을 쉴 엄두를 내지 못했다.

"나는 말린이랑 뉴욕으로 이사할 거야."

"그 얘기 들었어." 언니가 말했다.

"어디서 들었어?"

"헬레가 그랬어."

"응, 맞아."

언니의 휴대전화가 진동했고 언니는 휴대전화를 들어 무언가를 쓰기 시작했다. 나는 뉴욕에 대해 더 이야기하고 싶었지만, 무슨 말을 해야 할지 몰랐다.

"프랑스 남부에서 뉴욕까지 얼마나 걸려?" 나는 물어봐야 했다.

저녁 식사 후부터 배 속에 덩어리가 느껴졌는데 타코는 아니었다.

"**충분히** 멀진 않아." 언니는 나를 보지 않고 말했다.

언니는 별 생각이 없어 보였지만, 나는 만일 우리 둘 다 외국으로 이사한다면 엄마 아빠가 어떻게 될지 궁금하지 않을 수 없었다. 만일 우리가 200만 킬로미터나 떨어져 산다면 서로 만날 수 있을까?

오가는 데 비용이 많이 들 것이다. 어쩌면 우리 중 하나는 집에 있어야 할지도.

"우리가 머리 염색해 줄까?" 뜬금없이 언니가 물었다.

"어떤 색으로?"

"어떤 색이든. 초콜릿 같은 짙은 갈색 머리가 잘 어울릴 것 같아. 졸업식을 위해 새로운 머리 색깔을 갖는 것도 재미있지 않겠어? 물론 네 선택이야."

나는 평범하기 짝이 없는 나의 칙칙한 갈색 말총머리를 만졌다.

"지금 그러자는 거야?"

"응, **지금**." 언니가 조바심을 내며 말했다. "라샤와 헬레가 염색약 사러 갈 건데, 나도 같이 갈 거야. 너도 같이 가자."

심장이 두근거렸다. 나는 언니와 친구들을 따라서 아무 데도 가 본 적이 없었다. 나는 머리 전체를 염색한 적도 없고, 하이라이트만 해 봤다. 한편 나는 9학년을 마치지도 못했고, 뉴욕으로 이사를 하지도 못했다. 사실 나는 아무것도 해 본 적이 없다. 2초 동안 생각한 다음 언니에게 물었다.

"말린도 같이 갈 수 있을까?"

36
이복형제

우리가 시내에 다녀온다고 하니 엄마 아빠는 "재미있게 놀다
와."라고만 말할 뿐이었다. 맥주를 두어 병 마셔서 그런 건지, 아니
면 우리가 집에 더 있어야 한다는 사실을 그냥 잊어버려서 그런 건
지 모르겠다.

말린은 라샤 언니가 돌아서 올 필요가 없도록 자전거를 타고 우
리 집으로 왔다. 우리 집 마당으로 꺾어 들어오는 말린의 머리가 땀
에 젖은 채로 이마에 붙어 있었다. 그래도 말린은 멋져 보였다. 땋은
머리는 언제나처럼 큼직했고 짙은 눈동자는 안경 너머로 반짝였다.
말린은 테라스에 앉아 있는 엄마 아빠에게 반갑게 인사했다.

라샤 언니의 닛산 자동차가 진입로로 꺾어 들어올 때 나도 말린
도 입을 떼지 못했다. 엄숙한 느낌마저 들었다. 우리는 헬레 언니가

이미 앉아 있는 뒷좌석에 몸을 실었다. 따뜻한 날인데도 헬레 언니는 큼직한 모피 재킷을 입고 있었다. 언니가 이유를 묻자 헬레 언니는 이게 새 스타일이라고 대답했고 아무도 더는 묻지 않았다. 만일 내가 모피 재킷을 입고 학교에 가면 나에게 퍼부어지는 질문이 끝이 없을 것이다. 심지어 그건 내 스타일도 아니고.

말린과 헬레 언니의 큼직한 모피 재킷 사이에 끼어 있으니 기분이 좋았다. 말린은 우리가 뭘 할 건지 물었다. 나는 전화로 자세히 설명할 겨를이 없었고 말린이 들을 필요가 있었던 것은 우리는 언니와 언니 친구들이랑 시내에 같이 갈 수 있다는 사실뿐이었다.

"우린 염색약을 살 거야. 우린 만다의 머리를 염색할 거야." 언니가 말했다.

"만다의 머리를 염색한다고요? 뭐로요, 무슨 색으로요?"

말린은 이마에 흐르는 땀을 훔치며 눈을 크게 뜨고 나를 봤다. 감명받은 표정이었다.

"잘 모르겠어. 갈색 같은 걸로." 내가 말했다.

"분홍색으로 염색해야지! 아니면 녹색!" 말린이 말했다.

"아니, **네가** 녹색으로 염색해야 해." 내가 말했다.

"그러고 싶긴 한데, 녹색이 내 머리에서 나오려면 머리를 얼마나 탈색해야 할지 상상해 봐." 말린은 부루퉁하게 말했다. "머리카락이 녹색이 되기 전에 탈모가 올지도 몰라."

그 말은 사실에 가깝다. 말린은 자기 엄마의 숱 많은 진갈색 머리카락을 물려받았다.

"하지만 만다, 만일 네가 머리를 갈색으로 염색한다면 너휜 자매처럼 보일 거야." 라샤 언니가 백미러로 우리를 보며 말했다.

"맞아, 동생들." 헬레 언니가 말하고는 킥킥거렸다.

나는 얼굴이 붉어졌다.

"방금 가장 멋진 아이디어가 떠 올랐어! 우리 머리를 똑같은 색으로 염색하고 밴드를 만들면 어떨까? 펑크 밴드! 우리도 할 수 있어!" 말린이 내 귀에 대고 외쳤다.

"나도 같이하고 싶어!" 헬레 언니가 양팔을 흔들며 외쳤다.

나는 둘 사이로 몸을 웅크려야 했다.

"**정말로** 우린 펑크 밴드를 만들어야겠네." 라샤 언니가 말했다.

"저는 악기를 연주할 줄 모르는데요." 내가 말했다.

"레이디킬러도 마찬가지야. 그런데 걔네도 밴드를 하잖아." 라샤 언니는 재빨리 말했다.

라샤 언니와 헬레 언니 그리고 언니가 웃기 시작했다. 말린과 나는 서로를 볼 뿐이었다.

"우리 밴드 이름을 레이디킬러-킬러라고 짓는 건 어때?" 언니가 말하고 셋은 더 많이 웃었다.

"솔직히 말해서." 헬레 언니가 말했다. "나는 푸그가 이복형제 같아서 좋아하지만, 그 밴드에서 푸그가 뭘 하는지 이해하지 못하겠어. 푸그는 그저 욘과 타티가 자기들이 하는 방식대로 밴드를 계속

하는 데에 대한 단 하나의 큰 구실일 뿐이야."

헬레 언니는 엄숙하다시피 한 방식으로 '이복형제'를 강조했다. 나는 잘 기억해 뒀다가 이 표현을 써먹어야겠다고 생각했다. 언니에게 욘과 타티가 무엇을 하고 있는지도 물어보고 싶었지만, 그건 다음 기회로 미뤘다. 나는 너무 호기심 많은 것처럼 보이고 싶지 않았다.

"만다는 욘에게 반했어." 언니는 말했다.

나는 어깨를 으쓱거리며 언니를 노려봤다.

"안 돼, 절대 그래선 안 돼!" 헬레 언니가 너무 격렬하게 외쳐서 얼굴에 바람이 느껴질 정도였다.

"그런 거 아니에요." 내가 말했다.

하지만 어쨌든 내 안의 뭔가가 나를 강타했다. 말린은 킥킥 웃었고 나는 말린의 옆구리를 팔꿈치로 쳤다.

"욘한테 반한 게 네가 처음은 아닐 거야." 라샤 언니가 말했다.

"하지만 전 아니에요. 처음 몇 번 봤을 땐 욘이 좀 멋있다고 생각했지만, 그런 다음엔… 마음이 바뀌었어요." 나는 큰 소리로 말했다.

욘과 스킨십했을 때 욘이 역겨웠다는 말은 하지 않았다. 불필요하게 사악하고 결정적인 느낌이 들었기 때문이다.

말린이 킥킥 웃었다.

"'좀 멋있다' 정도였다고?"

"하지만 넌 푸그에게 반했잖아, 그건 훨씬 나았을까?" 나는 말린에게 혀를 내밀지 않도록 참으며 말했다.

그러자 언니, 헬레 언니 그리고 라샤 언니가 또 웃음을 터뜨렸다. 말린도 내가 느끼는 것만큼이나 얼굴이 빨개졌다.

"아, 내 동생아."

헬레 언니가 말린의 무릎에 손을 얹었다. 그리고 말했다.

"푸그는 게이잖아."

언니도 몸을 돌리고 말했다.

"여러 번 말했지만 너흰 아무것도 이해하지 못했지."

모든 게 내 머릿속에서 완전히 멈추었다. 다른 사람들이 계속 웃는 동안 나는 입을 다물지 못할 뿐이었다. 말린은 두 손에 얼굴을 파묻었다.

"아니, 언니는 그렇게 말하지 않았어." 나는 마침내 말했다.

언니는 어깨를 으쓱거리며 킥킥 웃었다. 말린은 여전히 두 손에 얼굴을 파묻고 앉아 있었다. 나는 말린이 다시 목을 긁기 시작할까 봐 두려워서 말린의 한 손을 꼭 잡았다.

"그러니까 푸그 에크홀름은 게이군요."

말린은 새로운 언어를 시도하는 것처럼 천천히 말을 했다. 말린은 특별히 슬퍼 보이진 않았다.

"하지만 푸그는⋯." 나는 뭐라도 말하고 싶었지만 뭐라고 해야 할지 몰랐다.

"진작 깨달았어야 했어요." 말린이 말했다.

"에이, 뭐, 동성애자한테 반할 수도 있지. 그건 그저 좀… 불필요하지만." 라샤 언니가 말했다.

"푸그는 세상에서 가장 멋진 남자라서 네가 푸그에게서 뭘 보는지 나는 이해해. 그리고 푸그는 분명히 네가 세상에서 가장 예쁘다고 생각할 거야." 헬레 언니가 말했다.

"…만일 너한테 고추가 있었다면." 언니는 말하고 킥킥 웃었다.

"라리, 트랜스젠더 혐오하지 마. 그건 단지 고추에 대해서만은 아니잖아." 라샤 언니가 말했다.

라샤 언니의 말이 무슨 토르비엔 선생님 말처럼 들렸고 언니는 눈을 희번덕거렸다.

"무슨 말인지 알 거야." 라샤 언니가 말했다.

"그래서 나는 푸그를 형제 같다고 말하곤 해. 우린 동성애자 남매야." 헬레 언니는 창밖을 내다보며 즐겁게 말했다.

"응, 너희가 정말로 이해하도록 분명히 하자면 헬레는 북유럽에서 가장 대단한 레즈비언이야. 아마 이 말도 안 했을 거야." 언니가 말했다.

헬레 언니는 카메라를 향한 것처럼 미소를 지으며 손가락으로 승리의 브이를 그렸다.

"하지만 사실 우리도 알고 있었어요." 말린이 말했다. "그 파티에서 언니가 어떤 여자랑 스킨십하는 걸 봤는데…."

헬레 언니가 두 귀를 막고 노래를 부르기 시작하는 바람에 말린의 말이 끊겼다. 언니는 웃었지만 라샤 언니는 운전할 때는 그러지 말라고 짜증을 냈다.

"그 일만 생각나게 하지 말아 줘. 큰 실수였어." 헬레 언니가 말했다.

"다시는 그러지 않도록 헬레한테 상기시켜 줘." 라샤 언니가 말했다.

"미안해요." 백화점 밖에 주차할 때 말린이 말했다.

백화점에는 사람이 많지 않았고, 곧 문을 닫을 시간이었다. 우리는 형광등 불빛 아래 잠든 동물처럼 줄지어 서 있는 계산대를 지나갔다. 몇몇 계산대에는 따분해하는 직원들이 앉아 있었다. 아무도 우리에게 인사하지 않았다. 직원들은 그저 문을 닫길 원할 뿐이라는 게 감지됐다.

라샤 언니, 헬레 언니, 언니가 먼저 가고 말린과 나는 좀 떨어져서 따라갔다.

"푸그가 게이라는 게 믿어지니? 푸그는 동성애자처럼 보이지 않아." 말린이 나에게 속삭였다.

"그래, 나도 그렇게 생각해. 하지만 동성애자를 어떻게 알아볼 수 있지?" 나도 속삭이듯이 말했다.

"글쎄. 아무튼 푸그가 내 머리를 헝클어뜨린 거 말고 다른 일이

없었던 게 전혀 이상하지 않다는 걸 알게 됐어." 말린은 말을 잇고
는 웃었다.

헬레 언니가 돌아서서 우리를 향해 미소 지었다.

"여기야." 언니가 말하며 다양한 색의 염색약으로 가득 찬 진열
대 앞에서 멈췄다.

이제 선택만 하면 된다.

37

새로운 아만다

내가 염색약을 고르기도 전에 백화점의 모든 스피커에서 매장이 곧 문을 닫는다고 소리를 질렀다.

결국 딱 언니가 생각했던 색깔, 초콜릿색을 띠는 짙은 갈색으로 정했다. 헬레 언니는 내 말총머리를 손가락으로 훑으며 염색약 두 팩이 필요하다고 말했다. 싱숭생숭한 무언가가 내 안에서 번득거렸 지만, 언니가 염색약을 한 팩 더 내 두 손에 밀어 넣자마자 사라졌 다. 라샤 언니는 자기 머리 색과 비슷한 불그스름한 색을 골랐다. 라 샤 언니는 머리가 짧아서 한 팩만 사면 됐다.

문득 내가 엄마 아빠에게 염색해도 되는지 물어보지 않았다는 생각이 들었다. 하지만 차마 그 말을 할 엄두가 나지 않았으리라. 언 니는 그런 생각은 하지 않는 듯했다. 언니가 내 졸업 선물로 염색약

한 팩을 사 준다고 한다. 만일 내가 내 돈으로 두 팩 다 사야 했다면 내 돈은 몽땅 바닥났을 거라서 언니의 말에 마음이 놓였다.

말린은 사탕 한 봉지를 사서 우리가 차에 탈 때 모두에게 나눠 주었다. 라샤 언니는 자기는 젤라틴을 안 먹는다고 했는데, 다시 토르비엔 선생님이 하는 말처럼 들렸다.

"우리 어디로 갈까?" 라샤 언니가 물었다.

"우리 집에서 염색할까?" 헬레 언니가 말했다.

"지금 염색할 거예요?" 내가 말했다.

"기다릴 게 뭐가 있어." 언니가 말했다. 물론 언니 말이 맞다.

헬레 언니는 시내 중심가에 있는 서점 위의 작은 아파트에 산다. 헬레 언니는 고등학교 졸업 후 독립하여 편의점에서 일하기 시작했다고 이야기하며 우리가 앉을 수 있도록 자기 침대에서 옷을 몇 벌 치웠다.

언니와 라샤 언니는 침대에 몸을 던지고 자기들 휴대전화를 보기 시작했다.

침대, 화장실 그리고 간이 부엌을 빼면, 아파트에는 작은 식탁, 작은 책장, 작은 소파 그리고 작은 소파 탁자만 있다. 헬레 언니는 온 아파트에 이미 향냄새가 진동하는데도 향을 피웠다. 헬레 언니에게서 나는 향과 같은 냄새였다. 진하고, 달콤하고 흥미진진한 냄새다.

헬레 언니는 접시에 놓인 구겨진 체인 조명을 침대 조명등으로 놓았다. 벽에는 큼직한 그림들이 걸려 있었다. 그림 하나는 금니를 한 긴 금발 머리 소녀의 초상화였다. 나는 이 아파트의 작은 것 하나하나 모두 기억하고 싶었다. 지금까지 가 본 아파트 중 가장 멋져서다. 발코니로 나가는 문 손잡이에 매달린 춤추는 꼭두각시의 줄을 당기는 말린도 같은 생각을 하는 게 보였다. 딱 이게 뉴욕에 있는 우리 아파트의 모습이어야 한다.

책꽂이에는 책들이 뒤죽박죽으로 꽂혀 있었다. 책등에 써진 제목들을 읽는데, 느닷없이 내가 알아보는 제목이 눈에 들어왔다. 나는 조심스럽게 책을 꺼냈다. 집에 있는 것과 똑같은 판본의 《백 년의 고독》이었다.

"저도 이 책을 읽고 있어요." 나는 헬레 언니에게 책을 보여 주며 말했다.

여전히 50쪽 이상을 읽지 못했다는 건 언급하지 않았다.

"좋은 책이야." 헬레 언니가 미소를 지으며 말했다. "따라가기가 조금 어렵긴 하지만, 읽는 데 100년 걸렸어."

"100년의 독서네요." 내가 말했다.

"맞아."

헬레 언니는 웃었다. 그러고는 내 스웨터에 염색약이 묻지 않게 자기 티셔츠를 빌려 입겠냐고 물었다. 내가 대답하기도 전에 헬레 언니는 색 바랜 얼룩들이 묻은 티셔츠를 던져 줬다.

"아니 젠장, 나도 뭔가 하고 싶은데." 말린은 빈 사탕 봉지를 구기며 말했다.

"귀에 구멍 하나 더 뚫어 줄까?" 언니는 바로 자기가 그렇게 해 봤던 것처럼 말했다.

말린은 벌떡 일어났는데 목에 사탕이 걸린 게 분명했다. 기침을 시작하더니 오랫동안 기침을 멈추지 못했다. 그 와중에도 말린은 할 수 있는 한 고개를 열심히 끄덕였다. 나는 화장실에 가서 옷을 갈 아입었다.

돌아오니 헬레 언니는 방 가운데에 우리가 앉을 원저 의자 두 개를 꺼내 놓았다. 헬레 언니는 나에게 그중 하나에 앉으라고 가리켰다. 말린은 다른 의자에 가만히 앉아 있지 못했다.

"귀 뚫는 거요… 아프지 않나요?" 내가 물었다.

"그리 많이 아프진 않아. 더구나 네가 할 것도 아닌데?" 언니가 말했다.

"바늘 소독만 잊지 마." 계속 침대에 누워 있는 라샤 언니가 말했다.

헬레 언니는 딸려 온 병에 염색약을 섞었다. 헬레 언니는 나에게 머리빗을 건네며 머리를 빗어야 한다고 말했다. 언니는 라이터로 바늘을 달궜다. 그 모습이 약이라도 한 것같이 어딘가 수상해 보였다. 말린은 앉아서 다리를 흔들었다.

"초조해?" 내가 물었다.

말린이 바늘로 자해했다고 말했던 게 기억났다. 이 귀 뚫는 일을 일종의 공황 장애 같은 걸로 여기면 어쩌나?

"조금 긴장했을 뿐이야. 아니, 사실은 좀 많이!" 말린이 말했다. "아무튼 귀에 귀걸이를 많이 달면 아주 멋질 거야! 나는 양쪽 각각 네 개 달고 싶어."

"오늘은 하나만 하자." 언니가 말했다. "준비됐니?"

언니의 장애가 있는 손으로는 동시에 두 가지를 잡을 수 없다. 따라서 라샤 언니가 말린의 귀에 쐐기 모양으로 자른 사과 조각을 놓고 잡아 줬다. 그 다음 과정은 내게 보이지 않았다. 언니들은 내 의자와 말린의 의자 사이에 벽처럼 서 있어서 말린의 발만 보였다. 말린의 발가락이 조여드는 게 보였고 말린이 한 번 숨을 내쉬는 소리가 들렸다.

"자." 내가 결과물을 볼 수 있도록 언니가 움직이며 말했다.

말린의 왼쪽 귀에는 재봉 바늘에 꽂힌 쐐기 모양의 사과 조각이 달려 있었다. 말린은 떨고 있는 것 같지만 동시에 즐거워 보였다.

"이제 네 차례야." 헬레 언니가 비닐장갑을 끼며 말했다.

헬레 언니가 내 머리카락을 여러 부분으로 나누기 시작했다. 비닐장갑을 꼈음에도 불구하고 헬레 언니의 손톱이 두피에 닿는 게 느껴졌다. 뒤이어 두피에 닿는 염색약은 차가웠다.

말린은 새로 뚫은 구멍에 귀걸이를 달고 라샤 언니와 자리를 바꿨다. 라샤 언니는 헬레 언니에게 티셔츠를 빌려 입지 않고 자기 스웨터를 벗었다. 라샤 언니의 브래지어는 살구색에 부드러운 재질이었고 겨드랑이에는 털이 있었다.

언니는 라샤 언니의 염색약을 바쁘게 준비하기 시작했고, 말린은 침대에 앉아 휴대전화를 들고 새 귀걸이를 이리저리 찍었다.

"자, 이제 기다리기만 하면 돼. 차 좀 줄까?" 헬레 언니가 말했다.

우리는 차를 마시고 헬레 언니, 라샤 언니, 언니는 계속 푸그에 대해 웃으며 이야기했다. 분명히 푸그는 아직 자기 부모님에게 커밍아웃을 하지 않은 사람과 사귀고 있는 것 같다고 했다. 그런 다음 언니들은 욘과 타티 이야기를 꺼냈다. 나는 무심한 표정을 지으려고 애쓰며 헬레 언니에게 받은 커다란 찻잔 뒤로 살짝 숨었다. 잔에는 파란 사슴이 그려져 있었다.

"욘은 정말 개자식이야. 자기가 아주 대단하신 반항아 같다고 생각하는 모양인데, 자기 엄마 아빠가 대 주는 돈을 다 받아 먹는 주제에 그렇게 빈든다니까." 라샤 언니는 말하고는 한숨을 쉬었다.

"그건 참을 수 있겠지만, 타티를 대하는 태도는 참을 수 없어." 헬레 언니는 고개를 저으며 말했다.

헬레 언니의 잔은 내 잔과 똑같았다.

"타티가 하는 말을 다 믿어서는 안 되긴 한데." 언니가 말했다.

"이런 상황에서는 언제나 여자가 하는 말을 믿어야 해. 나중에 어떻게 되든 시작은 그래야 한다고."

라샤 언니의 천직은 선생님일 거다. 딱 선생님 어조다. 브래지어만 입고 앉아 있긴 해도.

"타티가 뭐라고 하는데요?" 귀를 만지작거리는 걸 그만두는 데 성공한 말린이 물었다.

말린의 귀는 빨갛고 부은 것 같았다.

"음." 언니는 그렇게만 말했다.

"욘은 언제나 타티에게 그리 착하게 굴진 않아." 헬레 언니는 말하고는 한숨을 쉬었다. "그리고 욘은 항상 다른 여자애들하고 돌아다녀."

언니들은 말을 그쳤다. 자신들이 말한 내용에 슬픔을 느끼는 것 같았다.

나는 배 속이 차가워졌다. 나는 욘이 어떻게 착하지 않은지 물어보고 싶지만 입을 떼기도 전에 헬레 언니가 머리를 감아야 한다고 말했다.

나는 양말을 벗고 고개를 앞으로 숙인 채 샤워기 아래에 섰다. 헬레 언니도 양말을 벗었는데, 발톱은 밝은 분홍색으로 칠해져 있었다. 헬레 언니가 내 옆에 섰다. 나는 물줄기가 목에 닿는 걸 느끼며 움찔했다. 물줄기는 처음에는 차갑다가 점점 따뜻해졌다. 헬레 언니는 내 머리를 헹구고 샴푸질을 하는데 갈색 거품이 헬레 언니 셔츠에 흘러내렸지만, 헬레 언니는 상관없다고 말했다.

헹궈 내는 물이 갈색이 아닌 투명한 색이 되었을 때 나는 수건으로 머리를 감쌌다.

우리가 화장실에서 나올 때 다들 나를 봤다. 헬레 언니는 허벅지
에 손바닥을 대고는 북 치듯 치며 말했다.

"새로운 아만다에게 인사해!"

38
최고의 사진

내 머리카락은 거의 까맸다. 갈색이나 초콜릿색이 전혀 보이지 않았다. 아마도 염색약 한 팩으로 충분했던 게 아닐까. 하지만 다들 멋지다고 했고 나도 마음에 들었다. 내 눈은 여느 때보다 더 녹색으로 보였는데 헬레 언니는 눈썹이 머리에 어울리도록 눈썹도 염색해 줄 수 있다고 말했다. 헬레 언니는 눈썹을 염색하면 어떤 느낌인지 알 수 있도록 눈썹에 짙은 화장을 해 주며 다음에 오면 해 주겠다 말했다.

라샤 언니가 차로 우리를 집에 데려다 주는 길. 우리는 차에 조용히 앉아 있었다. 지나가는 들판과 초원을 바라봤다. 도랑에 젖소 무늬 고양이 한 마리가 앉아 있었다. 차에서는 차분하고 느린 노래가 흘러나오는데, 웬 아저씨가 노래보다 말을 더 많이 했다. 몇 마디만

들릴 뿐이다. **먼저 우린 맨해튼을 접수하고, 그다음엔 베를린을 접수하겠어.** (캐나다 싱어송라이터 레너드 코언이 1988년에 발표한 노래 〈먼저 우린 맨해튼을 접수하고(First We Take Manhattan)〉.)

맨해튼, 그건 뉴욕이다. 어떤 신호처럼 느껴졌다. 말린도 알아챘는지 궁금해서 나는 말린을 봤지만, 말린만 창밖을 바라보고 있었다. 헬레 언니가 뒷좌석에 없으니 우리 사이가 수 미터나 되는 것처럼 느껴졌다. 차가 편의점과 우리가 예전에 다니던 학교를 지나갔는데 느닷없이 울음이 터질 것 같았다.

라샤 언니가 우리를 집에 내려 줬다. 말린은 인사를 하고 자전거 페달을 밟아 떠났다. 나는 잠시 서서, 자갈길을 따라 탁탁 소리를 내며 달리는 말린의 자전거를 눈으로 좇았다. 테라스에는 아무도 없었지만 거실에는 불이 켜져 있었다.

"아마 아무것도 알아채지 못하실 거야." 언니가 말했다.

엄마 아빠는 거실에서 영화를 보고 있었다. 텔레비전에서 눈을 떼지 않고 인사를 했다. 이렇게 커다란 일이 일어났는데 어떻게 알아채지 못하는지 나는 이해가 가지 않았다. 나는 머리 색깔뿐만 아니라 다른 것도 변했다. 우리는 소파 뒤에 수 초 동안 서 있었고 언니가 엄마 아빠에게 '우릴 좀 봐 달라' 하고 부탁하기만 바랐다.

아빠가 먼저 뒤돌아봤지만 아무것도 알아채지 못한 것 같았다. 엄마는 일어나서 나에게 불빛이 있는 쪽으로 가 달라고 부탁했다.

엄마는 내 주위를 돌아다니며 손가락으로 내 머리를 쓰다듬다가 딱 내 얼굴 앞에서 멈췄다. 엄마는 뭔가를 찾는 것처럼 내 눈을 오랫동안 바라봤다.

언니가 엄마에게 말했다. 졸업하는 기념으로 했고, 헬레 언니가 해 줬고, 머리 색은 검은색이 아니라 초콜릿색을 띠는 진갈색이라고. 나는 숨을 참았다.

"정말로 잘 어울리는구나." 마침내 엄마가 말했다.

"하지만 다음에는 물어보고 하렴."

나는 숨을 내쉬었다.

"전에는 너랑 말린을 구별하는 게 그렇게 어렵지 않았는데, 이제 좀 곤란하겠는걸." 아빠가 말했다.

양치질할 때 거울에 비친 내 모습을 보지 않기란 힘들었다. 거울 속 내가 완전히 다른 사람처럼 보였다. 내 일부는 내일 학교에 가서 새로운 나를 보여 주길 간절히 바라고 있었다.

나는 칫솔을 입술 사이에 끼운 채 거울을 보며 셀카를 찍었다. 셀카가 그간 찍은 어떤 셀카보다도 잘 나왔다. 마치 우연히 사진을 찍은 것처럼 아무렇지 않은 느낌이다. 이것도 긍정적 신호임이 분명했다.

나는 칫솔을 거의 마이크처럼 들고 포즈를 취하며 더 많이 셀카를 찍었다. 염색약 때문에 이마에 검은 얼룩이 몇 개 있지만, 고개를 옆으로 비스듬하게 하니 거의 보이지 않았다. 처음 찍은 셀카만큼 잘 나온 것이 없다. 나는 "어머, 이런 일이 생겼네."라고 말하는 것처럼 놀란 이모지와 같이 셀카를 올렸다. 나는 베카와 레일라가 사진을 보기를 바랐다.

1초도 지나지 않아 말린이 '좋아요'를 누르고, 곧 헬레 언니도 '좋아요'를 눌렀다. 싱숭생숭함이 다시 번쩍였지만, 이번에는 거의 심장에 가까운 쪽에 자리를 잡았다.

잠자리에 들 무렵, 헬레 언니는 댓글도 달아 줬다. "새로운 아만다!!!" 뒤에 하트를 잔뜩 붙였다. 나는 훨씬 더 즐거워졌고, 내 어두운 방에서 내가 빛나는 것 같은 느낌이 들었다.

베카와 레일라가 내 셀카를 볼 거라는 걸 나는 안다. 걔들은 우리 학교에 다니지 않는 사람들과는 어울리지 않는 것 같았다. 반면 나와 말린은 열여덟 살도 넘었고 자기 아파트와 차가 있는 사람들과 어울린다. 그리고 그 사람들 중에 레즈비언도 있다! 그게 얼마나 멋진 일인지 이해하는지 베카와 레일라가 확신이 서지 않았지만, 걔들은 헬레 언니를 편의점 계산대에 앉아 있는 가슴 큰 '왕가슴 언니'로만 볼 수도 있다.

나는 결코 헬레 언니를 왕가슴 언니라고 부르지 않을 것이다.

거의 잠이 들다시피 했는데 알림이 울렸다. 욘이다. 욘이 '좋아요'를 눌렀고 메시지를 보냈다.

나는 숨도 쉬지 않고 메시지를 확인했다. 욘은 딱 두 단어를 썼고,

작업 거는 거 같은 이모지를 덧붙였다.

> 머리 섹시하네

심장이 가슴에서 빠져나올 거 같았다.

내가 답장을 보내지 않았는데 욘은 다시 메시지를 보냈다.

> 오늘 밤에 뭐 해?

나는 방을 둘러봤다. 자정 무렵이었다. 저 밖에서 어떤 새가 지저귀고 있었다. 아마 비둘기일 것이다. 나는 잠을 잘 때 늘 입는 미키 마우스 티셔츠와 그에 어울리는 반바지를 입고 있었다.

사실 나는 정말로 욘에게 관심이 없어졌고 욘을 완전히 무시하겠다고 결심한 상태였지만, 그래도 뭔가가 나로 하여금 답장하게 만들었다. 아마도 내 새로운 머리 색깔과 새로운 나 때문이겠지.

> 특별한 건 없고 그냥 쉬는데

나는 메시지를 보냈고, 이어서 또 보냈다.

> 그럼, 그쪽은?

몇 분이 지나서 다시 답장을 받았다.

> 특별한 건 없고, 네 생각?

그리고 사진이 왔다. 그게 뭘 찍은 건지 이해하기까지 잠깐 시간
이 걸렸다. 그러는 동안 욘은 메시지를 또 보냈다.

> 너는 이렇게나 섹시해

성기를 찍은 사진이었다. 발기한.

사진은 위에서 찍었는데 속옷 사이로 성기가 튀어나온 게 보였
다. 나는 성기를 이렇게 가까이서 본 적이 없어서 이게 버섯인가 싶
었다.

> 너도 좀 보내 봐

욘이 보낸 메시지를 해석하는 데 잠깐 시간이 걸렸다. 그런 다음
나는 이해했다.

욘은 자기 성기 사진을 보냈다. 그리고 이제 욘은 내가 알몸 사진
을 답으로 보내길 원한다. 내 가슴 사진인지 아니면 다른 건지 모르
겠고, 나는 전화기를 이불에 던져 버렸다. 역겨운 핼러윈 호박이 다
시 내 배 속에 자리 잡았다. 그 어느 때보다 커다랬다. 기분이 이상
하고 역겹게 느껴졌다. 양치질이 하고 싶었다.

> 더 보고 싶어?

욘은 메시지를 보내고 사진을 하나 또 보냈다.

같은 성기, 같은 각도, 그런데 손이 성기를 감싸고 있었다. 욘의

손이다. 내 목덜미를 단단히 잡고 누르던 손, 내 가슴을 주무르던 손. 욘이 자기 성기를 주무르는 듯한데 조금도 섹시하지 않았다. 나는 그저 토하고 싶을 뿐이었다.

나는 몸을 이불로 감싸고 조용히 언니 방으로 향했다. 문은 닫혀 있지만 노크하니 언니가 뭐라고 중얼거리는 소리가 들렸다. 문을 열었더니 언니는 침대에 누워 휴대전화를 보고 있었다.

"무슨 일 있어?"

나는 대답하지 않고, 그저 언니 침대 끝에 앉아서 언니에게 내 휴대전화를 보여 줬다. 언니의 입술이 처음 왔던 메시지들을 중얼거리며 읽더니 사진들에 다다르자 언니의 눈이 크게 떠졌다.

"아니 제장." 언니는 낮은 목소리로 말했다.

"그러니까 이게 욘이야?"

"응, 뭐라고 답장해야 할지 모르겠어. 언니는 내가 욘에게 반했다고 생각하는데, 정말 아니야. 어쨌든 더는 아니야. 우린 이게의 파티에서 스킨십을 조금 했는데 그때 욘은 엄청 이상하게 굴면서 나한테 입으로 해 달라고 하고는 말린이 뚱뚱하다고 했어. 그런데 경찰이 오니까 욘은 사라졌어. 그 이후로 우린 서로 연락이 없었는데, 오늘 밤 욘이 이걸 보내면서 뭔가를 답으로 보내 주길 원하는데 내가 어떻게 해야 할지 모르겠어. 욘이 나한테 화내지 않았으면 좋겠는데."

"네가 욘한테 화를 내야지! 이건 성폭력이잖아, 경찰에 신고할 생

317

각을 하지는 못할 망정. 아직도 성기 사진을 뿌리는 놈이 있어?"

언니는 잠시 생각하더니, 사진들과 대화 내용을 캡처하고는 장문의 메시지를 쓰기 시작했다.

"뭐 쓰는 거야?" 나는 물었다.

"그냥 짧은 인사."

언니는 만족스러운 모습으로 휴대전화를 돌려줬다. 나는 언니가 욘에게 보낸 메시지를 읽었다.

> 안녕 욘. 한 번만 더 내 동생한테
> 조금이라도 이상한 뭔가를 보내기만 해.
> 타티뿐만 아니라 네 외삼촌이자 직장 상사인
> 벤니 아저씨도 보게 할 테니까. 그러면 어떻게 될까?
> 벤니 아저씨가 네 엄마 아빠한테도
> 분명히 보여 주지 않을까? 물론 경찰에게도.
> 좋은 밤 보내!

"잠깐만, 하나 더." 언니는 말하고는 다시 내 휴대전화를 가져갔다. 내 옆에 앉더니 내 어깨에 장애가 있는 팔을 두르고 다른 쪽 팔로 휴대전화를 치켜들었다.

"스마일." 언니는 말하고는 카메라를 향해 활짝 미소 지었다.

나도 크게 미소 지었다. 우리는 두 광대처럼 완전히 정신 나가 보였다. 그런 다음 언니는 욘에게 사진을 보냈다. 나는 욘이 사진과 메시지 둘 다 읽었음을 확인했다.

"우리의 최고의 사진이야, 표구해서 크리스마스 때 엄마 아빠에

게 선물해야 한다고 생각해." 언니는 말하고는 파들거리는 내 손에

하이파이브를 했다.

39
여름 아르바이트

드라마 같았던 욘이 저지른 짓거리를 내가 이야기하자 말린은 거의 죽을 뻔했다. 그 일이 있은 지 하루가 지났고, 나는 놀이터 미끄럼틀 아래에서 말린과 만나 모든 걸 들려 줬다. 말린은 자세히 이야기를 해 보라고 몇 번이고 부탁했다. 그런 다음 말린은 오랫동안 사진들을 보고 싶어 했다.

"꽤 커 보이네." 말린은 욘이 보낸 사진을 여러 번 확대하고 축소해서 본 후 말했다.

"이제 그만해." 나는 지쳐서 말했다. 누군가의 성기에 대해 그런 식으로 이야기하다니 느낌이 이상했다. 어쨌든 그게 누구 건지 알고 있을 땐 더더욱.

"이런 사진을 보낸 자기 탓이지." 말린은 말하고 다시 사진을 확대했다. "털이 그리 많지 않네. 어쩌면 제모를 하는지도 몰라."

나는 말린에게서 휴대전화를 빼앗아 뒷주머니에 넣었다. 주머니에 폭탄을 넣고 다니는 거 같아서 나는 사진들을 지워 버리고 싶었다. 하지만 언니는 혹시 모르는 일이라고, 나중에 필요할 때를 대비해 사진들을 저장해야 한다고 말했다. 언니와 말린 둘 다 욘이 멍청하며 나는 일어난 일에 아무런 책임이 없다고 했다. 정작 나는 내가 무슨 잘못을 한 것만 같은데. 욘이 나를 갖길 바랐고, 마침내 욘이 그러기를 원했는데, 그게 그저 역겨웠다니.

남은 인생은 홀로 지내겠지.

"욘이 라우라 언니의 메시지에 답장했어?" 말린이 묻는다.

"아니, 아무것도. 욘은 온갖 SNS에서 날 차단해 버렸어."

"욘에게는 다행이네."

갈매기들이 바닷가에서 끼룩거리는 소리가 들렸다.

"아주 멋진 사람이야. 난 그 모든 생각을 전혀 하지 못했을 거야." 말린이 말했다.

말린이 말하는 사람은 언니다. 나도 동의한다. 언니는 멋진데, 그 멋짐이 나에겐 하나도 전해지지 않은 게 안타까울 뿐이다. 내 머리 색깔이 어떻든 나는 세상에서 가장 멍청한 사람이다. 눈이 따가웠다.

"너도 멋져." 말린은 내 무릎을 껴안으며 말했다.

"그리고 네 머리는 아주 예뻐."

나는 말린을 올려다보며 미소를 지었다. 끓어오르던 눈물은 차가워졌지만, 두어 방울이 흘러나왔다. 나는 재빨리 눈물을 훔쳤다.

"그런데 귀는 좀 어때?"

"좀 아프긴 하지만, 아주 위험하진 않아. 만질 때만. 엄마가 아직 눈치채지 못했다는 게 믿기지 않아!"

"음."

"월요일에 학교에 가면 베카와 레일라가 우리에 대해 뭐라고 말할지 상상을 더 해 보자!"

"음, 그리 재미있을 것 같진 않아." 대화하는 도중에도 욘의 사진들이 머릿속을 맴돌았다.

"재미없는 사람이 되고 싶지 않다고 했잖아. 이제 너는 정말 흥미로워! 사람들은 누군가가 흥미롭고 멋질 때만 그 사람에 대해서 이야기해." 말린은 말하고 일어났다.

밀린은 패션쇼 부대에서처럼 앞뒤로 걷기 시작했고, 오른쪽과 왼쪽으로 멀리 손 키스를 던지며 보이지 않는 누군가에게 손을 흔들었다.

말린 말이 옳다는 걸 알지만, 사실 지금 당장 나는 투명 인간이 되어도 상관없을 것이었다.

월요일이자 학교에 마지막으로 나가는 주가 시작되었다. 야외 수업이 여러 개 진행되었는데 선생님들은 더 이상 우리에게 신경 쓰지 않는 것 같았다. 생명과학 시간에 우리는 잔디밭에 앉아 소그룹으로 이야기를 나눴다.

"너도 이제 펑크족이 될 거야?" 레일라가 말했다.

레일라나 베카가 내 머리에 대해 가장 먼저 꺼낸 말이 이거였다.

"네가 신경 쓸 필요가 있겠니." 말린이 새 구멍이 뚫린 귀 뒤에 꼰 머리 한 줄을 놓았다.

"응? 누가 신경 쓴다고 그래." 레일라가 말했다.

베카는 아무 말도 하지 않았다.

신경 안 쓴다, 나도.

"사실 꽤 예뻐." 베카가 마침내 말했다.

3년 동안 베카가 나에게 한 말 중 가장 친절한 말이었다.

저녁에 오스카르로부터 메시지를 한 통 받았다.

> 짙은 머리하니까 예뻐

나는 신음하며 전화기를 던져 버렸다. 오스카르는 내가 양심의 가책을 느끼게 할 작정인가?

목요일에 방과 후 집에 돌아오니 시 당국에서 편지가 와 있었다. 도서관에서 여름 아르바이트를 할 수 있게 되었다. 6월 내내 윙베 아저씨와 같이 도서관에서 일할 것이다. 첫 여름 아르바이트를 도서관에서 하게 되어 기분이 좋았다.

말린도 일자리가 생겼는데, 시 청사를 청소하는 일이었다.

"진짜 너무 불공평해. 넌 종일 앉아서 책을 읽을 수 있고 나는 사무실 아주머니들이 쓴 화장실을 박박 닦아야 해."

"에이." 시큰둥한 척 말했지만, 속으로는 꽤 흡족했다.

"어쨌든 우린 점심을 같이 먹을 수 있어." 나는 말린을 달래주며 말했다.

금요일에 학교에서는 다들 여름 아르바이트로 무엇을 하게 되었는지 이야기했다. 자기 엄마나 아빠 직장에서 일하는 애들도 있고 전혀 일하지 않을 애들도 있었다. 오스카르는 자기 엄마 어린이집에서 일할 거라고 했다.

"애들을 돌보는 일을 할 거라니 정말 귀엽네." 베카기 밀했나.

오스가르는 젠체하는 미소를 지으며 나를 바라봤다. 나는 아무 말도 하지 않았다.

점심시간에 우리는 도서관에 가서 윙베 아저씨에게 인사했다. 아저씨는 우리를 보자 기뻐하며, 일이 시작되는 6월 3일에 보자고, 그때 크게 환영하겠다고 말했다. 나 말고도 도서관에서 일을 하는 사람이 한 명 더 있는데 윙베 아저씨는 그게 누군지는 말하지 않았다.

"만다에게 힘든 일은 다 몰아 주세요, 제발요." 말린이 말하자 윙베 아저씨는 킥킥 웃었다.

나는 《백 년의 고독》 대출을 갱신할 기회가 생겨서 이번에는 정말 다 읽기로 결심했다. 헬레 언니의 책꽂이에서 본 카린 보이에(20세기 초반 스웨덴 문학을 대표하는 시인이자 소설가.)의 시집도 빌렸다. 윙베 아저씨는 시집을 보고 활짝 미소 지었다.

"멋진 시야. 믿을 수 없을 정도로 비극적인 이야기이기도 하고." 아저씨가 말했다.

도서관에서 나와 우리가 학교로 돌아갈 때 말린이 물었다.

"그런데 윙베 아저씨가 동성애자라고 생각해?"

"갑자기? 그런 생각은 전혀 안 해 봤어." 내가 말했다.

하지만 푸그가 동성애자라면 윙베 아저씨도 그럴 수 있다.

바로 그때 오스카르가 다가와서 내 팔을 잡았다.

"어디 가서 얘기 좀 할 수 있을까?"

나는 속으로 한숨을 내쉬었지만 겉으로는 고개를 끄덕였다. 말린은 어깨를 으쓱거리며 자리를 피했다. 오스카르는 자전거 거치대 쪽으로 갔다. 나는 오스카르를 따라가면서 저도 모르게 반대 방향으로 말린에게 되돌아 달려가지 않으려고 애썼다. 오스카르가 원하는 게 뭔지 알 것 같았지만 그건 내가 원하는 것과는 다르다. 동시에 나는 오스카르를 더 실망시키고 싶지 않았다.

자전거가 몰려 있는 자전거 거치대에 다다르자 오스카르는 나를 향해 돌아섰다.

"글쎄, 꼭 대답할 필요는 없지만, 내가 메시지를 더 보내지 않았으면 하는지 말해 줄 수 있어?"

오스카르를 오랫동안 봐 왔지만, 그동안 내가 본 적 없는 슬픈 얼굴이었다.

잠깐 나는 오스카르가 울음을 터뜨릴까 봐 두려웠다. 오스카르가 우는 모습을 생각하면 견딜 수가 없었다.

"무슨 뜻이야?" 나는 뺨이 빨개지는 걸 느끼며 말했다.

"아니 글쎄." 오스카르가 포기하는 것처럼 양팔을 내밀며 말했다. "나는 물론… 너에게 관심이 있어. 아니면, 나는 기꺼이… 에이, 모르겠다. 넌 이해하겠지."

오스카르는 내 눈을 쳐다보지 않았는데 다행이었다. 나는 분명히 아주 어리석어 보였을 테니까.

"네가 나한테 반하지 않았다는 걸 알아." 오스카르가 말을 이었다. "그리고 내가 똥멍청이라는 것도. 하지만 우리가 스킨십했을 때 나는 생각했어, 어쩌면 우리가, 응, 모르겠네. 나한테 기회가 생겼다고. 그리고 이제 여름 방학이 시작되니까, 그 전에 물어봐야겠다고 생각했어."

"난 거꾸로 네가 날 똥멍청이라고 생각했다고 생각했는데." 내가 말했다.

"뭐? 왜 그렇게 생각했어?"

나는 어깨를 으쓱거렸다.

"나는 그저 알고 싶었어. 응, 나에게 기회가 있는지 아니면 없는지를."

오스카르는 그 말을 아주 조용히 했는데 평소 모습과는 너무 달라서 나는 기회가 있다고 말할 뻔했다. 정말 내가 그럴 수 있었다면 일이 얼마나 쉬울까. 나는 모닥불 앞에서의 스킨십을 생각하며, 오스카르와 사귀는 걸 상상해 봤다.

"나는 네가 나랑 그냥 스킨십만 하고 싶어 했다고 생각했어." 내가 말했다.

오스카르의 얼굴이 붉어졌다.

"아니야, 그래, 물론 그것도 원했지만, 그것뿐만은 아니었어." 오스카르는 말했다.

우리는 한동안 조용히 서서 서로를 바라봤다. 나는 내가 오스카르와 스킨십하는 것 말고 다른 걸 하고 싶은지 곰곰이 생각해 봤지만 그러고 싶지 않았다. 욘도 나를 두고 이렇게 생각했을지 궁금하다.

"음, 나는 그냥 스킨십을 하고 싶었던 것 같아." 마침내 나는 속삭였다.

"괜찮아." 오스카르는 실눈을 뜨며 말했다. "나도 그럴 거라 생각했어."

오스카르는 그 자리에서 달릴 준비를 하는 것처럼 서 있는 자리에서 발을 굴렀다.

"미안해, 나도 알아… 하지만…."

나는 계속 속삭였다.

"아니, 괜찮아. 메시지를 더 보내기 전에 물어봐야 할 것 같았어. 나는 물론 네가 언제나… 응, 하지만 우리가 스킨십했을 때 아마도 기회가 있을 거라고 생각했어. 하지만 괜찮아, 정말로."

오스카르는 땅을 내려다보며 발 주위에 작은 돌들을 발로 찼다.

"너 스킨십 잘하더라." 나는 오스카르를 위로하려고 말했다.

오스카르는 웃었지만 별로 기뻐 보이지는 않았다.

"난 그저, 그저 너에게 반하지 않았을 뿐이야." 내가 말했다.

"그 욘이라는 남자에게 반했어?"

오스카르는 나를 여기로 데리고 온 후 처음으로 내 눈을 똑바로 봤다.

"아니! 세상에, 정말 아니야."

"잘됐네."

"히지민 베카는 너에게 반했어." 내가 말했다.

"네가 그걸 어떻게 알아?"

"모르는 사람이 없을걸."

"그렇구나." 오스카르를 학교를 보며 말했다.

"아마도 들어가야겠지." 내가 말했다.

"응." 오스카르가 말했다.

이번에는 내가 앞섰다.

강당에 도착했다. 말린은 의자에 앉아 호기심에 폭발할 지경인 것 같은 표정으로 우리를 봤다.

"응, 안녕." 오스카르는 내 옆을 지나갈 때 말했다.

"안녕." 내가 말했다.

내 인사를 듣기도 전에 오스카르는 이미 이게와 다른 친구들에게 가고 있었다. 또 스뉴스 케이스로 아이스하키를 하겠지.

40
고뇌의 밤

"너 정말 놀랍다." 오스카르와의 대화 전체를 그대로 말해 줬을 때 말린이 말했다.

집으로 가는 길. 최대한 천천히 페달을 밟았다. 나는 생각할 게 너무 많아서, 말린은 호기심이 너무 많아서.

"너한테 반하지 않는 사람이 있어?" 말린은 고함치고는 웃었다. "그리고 너는 그저 이렇게 말하잖아. '됐어요, 괜찮아요, 거절할게요.'"

"욘은 나에게 반한 게 아니야, 그저 발정이 난 돼지일 뿐이라고." 내가 말했다.

"알아, 알아, 하지만 그래도. 만일 누군가가 나한테 흥분한다면 난 기쁠 거야." 말린이 말했다.

"그럼 네가 욘이랑 잘해 보든가."

"됐거든. 욘은 지저분해 보이잖아. 하지만 욘은 멋있어." 말린은 말하고는 웃었다.

"음." 내가 말했다.

"말 나온 김에, 아이스크림 사러 편의점에 갈까? 최악의 여름이 잖아." 말린이 말했다.

"나 돈 없어."

"나 돈 있어. 내가 살게. 아빠가 긴 메시지를 보내서 사과했어. 그런 다음 졸업 선물로 돈을 보냈어."

말린은 고개를 젓고는 말을 이었다.

"지옥에나 가라지. 사실 나는 아빠 집 앞에서 돈을 태워 버리면서 '빌어먹을 부르주아 양반아, 날 돈으로 살 수 있다고 생각하냐고요!'라고 말하고 싶어."

"그럼 그렇게 하든가."

"에이, 아이스크림 사 먹어야지. 사실 난 그렇게 부자가 아니야."

계산대에는 헬레 언니가 앉아 있었다. 헬레 언니는 우리를 보자 얼굴이 밝아졌다.

"이야, 너 검은 머리가 정말 잘 어울리는구나!" 헬레 언니가 미소를 지으며 말했다. 내 안의 싱숭생숭함이 다시 깨어났다.

그런 다음 헬레 언니는 주위를 둘러보고는 앞으로 몸을 숙이고 뭔가를 속삭였다. 헬레 언니의 목선에 청록색 브래지어가 보였다. 헬레 언니의 가슴은 정말 엄청나지만, 우리가 친구 사이인 지금 그런 생각을 하는 건 잘못됐다고 느껴졌다. 아니지, 지금 우리 사이가 뭐든 그런 말은 적절하지 않다.

"욘이 저지른 짓거리를 라우라한테 들었어. 젠장." 헬레 언니가 속삭였다.

나는 얼굴이 붉어졌고 몸을 가만히 두지 못했다.

"라우라한테도 말했지만, 누군가 저질스럽게 굴 때 서로에게 경고할 수 있도록 우리 여자들 모두 일종의 순찰대를 만들어야 해."

"그거 좋은 생각이네요." 말린이 말하며 계산대에 초콜릿 아이스크림 두 개를 올려놓았다.

"조금 더 진지하게 생각해 볼게." 헬레 언니가 계산을 하며 말했다.

"내일은 졸업식이에요." 내가 말했다.

내가 왜 그 말을 했는지 나는 모르겠다. 아마도 더는 욘에 관해 이야기하고 싶지 않기 때문일 것이다. 욘이 여기서 일하고 있는지, 그래서 헬레 언니가 속삭이는 건지 궁금했다.

"응, 그렇지!" 헬레 언니가 외쳤다. "너희 졸업하는구나! 이야, 정말 재미있겠다! 파티할 거니?"

"모르겠어요." 내가 말했다.

"하지만 꼭 해야 해! 순찰대에 지원할 여자들을 모아서 파티를 할 수 있지 않을까? 우리가 시작할 펑크밴드에 대해 곰곰이 생각해 볼까? 나 사실 피아노 좀 쳐." 헬레 언니가 말했다.

"네! 정말 재미있을 거예요. 하지만 피아노는 그리 펑크스럽진 않아요." 말린이 말했다.

"어쩌면 정말 펑크스럽지 않아서 오히려 그게 펑크가 될지도 모르지." 내가 말했다.

나도 밴드를 하고 싶었고 헬레 언니도 같이하길 바랐다.

"그런데 순찰대는 꽤 좋은 밴드 이름이에요." 말린이 말했다.

"레이디킬러보다야 당연히 낫지." 헬레 언니가 말했다. "어쩌면 푸그도 함께하고 싶은지 물어볼 수 있겠지? 그 재난 같은 밴드에서 벗어날 수 있게. 푸그는 물론 남자를…."

"당연히 푸그도 같이 해야죠." 말린이 기뻐하며 말했다.

저녁에 엄마가 내 머리를 땋아 주고 있을 때였다. 휴대전화로 알림을 받았다. 헬레 언니가 나를 순찰대라는 그룹에 넣어 줬다. 나는 활짝 미소를 지으면서 기뻐하는 이모지를 보냈다.

동시에 방에서 언니의 휴대전화 알림이 울리는 소리와, 우리가 서 있는 욕실로 들어오는 언니의 절뚝거리는 발걸음 소리가 들렸다. 언니는 쿵 소리를 내며 변기에 앉았다.

"이거 뭐야?" 언니가 물었다.

언니도 같은 그룹에 초대되었다.

"헬레 언니에게 물어봐." 내가 말했다.

"아니 맙소사, 넌 한 번 초대를 받으면 친구 패거리를 통째로 장악하는구나." 언니는 한숨을 쉬었다.

"만일 너희가 더 많은 시간을 함께 보낼 수 있다면 멋질 거야." 엄마가 말했다. "아만다도 고등학교에 입학하잖니."

"너무너무 멋질 거예요." 언니는 비꼬는 투로 말했지만, 동시에 치켜든 엄지를 그룹에 보냈다.

"언니도 말린이랑 메시지를 많이 주고받잖아." 내가 말했다.

"그건 경우가 완전히 달라!"

"있잖니, 언젠가는 서로가 있다는 사실에 매우 기뻐할 거야. 자매애는 세상에서 가장 좋은 거란다." 엄마가 말했다.

"지금 엄마 말은 라샤가 하는 말처럼 들려요." 언니가 말했다.

"아니면 말린." 내가 말했다.

엄마는 미소를 지으며 내가 어렴풋이 알긴 하지만 정확히는 알지 못하는 노래를 흥얼거리기 시작했다. 가사를 들으니 여자들은 단결해야 한다는 노래였다.

"너무 많이 땋아 주진 마세요. 쟤는 계속 멋지게 보여야 하거든요." 언니는 말하고는 욕실 밖으로 사라졌다.

"이거, 정말 잘 어울리는구나." 엄마는 거울 속 내 시선을 마주하며 말했다.

나는 되받아 미소를 지었다. 엄마가 말하는 게 머리카락을 뜻하는 건지 아니면 다른 것을 뜻하는 건지 모르겠지만 상관없었다.

"내일이면 9학년도 끝이네." 엄마가 내 어깨를 안으며 말했다.

"내일이면 끝나요." 나는 거울 속 내 시선을 마주하며 말했다.

내 눈을 너무 오래, 그리고 깊이 들여다봐서 불현듯 저 안쪽 가장 깊은 곳에 있는 다른 모든 사람의 시선과 마주쳤다. 오스카르, 욘, 언니, 헬레 언니, 엄마, 아빠, 토르비엔 선생님, 베카, 레일라의 눈을. 그리고 말린의 눈을.

저들의 눈은 함께 녹아서 다시 내 눈이 되었다.

"우리 딸내미가 어디로 사라지셨나?" 엄마가 내 머리에 스프레이를 뿌리며 물었다.

"저 여기 있어요." 나는 대답했다.

나는 침대에 누워 카린 보이에의 책을 훑어봤다. 땋은 머리가 머릿속을 꽉 조였다.

내일 입을 원피스가 옷장 문에 걸린 옷걸이에 걸려 있었다. 길이는 짧고 색은 연초록색이며 꽤 소박하다. 이 원피스를 입으면 내 눈은 훨씬 더 초록색으로 보이고 새 머리와도 잘 어울린다.

보이에의 시는 대부분 좋았다. 전혀 이해가 안 되는 시들도 있지만 시란 게 원래 그러니까. 책을 덮고 불을 끄려고 하는데 시구 몇 줄에 눈이 멈췄다. 여러 번 읽었다.

시구들을 사진 찍어 말린에게 보냈다.

그러나 잠 못 이루는 고뇌의 밤 또한

가치가 있으며,

고뇌가 무엇인지 느껴 본 이는,

많은 학자보다 더 많이 알고 있다.

(카린 보이에가 1927년 발표한 시, 〈두 혈통(De bäda ätterna)〉.)

말린은 재빨리 답장을 보냈다. "되게 좋다!!!"와 하트를.

우리는 공황 장애가 있었던 그날에 대해 다시 이야기하지 않았다. 주로 내가 무슨 말을 해야 할지 모르기 때문이다. 말린과 언니는 이야기를 좀 했는데, 아마 둘은 그에 대해 메시지를 주고받았을 것이다. 하지만 어쨌든 지금은 내가 조금은 기여했다. 시 한 편으로.

나는 메시지를 한 통 더 받았는데, 이번에는 순찰대 그룹이다. 말린이 코멘트와 함께 보이에의 시를 모두에게 전달했다.

> 우리는 이 시로 순찰대 노래를 만들어야 해요!

헬레 언니가 거의 바로 답했다.

> 그래! 나는 카린 보이에를 아주 좋아해!
> 세상에 어떻게 그런 천재적인 아이디어를 생각해 냈니?

> 만다가 저한테 이 시를 보여줬어요

다시 말린이 메시지를 보냈다.

> 만다, 너는 천재야!

헬레 언니도 메시지를 보내고 키스 이모지까지 날려 줬다.

천재가 된 느낌은 아니지만, 그래도 기분이 아주 좋았다. 섹시하다고 불리는 것보다 훨씬 낫다. 아니면 멍청하다거나 자전거쟁이들로 불리는 것보다. 여기에 생각이 미치자 다른 아이디어가 떠올랐다.

> 우리는 자전거쟁이들이라는 노래도 있어야 해요
>
> 왜 그런지는 내일 설명할게요

나는 메시지를 썼다.

> 그래!

말린은 당연히 바로 그 말이 무엇에 대한 것인지 이해했다.

> 욘의 성기 사진을 우리 첫 앨범의 커버 아트로 사용하자!

헬레 언니가 이런 메시지를 보내는 바람에 크게 웃었다. 그 사진들을 생각할 때 이렇게 웃을 수 있는 건 처음이었다. 언니가 그룹에서 뭔가를 쓰고 있는 게 보인다. 몇 초 후.

만다?

정신 나간 사람처럼 웃는 것 좀 그만해

내 방까지 다 들려

41
순찰대

우리는 놀이터 아래 바닷가에 왔다. 자전거는 조금 떨어진 곳에 내팽개쳐 놓았다. 여름 방학이 시작된 지 정확히 한 시간이 지났다. 내 성적은 좋았지만, 말린만큼 좋지는 않았다. 몇 주 후에 우리는 우리가 고등학교에 들어갈 수 있을지 알게 된다. 어쨌든 말린은 고등학교에 들어갈 거라고 나는 꽤 확신했다. 그리고 말린은 내가 반드시 고등학교에 들어가야 한다고 말했다. 그렇다면 나는 그래야 할 것이다.

고작 체육관에서 하기는 했어도, 졸업식은 엄숙한 느낌이었다. 엄마와 아빠와 언니가 왔다. 말린의 엄마는 살짝 울었다. 말린의 아빠는 오지 않았지만, 말린은 괜찮다고 말했다. 프레드리카의 목사님 엄마가 축사를 했는데, 멋졌다. 목사님이 옳은 것 같았고, 그분은 분명히 좋은 목사일 것이다. 어쨌든 소아성범죄자는 아니다. 베카와 레일라는 오늘 저녁 베카 집에서 파티를 한다고 했다.

"너넨 늘 아주 신비스러워." 우리는 다른 계획이 있다고 말하자 베카는 한숨을 쉬었다. 나와 말린은 서로를 보면서 웃음을 참으려 애썼다. 우리는 헬레 언니 집에 가서 내 눈썹을 염색하고 순찰대 밴드의 첫 미팅을 가질 것이다. 라샤 언니와 언니도 올 거다.

"우린 아마 나중에 들를 거 같아." 베카를 위로하려고 나는 말했다. 베카의 눈이 휘둥그레졌다. 베카는 나에게서 위로받을 필요가 없었다. 그때 레일라가 말했다.

"하지만 우린 월요일에 볼 거잖아, 난 그렇게 알고 있는데."

나는 의아한 표정으로 레일라를 보았다. 레일라가 말했다.

"도서관에서. 나도 거기 갈 거야."

말린이 내 뒤에서 피식거리는 소리가 들렸지만, 나는 아무 말도 하지 않았다. 그런 다음 둘 다 자기 패거리로 돌아갔다. 베카와 오스카르가 이야기하는 모습이 보였다. 베카는 기뻐하는 듯 보였는데, 모처럼 보는 모습이었다. 나는 오스카르가 나 대신 베카에게 반하기를 바랐다.

"그래도 레일라랑 일하는 건 전혀 문제없을 거 같아." 나는 말린에게 말했다.

"걘 아마도 베카가 없을 때가 더 나을 거야."

나는 어깨를 으쓱거렸다.

"모르겠어. 베카가 아주 골치 아픈 애라고 내가 생각해도 되겠지? 걔만큼 샘이 많은 사람도 없었지, 아마."

"만다, 이제 너무 착해지지 마." 말린이 말하더니 웃음을 터뜨렸다.

"그래도 베카는 베카야. 베카가 어디 가겠어."

"알겠어." 내가 말했다.

"나는 로맨스를 못 만들었어." 말린이 말하더니 한숨을 내쉬었다.

"나도야, 사실은. 뭐, 정말 많은 일이 있었던 것 같지만."

"사실이야." 말린이 말했다.

"우린 어쨌든 신비스러워졌잖아! 더구나 나는 대신 미래를 만드는 일에 힘을 쏟겠다고 결심했어."

"그럼 뭐가 될 거야?"

"아직 모르겠어. 어쩌면 정치인. 아니면 심리학자. 아니면 순찰대 밴드로 록 스타가 될 수도 있겠지."

"아니면 뭐든지." 나는 말하고 웃음을 터뜨렸다.

내 생각에 말린은 뭐든 다 될 수 있다.

불어 오는 바람이 따스했다. 바람이 자작나무와 물푸레나무 사이를 지나며 나뭇잎들이 바스락 소리를 냈는데 마치 우리에게 박수를 보내는 소리처럼 들렸다. 갈색으로 염색한 머리가 내 머리통 주위와 얼굴 위에서 엉망으로 헝클어졌다. 말린 머리도 비슷해졌고, 우리는 내 머리가 어디서 끝나고 말린 머리가 어디서 시작하는지 모를 정도로 서로 가깝게 서 있었다.

"마아아아알린!" 나는 바다를 향해 외쳤다.

말린이 나를 본다.

"그리고 만다아아아아!" 말린이 외쳤다.

"만다와 말린!" 나는 외쳤다.

"순찰대 밴드로 유명해!" 말린의 목소리가 내 목소리를 압도했다.

"뭐 해요?" 뒤에서 누군가가 물었다.

나는 돌아섰다. 일곱 살배기 애들 둘이었다. 한 애는 코에서 콧물이 흐르고 있었다. 놀이터에서 애를 본 건 처음이었다.

"아무것도 아니야." 말린이 웃음을 터뜨렸다. "우린 이제 갈 거야."

그런 나음 우린 자전거를 타고 떠났다.

감사의 글

이 책의 집필을 가능하게 만들어 준 보조금과 지원금 제공에 대해 스웨덴어 문화재단, 스웨덴계 핀란드인 작가 협회, 뉘그렌스카 재단, 스웨덴-외스테르보텐 협회, 핀란드 예술 진흥 센터에 감사드립니다.

어떤 식으로든 이 책에 기여하거나 지원해 주신 분들, 읽어 주시거나 의견을 주신 모든 분께 감사드립니다. 누군가를 빠뜨릴까 봐 감히 이름을 언급하지 않겠습니다. 그래도 여러분이 누구인지 알기를 바랍니다. 그래도 두 사람은 언급하고 싶습니다. 먼저 탁월한 독자이자 라슈모의 글쓰기와 책 읽기의 미래인 틸데. 그리고 자전거를 타고 다니는 밴드 동료이자 가장 친한 친구인 엠미.

바이시클 걸스

초판 1쇄 발행일 2024년 6월 1일

지은이 엘렌 스트룀베리
옮긴이 이유진

펴낸이 金昇芝
편집 김도영, 이나영
디자인 팥팥
일러스트 규하나

펴낸곳 베르단디
출판등록 제 2018-000343호
전화 070-4062-1908
팩스 02-6280-1908
주소 경기도 파주시 경의로 114 에펠타워 406호
이메일 bluemoose_editor@naver.com
인스타그램 @verdandi_books

ISBN 979-11-93407-06-6 03850

현재의 운명을 주관하는 여신이라는 뜻의 '베르단디'는 블루무스 출판사의 인문·에세이 브랜드입니다.

The work has been published with the financial assistance of FILI-Finnish Literature Exchange.